# 《時園詩草》《四餘詩草》校注

余家駒
余珍 著
黄瑜華 校注

中國少數民族文學家族研究之余氏家族系列

母進炎 主編

科学出版社
北京

**圖書在版編目(CIP)數據**

《時園詩草》《四餘詩草》校注/（清）余家駒，（清）余珍著；黃瑜華校注. —北京：科學出版社，2018.3

（中國少數民族文學家族研究之余氏家族系列/母進炎主編）

ISBN 978-7-03-053408-8

Ⅰ. ①時… Ⅱ. ①余… ②余… ③黃… Ⅲ. ①古典詩歌–詩集–中國–清代 Ⅳ. ①I222. 749

中國版本圖書館 CIP 數據核字(2017)第 133347 號

責任編輯：王洪秀 / 責任校對：鄒慧卿

責任印製：張欣秀 / 封面設計：銘軒堂

科學出版社 出版

北京東黃城根北街 16 號

郵政編碼：100717

http://www.sciencep.com

北京京華虎彩印刷有限公司 印刷

科學出版社發行 各地新華書店經銷

*

2018 年 3 月第 一 版 開本：720×1000 B5

2018 年 3 月第一次印刷 印張：20 1/2

字數：400 000

**定價：108.00 元**

本書爲國家社科基金項目“中國少數民族杰出文學家族研究”（12XZW034）
最終成果
本書由貴州工程應用技術學院資助出版
本書由貴州省中國語言文學省級重點支持學科資助出版

# 序　言

余氏家族是黔西北的文學世家，其所屬民族——彝族自古文學發達，口頭文學傳統和彝文書寫文化在彝族文學和文化史上交相生輝，有歌謡、神話、抒情詩、英雄史詩、經籍文學等流傳於世；而這套余氏家族詩文集校注向我們展示的是少數民族文學創作的另一個面向——少數民族漢語文學創作。少數民族漢語文學創作在少數民族文學研究領域中一直未引起足夠重視，而少數民族漢文學研究又是組構少數民族文學創作全景以及瞭解少數民族與漢民族文學關係、文化聯繫的重要一環。貴州工程應用技術學院毋進炎教授和他的研究團隊在這一領域默默耕耘，成果斐然。這套叢書的整理和校注即是他們爲研究課題“中國少數民族杰出文學家族研究”所作的先期文獻準備。

余氏家族漢文詩歌的崛起，是歷史的必然。余氏家族所在的黔西北大屯并非一塊文學飛地，家族性的漢語文學創作現象也不是超越時空的個案，其背後有著宏闊的歷史文化語境。唐宋時期，中國漢族詩詞發展到了高峰，對少數民族詩歌創作産生了廣泛而深刻的影響。隨著府州縣學向邊緣地區擴展，各少數民族出現了漢語的詩文創作。但在唐宋時期，少數民族的詩歌創作并未跟隨漢語文詩歌達到頂峰，少數民族古代詩歌的高峰出現在明清時期，其中一個重要標志是在詩歌領域出現了詩人群體和家族詩群。詩人群體中最著名的是以維吾爾詩人祖乎爾（？—1850）爲首的包括尼紮裏、艾裏畢、孜亞伊等詩人的祖乎爾文學小組。家族詩群在各族中涌現，如壯族的張家詩群，包括張鴻翮（康熙五年即 1666 年的舉人）、張鴻翿、張友朱、張滋、張鵬展一門幾代詩人；土家族祖孫詩群，包括田九齡、田宗文、田玄、田甘霖、田舜年幾代詩人；莫與儔、莫友芝、莫庭芝的布依族詩歌家族；余家駒、余珍、余昭、余若瑔等的彝族詩歌世家……

中華文化是由四大板塊結構組成的，這就是中原旱地農業文化圈、北方狩獵森林草原游牧文化圈、西南高原農牧文化圈、江南稻作文化圈。其中，中原旱地農業文化圈是中華文化的主體，其他三個文化圈呈“匚”形圍繞在主體文化圈周圍。中原與邊陬在各自的版圖上有不同的文學發展脉絡，但在中原漢族的强勢文化影響下，少數民族文學時常與漢族文學交會和碰撞。明清兩代，漢文化對西南少數民族的影響達到高峰，在土司制度、“改土歸流”與府州縣學、科舉應試等一系列政治和文化舉措之下，西南少數民族開始與漢民族文化深度交融，特別是土司家族，他們必須遵循中央的文教政策，學習以儒家思想爲核心的漢族文化，在這個過程中，部分貴族知識分子開始用漢語創作，一批品質不俗的漢語文學作品涌現。但由於邊緣文化圈的詩歌各有其民族文化背景，這就使得不同邊緣文化圈的詩歌呈現出各自的特色。就西南高原農牧文化圈而言，這裏西南高原農牧文化圈又分成青藏高原文化區、四川盆地文化區和雲貴高原文化區，處於我國地勢第一、二級階梯，地形複雜，喜馬拉雅山、昆侖山、祁連山、橫斷山脉繞在邊緣；中間唐古拉山、岡底斯山、巴顏喀拉山把高原分割成許多盆地和峽谷；平行南流的怒江、瀾滄江、雅礱江、金沙江、安寧河等河流將雲貴高原切割成支離破碎的峽谷和臺地，峽谷深凹，一山有四季，十里不同天。經濟生活分爲三種類型，即高原牧業型，以游牧及相對定居的牧業爲主，輔以高原農業和馴養業，糧食以青稞爲代表。西南高原農牧文化圈的各文化區内，有若干相對獨立的民族文化子系統，如藏族文化、彝族文化、納西族文化、佤族文化等，個性色彩相當濃郁，風俗五彩繽紛，節日琳琅滿目。藏族的天葬，彝族的家支，納西族的阿注，佤族的過去的人頭樁，景頗人的目腦，傣家的竹樓等，莫不獨具特色，神秘誘人。這種地形特點深深地影響了西南各民族的文學，民族漢文詩詞也不例外。

余氏家族漢文詩詞就是顯例。作爲土司後裔的畢節余氏家族，在大屯修建土司莊園，藏書過萬卷，并設立家塾、延聘塾師，積極接納、學習漢族文化。清朝中葉，家族的第一代詩人余家駒考取貢生後，放弃仕進之途，開始耕讀生涯，潛心研習漢文典籍，以漢語作詩，風格集百家之長，又自成一體。後由余珍、余昭、余達父和家族女史安履貞、余祥元，以及最後一代詩人余宏模繼承發揚，余氏家族以詩書傳家的家學傳統賡續百余年。其中，余達父的漢語詩歌創作在家族中成就最高，在西南地區産生了重要影響。其詩取法杜甫、李商隱諸家，又受清代宋詩派影響，既有才情的勃發，又富學識的積澱，加之他生於 19 世紀後期，身跨清、民兩代，親歷社會變革之際的風雲變幻，際遇跌宕，命途坎坷，他的詩歌中别有一種歷史縱深感。余達父之前還有余珍、余昭兩代詩人。余珍與父親余家駒志趣相合，二人都寄情山水，詩歌創作的題材和風格也比較相似，喜於山水田園詩中獨抒性靈。余昭，是余氏家族繼余家駒的第二代學者型詩人，其詩歌創作題材豐富多樣，筆力剛健，氣韻雄厚，部分詩作民族特色濃郁。值得一提的是，余氏家族 6 代 7 位詩人中有兩位是女性。安履貞爲烏撒鹽倉土司後裔，父親身居高位并且是當地有名的詩人，安履貞從小受到良好的教育，頗具文學才情，婚後與余昭琴瑟和諧，詩酒唱和。安履貞詩作不多，但文辭清新，情感細膩動人，又不乏民族女杰的豪情，是余氏家族的第一位女詩人。余祥元的詩作藝術性雖不及曾祖母安履貞，但語言真摯、樸實，用詩歌記録下了個人的命運沉浮以及中國近一百年的歷史變遷。總之，余氏詩群的漢語文詩歌受中原文化的强大影響，自不待言。但他們是彝族世家，繁衍生息於雲貴高原，故而其漢文詩詞不能不受地域文化氛圍和民族文化氛圍的涵化。中國漢文詩歌的一大特點，是對神州大地壯美山河的贊頌。余氏家族詩群描繪雲貴高原的的奇山秀水，别具一格。余家駒在《水腦河》一詩中將其描繪得驚心動魄："奇峰插下黄泉中，飛流沖出青天外。忽然青天入地底，群山無根立不起。欲倒未倒動摇摇，賴有白雲爲撑倚。回見天捲作穹窿，疑是天翻來壓己。"這是只有西南纔有的奇觀！《彝族文學史》評余昭的詩："凡名山大川、雄關險隘、危崖幽洞……無不寄情寓性，發乎於詩。讀他的詩歌，猶如神游烏蒙山區，給人予攀高峰、涉深淵、探雲海、御山風之感"這可以説是對余氏家族山水詩創作特色的恰如其分的評價。

余氏六代詩人，熟諳漢語詩文典範、體式格律和文學傳統，浸潤於漢族文化，這既是歷史車輪推動的結果，也是余氏家族自覺的文化選擇和文化轉型。余氏詩人的歌詩人生，爲少數民族文化與漢族文化和諧融會的研究和實踐，提供了一種可供借鑒的路徑與可能。與此同時，他們又深知自己作爲彝族詩人的文化身份，在接受漢族文化的同時也堅守著地域和民族的根基。余氏詩人在漢語詩文中狀貌黔山秀水、地方風物，抒放山民性情，憑吊先賢，慨歎族群運命，始終不脱彝族的精神文化底色。他們在詩歌中情不自禁地贊頌彝族的黔地歷史文化，余家駒自豪地誇贊："還來磯石上，坐看魚忘筌。山頂多烟户，炊雲種天田。夜半燈火起，光雜萬里懸。我自居深谷，如魚故在淵。不出亦不隱，非佛亦非仙。"高原自娱，其樂融融，熱愛家鄉之情溢於言表。

余氏家族的詩稿部分毁於兵燹，流傳下來的大部分詩文經後人搜集整理已經正式出版。不過，因爲各種原因，幾部詩文集的各版本都不盡如人意，錯訛較多。且由於不同文化板塊風情的差异，以及時代的變遷，加上用典較頻，詩中的一些詞語的内涵，非注釋難以釋讀，影響流傳。母進炎教授此次帶領研究團隊，對余氏家族6代詩人的8部詩文集進行版本勘誤和詳注，力圖在最大程度上提升其文獻參考價值，以期嘉惠學林。余氏家族的詩文集首次完整出版，這對於發掘、搶救、保存和推廣少數民族文學文化遺産有著示範意義，也使世人得以一窺余氏家族文學創作的全貌，相信余氏詩人的高歌長吟必將獲得超越地方認知的廣泛暸解與欣賞。

期待母教授未來以余氏家族爲起點，開拓領域，爲發掘研究少數民族文學文獻作出更大的貢獻！

是爲序。

梁庭望

2017年10月19日於中央民族大學

# 目　錄

序言（梁庭望）

## 《時園詩草》校注

前言……3
凡例……12

### 五言古體詩49首

讀史二首……13
送友人之楚……14
奢夫人并序……14
示兒……16
家園……16
白雲谷……16
登公鷄峰……17
發戛河……17
青濃山……18
登鷹坐山……18
取奇石於以齊法窩而述……19
落太赫山……20
江天霖雨……20
桃林……21
堪輿圖……21
出塞……22
葬弟……22

買得蟾蜍硯愛之紀以詩 23
畫墨葡萄於佛寺 24
高峰絶頂 25
九里箐 25
亂峰中生雲數點，俄而四合，沛然爲雨，紀之以詩 26
月窟禪光 27
灘心石 28
竹石 28
初冬負暄玩菊 29
納羊箐神廬 30
道傍翁 31
以筇杖竹杯壽舅氏安公子民 32
水潦滇黔一覽樓 33
發戛宅 34
以小龕供屈平劉伶像曰醉醒龕 35
遇道人觀丹符 36
秋夜 37
閒適吟 38
答友人 38
甘隱篇 39
疏竹幾竿，牽牛引蔓於上，旭日中蘭花數朵，清絶可人 40
田事詩 40
畢城旅店甚隘，邀蓋景皋、楊旭初、緒文僧遊雙井寺 42
山店得友人贈酒 43
讀史醉占 43
偶與人論書 44
聽殘僧自述所歷 44
望山亭 45

有士人築室讀書高山，不與人通，訪之未果……46
小河別墅……47
飲酒……48

## 七言古體詩 69 首

千竿圖……48
秦仁堂師畫雪月梅……49
火筆山水……50
贈揮嵐李君成章……52
深山絶頂泉……52
水腦河……53
發戛大灣漲瀑……54
瀑布……55
仙人巖……55
靈湫硐……56
探乳硐……57
登高望雲海……58
擬出塞……59
忠烈南公……60
黎州行……61
楊翦子……62
朱將軍……63
青海行……65
老人行……66
蛾眉山圖……67
蘇小像……68
爲王道士畫面然鬼王戲作……69
秦良玉遺劍……70
蠻刀……71

寶刀弃擲多年家人改造農器戲作……72
古樹歌……74
蟠李……74
賞花飲酒……75
燒燭照海棠……76
月下賞菊同蔡池賓作……76
書齋戲題……77
聽吹木葉……77
聞口琴……78
墓上悼亡……79
盆池假山……79
一星拱斗硯……80
天下圖……80
八駿圖……82
畫馬……83
畫虎……84
畫松……85
畫山水……86
月華……86
月蝕……88
泛月……88
登最高山……89
早行山中……90
行水城山中宿張處士家……91
江門灘……92
上以開河山……92
登虎廠坪高峰……93
雨後看山……94

登畢節龍蟠山閣……95
樂隆山……96
成都草堂杜公祠，果親王自西域致六尺水晶四方作門壁，與公高寒之像頗爲雅稱……97
寄懷李少青并乞正詩草……98
觀風波亭劇……99
有老人日醉酒肆，忽草書大“龍”字，極神……100
聽讀夷書……101
道人贈紫拂……102
番僧……103
雪茶……104
芋……105
瓜……106
梅林……106
猺犬二首……107
盆石……109
木山……110
畫牛……111

## 五言律詩 50 首

對月……112
夜雨……112
夜泊……113
以列天生橋遇雨……113
秋山……114
秋雨山行……114
暴雨……115
暮春山行……115
早行……116

硝匠 ······ 116
從軍 ······ 117
川主 ······ 117
順德夫人墓 ······ 118
讀宋史 ······ 120
喇朱臥寨 ······ 120
三埧 ······ 121
過北肇 ······ 121
行齊即水濱見奇景得句成詩 ······ 122
聞蟬 ······ 122
雁 ······ 123
金魚 ······ 123
馴雉 ······ 124
催耕鳥 ······ 124
對月悼亡姬 ······ 125
祭側室隴氏墓 ······ 125
古劍 ······ 126
古鏡 ······ 126
火鍋 ······ 127
鄉村 ······ 128
天際歸舟圖 ······ 128
孫生誌喜 ······ 128
仙人掌 ······ 129
感詠 ······ 130
石佛硐 ······ 130
對月 ······ 131
醉吟 ······ 131
夜臨皮匠沱 ······ 132

德闊屯……132
下灘……133
夜遊深峽……133
畢城東岡……133
過舊遊……134
旅夜撿故人書……134
飲處士家……135
家園……136
賞後園梅……136
初冬閒居……137
夜遊山寺……138
廚人……138
送別……139

## 五言排律 6 首

小河口……139
荒山投宿……140
暮行寨落索火，佃人具酒詢之，乃從先祖自烏蒙來者羅更氏之裔……140
老客……141
行深山中……142
夜遊深峽……143

## 七言律詩 46 首

月下聞笛……143
李姓兵言，白蓮賊亂時，有女子，其父爲賊所殺，夜半入賊營，斬賊渠頭去，蓋劍俠也，惜不記其姓名里居……144
霜葉……145
時園……146
快雨……146
箐口……147

火馬峽……147
發戛岔河……148
登赤水文閣……148
行高山中作……149
山亭……149
溪上……150
入芒部山中……151
永寧道……151
夜坐……152
崖梯……153
水潦高橋……153
荒廟……154
李後主……155
禄安人……155
秦仁堂師獲畫一幅，畫古人松下看鶴，酷肖先生，但被服不同耳……157
榴花鳳……157
蕉葉箋……158
欲放梅花……159
寒食……159
芙蓉花……160
水村……160
安鼎……161
行黔蜀間，見山甚奇，詢之無名……161
小河口……162
萬人塚……162
龍見……163
燕……163
雪……164

雪行泥潦甚憊……165
雪行二首……165
江樓醉月……166
書齋……167
老人種松……167
女士……168
食筍蕨憶楊誠齋“但逢筍蕨堆盤日，便是山林富貴天”之詩……168
羅漢竹……169
古松……170
喜雨……171
村中請新酒……171

## 五言絶句 29 首

題許鶴沙《滇遊紀程》……172
畫角……172
秋夜……173
採藥僧……173
野廟……174
落花……174
聞鐘……175
鷄鳴……175
以啞嗇……175
撻龍洞……176
寄衣……176
園中二首……176
詠物三首……177
　傀儡……177
　假面……177
　爆竹……177

李少青作《時園八景》同賦八首 178
林花繡春 178
嶺樹姸秋 178
新綠搖波 178
艷紅媚雪 178
疏廊佇月 179
層樓攬山 179
虯藤走壁 179
皺石皴雲 179
破壁 180
偶抄陸、楊二家詩題卷 181
漁家三首 181

## 今體七言絶句 97 首

漁二首 182
樵二首 182
耕二首 183
牧二首 184
客有遊安南者賦贈二首 184
梅 185
賞牡丹 185
燒燭賞牡丹 186
白牡丹 186
紅梅 186
照水梅 187
白桃花 187
杏花 188
木筆花 188
月季花 189

荷花……189
救軍糧……189
海棠……190
紫薇……191
自題畫蘭二首……191
鷺……192
舟中聞鳥……192
漁舟思酒不得……193
客舍聞鐘二首……193
月二首……193
宋玉言風有雌雄，戲作貧富二風二首……194
女籠……195
烟柳水心樓二首……196
鄉村……196
有人……196
浣花夫人……197
杜宇……197
昭君……198
吴三桂二首……199
題獻賊坑儒事二首……200
七星關……201
陸龍安宣慰墓……201
西梁烟瘴二首……202
凉山……202
月亮山……203
冬上鎮雄大關二首……203
螞蟻硐……204
過舊遊……205

春溪雜詠四首……205
秋江絶句三首……206
雁字……206
絡緯……207
蛩……207
小河氣候偏熱，秋蟲經冬不死，初春有鳴者……208
張炯然自製扇面，刷以黑烟，囑予墨畫松鶴於上并題……208
山中道士……209
苗人……209
丐者……209
指路碑并序……210
戲答客問……210
紙帳……211
賞雪二首……211
懷舊……212
作嚴子陵詩者，每以翻新相尚，謂其有心釣名，何异揚子雲不信人間有許由，夏蟲烏足語冰哉二首……212
春日……213
春郊二首……214
漁者二首……214
武鄉侯……215
邊詞……215
上南關……216
糙米菊……216
豌豆花……217
菰筍……217
種松……217
聞唱蓮花落……218

猿……218
送別……218
果然……219
野渡……219
夜步……219

## 六言古體詩 2 首

閑吟……220
蟾蜍硯……220

## 雜體詩 35 首

竹枝詞三首……220
楊柳枝詞三首……221
宮詞二首……222
玉人曲……223
遠離別……224
宮怨……224
七促……225
謝浪子……226
猓民勾二……226
猓女……227
猓歌……228
畢節龍場營穿山硐有掠官崖，相傳昔有酷吏經此，派民抬轎，民不堪其虐，投之崖下。聞雲南亦有掠官崖……228
蠻王……229
演《桃花扇》劇……229
偶題……231
思歸曲……231

春怨……231
心中人……232
閨情……232
勾欄怨……233
閨怨二首……233
阿榼公主……234
有屬員治上司公廨厠極華麗……235
水潦堡觀音龕……235
大豖……236
村女二首……236
閨怨……237
祭詩……237
**參考文獻**……239
**附録**……241
前言……241
序……245
跋……246


## 《四餘詩草》校注


**前言**……249
**凡例**……255

感懷偶作……256
水西道中……256
清明日作……257
題畫……257

遊卧泥河玉皇觀 …… 258
爲張亮輔畫扇并題 …… 258
題畫 …… 258
秋日江上 …… 259
寄子懋弟 …… 259
花朝遊小河 …… 259
清明節遇雨 …… 260
春閨 …… 260
爲秦百川畫扇并題 …… 261
中秋日壽鄒梧山 …… 261
秋月 …… 261
秋日過硃津渡 …… 262
得子懋遣懷詩就韻和之 …… 262
飲酒 …… 263
自用筆 …… 264
畫蘭贈康炳堂并題 …… 265
譚荷生畫梅見惠并繫以詩 …… 265
初夏 …… 266
一泓秋水半房山山房酌友 …… 266
園中諸菊玉玲瓏高與簷齊 …… 266
賞菊 …… 267
月下賞梅 …… 267
讀《桃花扇》傳奇 …… 268
德胯屯 …… 268
題友人嶺上新居 …… 268
寄陳乃亭 …… 269
月下 …… 269
眉峰沁緑亭獨坐 …… 269

多山樓對月獨酌……270
對月憶荷生……270
送友人杜雨三汝霖歸秦……270
翠蛾眉……271
小河口……271
與乃亭作……272
夜中即景……272
太真……273
倩荷生刻一私印，用流將春夢過杭州之句，以慕彼風景，作此懸想……273
奉懷李少青夫子……274
春閨……275
雪山關見羽遞有感……275
發戞岔河滇黔蜀三省交界……276
亂後再遊靈峰寺……276
春日得句續成……276
依韻藉懷荷生……277
止園賞菊瑶亭主人索題菊影……277
指路碑……278
多山樓醉題……278
題畫蘭贈邸春圃……278
春日偶步……279
題畫……279
偶成……279
洗心書屋題壁……280
水西道中……280
雨後……280
閒適詠……281
浪淘沙詞……281

寄攖雲君……281
禽言詩六首……282
楊柳枝詞二首……283
康炳堂爲余題扇和此轉寄……283
藉懷炳堂、荷生兼寄子懋……284
登玉皇閣吹笛……284
爲龔邑侯幕府葛晋三畫扇并題……285
虚廊竚月……285
客中……285
園中燒燭……286
園中小鳥……286
信口吟成……286
偶吟……287
同子懋登奎文樓……287
除夕……288
閑吟……288
小河安瀾閣……289
宿三官寨……289
閒適吟二首……289
春柳……290
覽秦中輿圖……290
閑吟……291
大方城懷古……291
詠懷……292
層臺驛……293
送别荷生……293
試帖三首……293
賦得因過竹院逢僧話，得“過”字……293

賦得聞道新齋與竹齋，得“新”字……294
賦得登山臨水送將歸，得“歸”字……295
**參考文獻**……296
**附録**……298
前言……298
序……300
悼海山兄即題其稿……301
《四餘詩草》題詞……301
跋……302

# 《時園詩草》校注

【清】 余家駒 著
黄瑜華 校注

# 前　言

余氏家族，屬彝族扯勒部，其先人奢崇明曾被中央王朝册封爲四川永寧宣撫使，後因其與水西土官安邦彦聯合舉兵反明，釀成震動西南半壁河山的“奢安事變”。戰爭持續9年後，奢崇明兵敗身亡，奢氏子孫隱姓埋名，分兩支藏匿於四川叙永水潦和貴州畢節大屯。其後嗣改余、楊、張、禄、蘇、李6姓，余氏第二代爲張姓，三至六代爲楊姓，第七代起又改爲余姓，余家駒就是余氏家族的第七世孫。

余家駒（1801—1851），字白庵，小字石哥，今貴州省畢節市七星關區大屯彝族鄉人。幼年喪父，家道逐漸衰落，母親將他撫養成人，這一切使他自小便體味到了人生的艱難。他天資穎慧，讀書勤勉。由於他抱有“於功名富貴，聽其自然，莫習奔競”的思想，參加科舉考試考取了貢生之後，他便不再“圖仕進”，不久即歸隱林泉之下，回到出生地畢節大屯鄉侍奉母親。余家駒在讀書、躬耕之餘，喜愛吟詩作畫。他詩畫俱佳，其中漢語古典詩歌創作成就最高，當時就有很高的詩名。

## 一、余家駒詩歌的基本内容

余家駒詩歌形式多樣，内容豐富。就現存詩集《時園詩草》統計，有五言古體詩49首（本55首，佚6首），七言古體詩70首，五言律詩50首，五言排律詩6首，七言律詩46首，五言絶句詩29首，七言絶句詩97首，六言古體詩2首，雜體詩35首，共計384首。詩歌内容既有黔西北特有的自然景觀和人情風貌的再現，也有詩人經過人生歷練之後的那種對宇宙、社會、歷史、人生的獨特認知。這些詩歌，飽含詩人至真至誠的情感，亦融會了詩人獨特的審美體驗。時人李懷蓮評論其詩：“沉雄浩蕩，不名一家，當其上下千古，絶所依傍。奇情快論，破空而出，山川景物，無不别開生面。其氣魄固足雄壓一切，而語帶烟霞，不染塵氛，又如姑射仙人，遺世獨立，尤飄飄乎有凌雲之氣，而非山澤之癯所可望也。”（《時園詩草·叙》）其詩的基本内容大致如下。

### （一）山水詩

由於世居川滇黔三省毗鄰的烏蒙山區，當地獨特的喀斯特地貌所鑄就的險峻林立的群山，浩瀚奔涌的急流，加之詩人淡薄寧静而又不乏豪邁奔放的性情，使得山水題材成爲余家駒詩歌的重要内容之一。如《白雲谷》：

水繞復山重，重重白雲起。山深白雲深，白雲化爲水。望之不可窮，道路安可通。白雲自縹緲，自古無人蹤。

詩歌既描繪了川滇黔交界地區重重叠叠、高聳入雲的山勢，又刻畫了其險峻、清幽的地理特徵，更再現了烏蒙山區雲蒸霧繞、雨水豐富的氣候特點。詩歌不僅具有較高的文學價值，而且對地理學、氣象學的研究都有較高的參考價值。再如《發戛河》：

瀑泉天外飛，怪石對人立。山雲互吞吐，風水相呼吸。驚濤拍岸喧，狂瀾下灘急。一葉剪江來，破浪過箭疾。

詩人筆下的山水，完全是他個性化、理想化的呈現，短短 40 字，生動地刻畫了“瀑泉”“怪石”“山雲”“風水”“驚濤”“狂瀾”的雄渾闊遠的形象特徵，與其豪邁奔放的性格、寬廣曠達的胸襟融爲一體。結尾處，詩人宕開一筆：“一葉剪江來，破浪過箭疾”，更是寫盡了他積極熱情而又平淡隨意的人生態度。

余家駒的近百首山水詩，正可謂詩中見山水，山水藏詩人，使人在玩賞獨特的山水畫卷的同時，也在不經意間接受了他平淡、中和性情的薰染與浸潤。

（二）田園詩

“於功名富貴，聽其自然，莫習奔競”的思想，造就了余家駒獨具個性的田園詩。他的田園詩，寄寓詩人對林泉生活的美好感受，也寄寓詩人對淳樸家風、民風的深刻體悟，在平淡中透出唯美，在唯美中透出深沉。如《閑吟》：

掃地焚香静坐，烹茶洗硯題詩。案頭《周易》一卷，瓶内寒梅兩枝。

詩中所描繪的田園生活，看似平淡清寒，細細品味，却能在平淡中品出富足，在清寒中品出詩意。惟有余家駒纔能品出這樣的生活滋味，惟有余家駒纔能守候這樣的生活情調，也惟有余家駒纔能達到如此空靈的審美狀態。當生活真正拋開那些冗繁的禮節、膨脹的欲望，方能回歸自然的本真狀態，纔能尋覓到那份屬於生活的真正意義上的美好。又如《家園》：

小園祖所置，日涉以優遊。芳草侵堦緑，枯藤附壁虬。薇沁一池月，桂馥半窗秋。時向軒中卧，旋復上小樓。倚樹聆禽語，憑欄數魚頭。有客閑中來，與之酌黄流。詩書既不拈，時事亦不謀。不用相拜揖，不用互獻酬。欲飲盡其興，不飲亦自由。客坐亦不遣，客去亦不留。俗情盡捐去，人逸事事幽。欲問我何名，我名逍遥遊。

優游小園，臺階鋪滿芳草，院牆纏繞枯藤；月浸小池，窗含秋桂，晚風徐來，暗香浮動。斜倚古樹，聆聽深幽的鳥鳴；憑靠欄杆，細數忽隱忽現的魚頭。有客來訪，隨意對飲，不談詩書時事，不用拜揖獻酬，來去自如，不遣不留。這是一種深受老莊“乘物以遊心”“獨與天地精神之往來”思想影響的純粹的逍遥狀態。余家駒的田園詩，正是受釋道思想的影響纔顯得更加空靈與自由。

余家駒還寫了不少散發着鄉村氣息的田園詩，如《村女》：

相邀女伴踏春陽，布服麻裙淡薄妝。行到隴頭人意倦，散金滿地菜花黄。沾來花露濕衣裳，故向東風坐曝陽。一個遊蜂揮不去，裙邊衣角嗅餘香。

詩歌描繪了衣著樸實的農家女子相邀相伴，在春花爛漫的時節踏青嬉戲的場景，她們時而歡笑追逐，時而席地而坐，那沾滿裙裳的花露，引來蜂蝶相隨，揮之不去，令人心生嚮往。

余家駒另一類反映農林牧漁生活的田園詩歌，更是其隱逸生活的寫照。如《牧》：

從無世事到心頭，早放青山向晚收。若遇齊桓休扣角，怕將相位辱吾牛。

静心村野，不問世事，早晨伴著牛羊走進青山，傍晚踏著夕陽悠然而歸，何等的自由，何等的愜意。結尾處又宕開一筆：“怕將相位辱吾牛。”隱逸意志的堅決，對官場生活的厭弃，由此可見一斑。

（三）詠物詩

余家駒的詠物詩，取材廣泛，貼近生活，信手拈來，隨性入詩。《時園詩草》上卷中的一組“詠花”詩就體現了詩人的這種選材和寫作特色。這組詩歌中有梅花、牡丹、荷花等傳統文人喜歡吟詠的物象，也有桃花、杏花、月季等極富生活情味的物象，更有像木筆花、救軍糧等最具地方特色的物象。無論其長在村野溪邊，還是在庭院軒榭中，皆可入詩，且融會詩人雅俗相容的生活情趣，體現出詩人相容并包的闊大胸襟，如《白牡丹》：

十分雅淡十分妍，占盡春光二月天。似此風流兼有福，花中富貴亦神仙。

隱逸詩人中很少有人如此褒詠象徵富貴的牡丹，而余家駒却能獨具慧眼地洞見它“十分雅淡十分妍”的情態，而且率真地品出“花中富貴亦神仙”的情味。這種不走極端的、中和的物質觀，正是詩人隨意、包容的獨立個性的體現。不人云亦云、不隨波逐流的個性，成就了余家駒詩歌豐富的思想内涵。正如其詩所云：“孤蹤不是學和靖，我與梅花一命生。”（《梅》）而詩人的另一首《荷花》詩，則是體現其天人合一、物我兩忘的至高境界：

南塘露墜浪浮香，花氣空濛夜氣凉。明月曉風嬌欲語，伊人宛在水中央。

詩人寫荷花，形味兼備，聲色結合，又置之於曉風之中、明月之下，宛如遺世美人，具有極佳的審美效果。

余家駒的詠物詩，還有一些取材於蟲魚奇石、紙硯樓臺，也有較高的文學價值。

（四）詠史詩

余家駒詩歌，有一類是對歷史人物、歷史事件進行述評、憑吊的詠史詩，亦有較高的文學價值、史學價值和社會價值。這些詩歌，内容有褒有貶，再現了詩人人生歷程中的情感波折，也再現了詩人對歷史、社會的理性和智慧的思考，如《以小龕供屈平劉伶像曰醉醒龕》：

園内開雙沼，沼上立孤亭。一龕亭中供，屈子與劉伶。劉伶終日醉，屈子一生醒。獨醒與長醉，同一潔其身。我居醉醒間，爛漫率天真。醒者是益友，醉者是德鄰。餐英椒漿馥，啜滴蘭露馨。荷鋤采芳芷，捧罍誦騷經。是醒亦是醉，席地問天青。詹尹無庸卜，漁父莫與論。二豪之侍側，螺贏與螟蛉。

詩人描述了屈子與劉伶兩位一醉一醒的歷史人物，并鮮明地指出兩人在自己心中的地位——“醒者是益友，醉者是德鄰”，而自己取於“醉醒間”。詩歌既透露出對二位先賢的謳歌與崇敬，也蘊含著自我對智慧人生的理性思索，帶有儒家的“達則兼濟天下，窮則獨善其身”的濟世思想。詩人的另一首《觀風波亭劇》，亦能見出他對歷史獨特、清醒的認知：“對人哭詈訴賊檜，痛惜南宋損棟梁。豈知此罪不在檜，誅心須是責康王。”這種獨特、清醒的認知，正是余家駒詠史詩獨特魅力之所在。再如《讀宋史》：

宋家青史上，誤國是求和。敵志終無厭，民財有幾多。廟堂先自餒，邊境奈伊何。後代須成鑑，謀成早奮戈。

寥寥 40 字，便精闢地總結了宋朝滅亡根由——“求和”，并一針見血地指出：“廟堂先自餒，邊境奈伊何。”如果統治階級貪生怕死，委曲求全，那麼，無論多麼驍勇的將士，也是難挽狂瀾。更爲可貴的是，詩人提出的“謀成早奮戈”的治國思想，在今世都還有很好的借鑒意義。

（五）民生疾苦詩

余家駒生活的烏蒙山區，雖然山川秀麗，氣候宜人，但是獨特的喀斯特地貌，使得當地山高土薄，土地貧瘠，農民辛苦耕作，亦難以解决舉家衣食温飽，再加之官役的繁重，亦可謂民不聊生。這些，都爲有著濃郁的悲憫情懷與濟世思想的余家駒提供了大量的創作素材。因而，民生疾苦詩也是余家駒詩歌的另一個重要内容，如《小河口》：

鳥道迢迢通販商，貧民負戴趕鷄場。河分地勢成三角，山隔天形作八方。灘口潮生疑雨響，峰頭燈起訝星光。怪來人迫饑寒甚，土瘠於今半弃荒。

此詩刻畫了貴州畢節小河口一帶百姓的生活狀況：因爲土地貧瘠，飢寒交迫，只得“販商”聊生，天曉而發，星夜方歸，爬山涉水，辛勞萬般。再如《道傍翁》：

道傍聞悲聲，有翁持兒哭。問翁哭何因？云將獨子鬻。問鬻子何爲？云以饋官役。鄉人互訟爭，株連挂案牘。總散官尊來，人馬十五六。逐狗捉鷄豚，喧闐索酒肉。搞樸勒脚錢，威虐備慘酷。三字一點紅，此例焉可没。冤苦不可堪，典田賣破屋。所有已盡傾，未足饜所欲。咆哮怒愈加，只得賣兒足。一兒價幾何，詎能滿谿谷。家破復鬻兒，兒鬻寧望贖。殘年更誰倚，拼死弃溝瀆！

詩歌極寫官府因收官役，不問百姓疾苦，貪得無厭，肆掠横行。百姓無力繳納，只得“鬻子”“饋官役”，最終落得“殘年更誰倚，拼死弃溝瀆”的悲慘結局。讀來字字是淚，句句是血。

余家駒還有一些題畫詩、贈答詩等，雖形式上與以上五類有一定的區别，但内容上亦互爲交叉，互爲包含，因而此處就不再一一分類列舉。

## 二、余家駒詩歌的藝術特色

余家駒所生活的川、滇、黔交界處特定的地理環境，漢、苗、彝雜居所營造的多元文化，其先祖的顯赫家世和政治上的挫折，再加之其早年失怙，隨母苦讀詩書等因素，造就了余家駒複雜而深邃的思想和性格，以及他詩歌的濃郁地域情調、多元并包的藝術特色，具體表現在以下四個方面：

### （一）意象豐富，地域鮮明

意象是思維活動的基本單位，也是構成詩歌的基本元素之一。意象用來指代事物，以唤起相應的感覺，激起思維活動的漣漪。余家駒詩歌意象的豐富，正是其思維敏鋭的體現。他的詩歌意象，無論雅俗，皆可入詩。山川河流、蟲魚鳥獸、風花雪月、草木藤蔓、名人雅士、村女鄉民，信手拈來，却又飽含深意。這些意象，皆由鄉民命名，具有鮮明的地域特色，如“白雲谷”“公鷄峰”“九里箐”“謝浪子”“催耕鳥”等。還有一些意象名稱，直接以苗彝語音譯而來，如“發戛河”“喇朱卧寨”“德闊屯”等。這些意象名稱，使余家駒詩歌富有鮮明的地域特色，也使余家駒詩歌有一定的口語化的傾向。

（二）儒道相容，佛禪生趣

儒家的濟世之道，道家的自然之法，佛家的空靈之境，皆呈現在余家駒詩歌之中。因此，儒道佛的融會，是余家駒詩歌的又一個顯著風格，如《示兒》：

有田不爲少，有屋不爲小，雖無隔歲儲，衣食盡温飽。能儉及能廉，無欲斯煩惱。心虛見事明，氣恬隨遇好。遭際太平時，守道與行道。

這首詩就融會了儒家“修身齊家治國平天下”的濟世思想。在余家駒的諸多叙事抒情詩中，皆能或多或少地窺見儒學思想的影子。

道家思想的融會，在余家駒的詩歌中就更爲常見了。他的山水詩、田園詩等，都有這樣的特徵。如這首《甘隱篇》：

世人趨名利，所學在干禄。及至登仕途，患得失榮辱。時刻攖其心，戚戚復碌碌。喜怒不自由，行止受人束。趙孟貴賤之，禍福同轉燭。所以托沉冥，於焉在空谷。如魚求深淵，如鳥擇高木。抱道全天真，清新寡嗜欲。尚友古之人，悠然靡不足。

這種“於焉在空谷”的生存狀態，如魚在深淵，如鳥在高木。親近自然，融入自然，物我兩忘，正是道家思想所追求的境界。而下面這首《樵》，則是道禪相容，天人合一，創造出極高的審美效果：

崎嶇一徑入烟蘿，摇曳餘音嶺外歌。落葉紛紛人不見，深山幽谷白雲多。

叙事見儒道，寫景顯佛禪的這種藝術風格，使余家駒的詩歌思想内容更加深刻，意境也更加空靈、深遠。

（三）隨情入詩，率性而作

作爲一個隱逸詩人，余家駒的詩歌，不似那些“御用文人”，一味歌功頌德，也不似那些“避世詩人”，憤世嫉俗，嬉笑怒駡。余家駒的詩歌，大多是即事即景之作。遇事觸景，自然生情；情至深處，詩從中來。因而他的詩歌，情真意切，酣暢淋漓，變化多端，包羅萬象。面對自己複雜的人生，他時而高詠“他年去作棟梁日，合把大夫貤贈封”（《老人種松》），時而又低吟“若遇齊桓休扣角，怕將相位辱吾牛”（《牧》）。面對統治者，他時而高歌“至尊身在紫宸宫，俯視如傷廑聖衷。丹詔方從金闕下，普天赤子沐春風”，時而又怒罵“咫尺艱天步，玉階生秋草。只今獲譴多，爲先專寵早。不怨恩易衰，但怨顔易老”（《宫怨》）。這種情感的跌宕起伏，反差之大，正是其真性情的流露，也是其詩相容并包的風格體現。

余家駒這種隨情入詩、率性而作的藝術風格，無异於是對詩歌創作中矯揉造作、無病呻吟等風氣的鄙視，也使詩歌更加自由率性地抒發情志，叙寫山水田園，洞見人情世故，因而也更能撼動人心。

（四）巧用典故，意藴深幽

余家駒對各種典故，不僅能信手拈來，而且使用精當。這使他的詩歌内涵更加豐富，意藴更加深幽，如寫“恬静閒適”，詩人用“一枕羲皇心”（《發戛河》）、“坐看漁忘筌”；寫“隱逸生活”，詩人用“林泉”“蓬萊”等。這些典故，不僅使詩歌避免單調重複，又更顯意藴深幽。

## 三、余家駒詩歌的地位和影響

余家駒的創作時間之早，詩歌藝術水準之高，堪稱余氏彝族詩人群真正的首席詩人。其山水詩“雄渾險奇，氣勢蓬勃”，有李太白豪放飄逸之氣韻；其田園詩又常以畫意入詩境，臻於“詩中有畫，畫中有詩”，風格近乎王維；而意境的平淡清新，韻味的悠長醇厚又酷似陶淵明。可以説，余家駒的詩歌，集百家之長，自成一體，在川滇黔一帶影響甚大，乃至對道咸同光以來少數民族漢語詩歌創作都產生了一定的影響。同時，余家駒也是中國少數民族文學家族的杰出詩人，他的詩歌融會漢文化與彝文化精髓，是家族文學、地域文學與民族文學的交響。

余家駒的詩歌，爲余氏家族多位詩人的誕生奠定了基礎。余昭有詩集《大山詩草》傳世，余一儀雖有詩集《百尺樓詩草》，惜已亡佚，安履貞（余昭之妻）有詩集《園靈閣遺草》傳世，余珍有詩集《四餘詩草》傳世，余達父有《㦗雅堂詩集》傳世，余祥元有《挹梅樓詩集》傳世，余宏模有《一泓詩草》傳世。余家駒的詩歌，不僅在形式上對後世產生了深遠的影響，而且作爲一種具有深厚底藴的文化遺產，薰染川滇黔文人。而今的貴州畢節大屯、四川叙永水潦、雲南鎮雄一帶濃郁的文化底藴、淳樸的民風民俗，都與余家駒的家學詩風有密切的關係。例如，余家駒曾經生活過的地方——今天的四川敘永水潦彝族鄉，一個小小的邊城小鎮，就有數十人潛心於學術研究，沉醉於文學創作。先後成立的民間文學社團有“壇廠讀書會”“水潦之聲”，會員有數千人，近年來發表詩詞作品數千首，著作近百萬字。

余家駒詩歌被一些知名學者作爲研究對象，獲得很高評價。清代如四川敘永詩人、詩論家李少青（本文開頭部分已經提到，此不贅述），而當代較有影響的學者如西南民族大學羅曲、曲比阿果的《情寄出水——〈時園詩草〉讀後》則提到：“彝族古代詩人余家駒，漢文化修養很高，用漢文創作的作品，題材廣泛。其中的山水詩作，寄托了自己深沉的情感，從其作品中，當時彝族知識分子的心態可見一斑。在藝術風格上，他的詩作既有鮮明的民族特色，又可見到李白、蘇東坡、陶淵明的影子。”[①]貴州民族大學陳世鵬的《彝族詩人余家駒的詩歌創作美學觀》較爲全面地論述了余家駒的美學觀與詩歌創作的關係[②]。甚至有論者將余家駒與唐代著名詩人王維相比較，認爲：“余家駒作爲彝族的一位重要的詩人，其詩作的藝術價值是值得肯定的。他的山水田園詩中的情境、意境和思維等方面都可以與王維的山水田園詩相比較，顯示出某些相似之處。”[③]

余家駒的詩歌創作情況還被寫進中國當代較有影響的兩部文學史著作，即梁庭望《中國詩歌通史·少數民族卷》[④]和左玉堂《彝族文學史》（第四編第二節），以12000餘字的篇幅評介余家駒的《時園詩草》，認爲：“余家駒是彝族借漢文創作古體詩最杰出的詩人，也是成就首屈一指的布衣詩人。”[⑤]

余家駒這位余氏家族的開山詩人，短暫的一生創作了大量詩篇，然大多毀於兵燹，目前流傳的主要版本有：清光緒辛巳（1881）有我軒刻本、貴州民族出版社1993年版的《時園詩草》《四餘詩草》合集。有我軒刻本算是珍本，經過李少青整理、編次、作序，收藏於余氏家族傳人、著名學者余宏模先生家中；貴州民族出版社1993年版《時園詩草》的錯漏較多，但流傳比前者廣泛。

① 羅曲，曲比阿果：《情寄山水——〈時園詩草〉讀後》，《西南民族學院學報》（哲學社會科學版），1996年第1期，第78頁。

② 陳世鵬：《彝族詩人余家駒的詩歌創作美學觀》，《貴州民族研究》，1998年第2期，第97—103頁。

③ 王菊：《“我生自有面目存”：余家駒與王維山水田園詩的比較》，《貴州民族研究》，2006年第3期，第64頁。

④ 梁庭望：《中國詩歌通史·少數民族卷》，北京：人民文學出版社，2012年，第601頁。

⑤ 左玉堂：《彝族文學史》，昆明：雲南民族出版社，2006年，第852頁。

# 凡　例

一、余家駒《時園詩草》現存版本有兩個：其一爲清光緒辛巳（1881）年有我軒刻本（本校注稱“原本”，作者自注稱“原注”），後爲貴州省立圖書館收藏；其二爲余宏模編注、貴州民族出版社 1993 年版（本校注稱“民族社本”，注釋稱“余注”）。

二、本校注以“有我軒本”爲底本，以“民族社本”爲參校本，用“校勘記”分别注明兩個版本文字和編排上的差异并勘誤。

三、關於校注符號和順序。在“[ ]”内標示校勘記順序，在“○”内標示原注序號，在“（）”内標示余注序號，在“【 】”内標示今注序號。多項并舉時，校勘記序號列於前，原注、余注、注釋（今注）序號依次列於後。

四、原則上只注釋生僻詞語、典故、相關地名及史實。若非特殊需要，一般不重複注釋。

五、极少數通俗易懂的詩歌無需注釋，爲保持版本完整性，僅收録原文。

六、《時園詩草》中的詩歌，基本上按照原本順序編排，僅將原本上下卷中同一體式詩歌編在一起。根據現行古籍整理和出版規定，將原書前言、序跋和題詞移至正文之後。

七、《時園詩草》有我軒本分上下卷刊刻各體詩歌，今合爲一卷校注。

八、清人作詩喜長標題，《時園詩草》中也有這種情況。少數詩歌標題達 30 字以上，甚而有百餘字者，今權作適當處理，以合適、較短的詞語或句子作標題，給個别無標題詩歌（非“無題詩”）添補標題。

## 五言古體詩49首

# 讀史二首

元契教人倫，[一]孔鐸命自天。後稷教稼穡，孟子言井田。皋陶[二]刑弼教[三]，秦法肆熬煎。遺善固有本，流敝亦有傳。所以爲祖宗，行事務慎旃[四]。

死法律生人，敝自法中起。變法以因人，其禍猶無底。立法在祖宗，行法在孫子。人存則政行，聖言亦如此。

### ◎ 注釋

【一】“元契”句：《孟子・滕文公上》：“聖人有憂之，使契爲司徒，教以人倫，父子有親，君臣有義，夫婦有別，長幼有序，朋友有信。”契（xiè），子姓，又名閼伯，五帝之一帝嚳之子，唐堯的异母弟，生母爲簡狄，出生於上古時代的商。他被封爲契玄王，堯稱帝時爲司徒。

【二】皋陶（gāoyáo）：偃姓，又作“咎陶”“咎繇”，亦作“臯陶”“皋繇”或“臯繇”。傳説他是我國上古“五帝”之首黄帝的長子少昊（玄囂）的後裔，東夷部落的首領。皋陶是舜帝和夏朝初期的一位賢臣，傳説生於堯帝統治的時候，曾經被舜任命爲掌管刑法的“理官”，以正直聞名天下，被奉爲中國司法鼻祖，後常爲獄官或獄神的代稱。

【三】刑弼教：“明刑弼教”的省略，指用刑法曉諭人民，使人們都知法、畏法而守法，以達到教化所不能收到的效果。

【四】慎旃：《詩經・魏風》：“上慎旃哉，猶來無止。”慎，謹慎、小心；旃（zhān），語助詞。馬瑞辰通釋：“之、旃一聲之轉，又爲‘之焉’之合聲，故旃訓‘之’，又訓‘焉’。”

## 送友人之楚

千里岷峨雪，化作大江流。儲爲洞庭水，萬古月長秋。中有屈原魂，清風鼓湘靈[一]。君去遊其鄉，餐露讀騷經。楚國名勝區，賢士代多有。爲問水濱人，獨醒無恙否？[二]

◎ **注釋**

【一】湘靈：古代傳説中的湘水之神。《楚辭·遠遊》："使湘靈鼓瑟兮，令海若舞馮夷。"

【二】"獨醒"句：化用屈原《楚辭·漁父》中的詩句："舉世皆濁我獨清，衆人皆醉我獨醒。"

## 奢夫人①并序[一]

夫人諱蘇，四川永寧宣撫使奢阿聶妻。洪武中，宣撫卒，夫人襲宣撫使。永樂中入朝，增置赤水宣撫司，又分隸貴州。時諸蠻喜爲寇，纍費征討。宣德中，夫人上言："欲化頑俗，須修文教。諸生皆夷僚，朝廷所設訓導官言語不通，難以教誨。庠生李源，文品兼尤，並諳夷語，乞即授爲訓導官，庶有實濟。"詔從之。諸夷乃知向學，不復爲寇。夫人又廣立義學，故明時赤水人文頗盛。論者謂是時諸生言語且不通，欲令從文，亦大難事，而夫人以婦人能見及此，開文教於夷疆，較之奢香通道、良玉勤王，尤爲有功，後世云。

中女文明象，離位正南方。南方有賢女，文運以之昌。皇皇奢夫人，坐鎮西南土。欲以德化頑，修文而偃武。草昧[一]初開創，華夷語不通。振鐸【二】爲譯訓，荒裔起聵聾。善教貴得人，一章奏天子。俞允【三】下九重，吾道乃南矣。鉦鼓化弦歌，漏天【四】人文起。至今溯淵源，肇自夫人始。適姑②佐戎陣，良玉統三軍。女官多尚武，夫人獨重文。南士知文學，人推小洞天③。陽明【五】猶後輩，陳朱已生先。④史筆雖書記，文人未表彰。夫人有潛德，流水山蒼蒼。

## ◎ 校勘記

［一］民族社本將詩序改爲原注，今恢復，且增“并序”二字。

## ◎ 原注

①奢夫人：奢，音蛇，夷姓，惟永寧姓之，讀如本音，夷語譯言金也。

②適姑：普定知府容苴妻，與夫宣力戎行，授總管，佩虎符。

③小洞天：王文成在龍場驛，有陽明小洞天。

④“陽明”二句：相傳貴州文學開於王陽明。赤水陳迪，天順丁丑進士；朱謙，天順甲申進士。皆歷官御史，有直聲。陽明，弘治進士，是陽明猶其後輩也。

## ◎ 注釋

【一】草昧：此處言亂世。杜甫《重經昭陵》詩：“草昧英雄起，謳歌歷數歸。”

【二】振鐸：搖鈴。古代宣布政教法令時，振鐸以警衆。鐸，有舌的大鈴。《周禮·夏官·大司馬》：“司馬振鐸，群吏作旗，車徒皆作。”鄭玄注：“振鐸以作衆。作，起也。”

【三】俞允：帝王允許臣下的請求。宋朱熹《答龔參政書》：“萬一未蒙俞允，必至再辭。”

【四】漏天：謂如天瀉漏。比喻多雨、久雨或飛泉盛大。宋蘇軾《廣州蒲澗寺》詩：“千章古木臨無地，百尺飛濤瀉漏天。”這裏指黔地。據《大定府志》記載：“《黔南識略》有曰：‘黔稱漏天，威寧尤甚。’”

【五】陽明：即王守仁（1472—1529），漢族，幼名雲，字伯安，號陽明，封新建伯，謚文成，人稱王陽明。他是浙江承宣布政使司紹興府余姚縣（今浙江省余姚市）人，明代最著名的思想家、教育家、哲學家和軍事家，官至南京兵部尚書、南京都察院左都御史，因平定寧王朱宸濠之亂等軍功而被封爲新建伯，隆慶年間追封其爲侯爵。王守仁是陸王心學之集大成者，不僅精通儒、釋、道三教，而且能夠統軍征戰，是中國歷史上罕見的全能大儒。

## 示　兒

有田不爲少，有屋不爲小。雖無隔歲儲，衣食儘温飽。能儉及能廉[一]，無欲斯[二]煩惱。心虚見事明，氣恬隨遇好。遭際太平時，守道與行道。

◎ 注釋

【一】廉：正直，品行方正。《莊子》："人犯其難，我享其利，非廉也。"

【二】斯：距離，離開。《列子・黄帝》："不知斯齊國幾千萬里。"

## 家　園

小園祖所置，日涉以優遊[一]。芳草侵堦[二]緑，枯藤附壁虯。薇沁一池月，桂馥半窗秋。時向軒中卧，旋復上小樓。倚樹聆禽語，憑欄數魚頭。有客閑中來，與之酌黄流[三]。詩書既不拈，時事亦不謀。不用相拜揖，不用互獻酬。欲飲盡其興，不飲亦自由。客坐亦不遣，客去亦不留。俗情盡捐去，人逸事事幽。欲問我何名，我名逍遥遊。

◎ 注釋

【一】優遊：悠閑自得。《詩經・大雅・卷阿》："伴奂爾遊矣，優遊爾休矣。"

【二】堦：同"階"，臺階。

【三】黄流：指酒。《詩・大雅・旱麓》："瑟彼玉瓚，黄流在中。"孔穎達疏："釀秬爲酒，以郁金之草和之，使之芬香條鬯，故謂之秬鬯。草名郁金，則黄如金色；酒在器流動，故謂之黄流。"

## 白雲谷

水繞復山重，重重白雲起。山深白雲深，白雲化爲水。望之不可窮，道路安可通。白雲自縹緲【一】，亘古無人蹤。

◎ 注釋

【一】縹緲：亦作“縹眇”。形容隱隱約約，若有若無。

## 登公鷄峰（一）

步上公鷄峰，愈覺夜郎隘。頓豁【一】塵蒙胸，披襟一何快。如登大將壇，指揮氣豪邁。坐受萬山降，層層來羅拜。蔚藍宗動天，浮雲掃纖芥【二】。我欲乘長風，遨遊三千界【三】。

◎ 余注

（一）公鷄峰，又名鳳山，公鷄山，在今大方縣境内鳳山彝族鄉。

◎ 注釋

【一】頓豁：突然開朗，突然明朗。唐羅隱《和禪月大師見贈》：“高僧惠我七言詩，頓豁塵心展白眉。”

【二】纖芥：細微。也作“纖介”“孅介”。《論衡・書虛》：“《春秋》采毫毛之美，貶纖芥之惡。”

【三】三千界：佛教名詞，“三千大千世界”的省稱，亦可簡稱爲“大千世界”。以須彌山爲中心，七山八海交繞之，更以鐵圍山爲外郭，是謂一小世界，合一千個小世界爲小千世界，合一千個小千世界爲中千世界，合一千個中千世界爲大千世界，總稱爲三千大千世界。唐玄奘《大唐西域記・摩揭陀國上》：“昔賢劫初成，與大地俱起，據三千大千世界之中，下極金輪，上侵地際。”

## 發戛（一）河

瀑泉天外飛，怪石對人立。山雲互吞吐，風水相呼吸。驚濤拍岸喧，狂瀾下灘急。一葉剪江來，破浪過箭疾。

◎ 余注

（一）法（發）戛：彝語岩上之意，在今貴州省畢節縣（校注者按：現爲畢節市，下同）林口區團結彝族鄉。法戛河由岩上飛瀑直瀉入赤水河上游。

## ‖ 青濃山① ‖

群山大聚會，争秀競[一]嶙峋。滇蜀山皆峻，黔山更軼倫【一】。特立最高處，飄然迥出塵。清風吹滿袖，白雲落一身。世情于我絶，天意與人親。耳目空無礙，骨髓清入神。何必蓬萊島【二】，始可住仙真。即此非凡地，乾坤不老春。我欲結茅屋，常與天爲鄰。

◎ 校勘記

[一]競：原本與民族社本皆誤爲“兢”，今改爲“競”。

◎ 原注

①青濃山：“在發戛，雲貴川三省之交。”

◎ 注釋

【一】軼倫：超出一般。《鶡冠子・天權》：“歷越逾俗，軼倫越等。”

【二】蓬萊島：傳説中的海中仙山名。《史記・封禪書》：“自威、宣、燕昭使人入海求蓬萊、方丈、瀛洲，此三神山者，其傳在勃海中。”

## ‖ 登鷹坐[一]山 ‖

入山不見山，但見白雲起。恍忽【一】不見雲，身在白雲裹。穿雲至山巔，白雲生足底。五朵青芙蓉，排列凌空峙。黔蜀千萬山，一一是孫子。巍然自端莊，群山皆仰止【二】。大鷹山際來，翼廣車輪比。決起衝霄飛，天地纔尺咫。英雄遇聖明，得志亦如此。我心逐鷹揚，扶風馳萬里。

◎ **校勘記**

［一］坐：民族社本爲“座”，今據原本改。

◎ **注釋**

【一】恍忽：也作“恍惚”“慌忽”“荒忽”。隱隱約約，不可辨認。《史記·司馬相如列傳》：“於是乎周覽泛觀，瞋盼軋沕，芒芒恍忽，視之無端，察之無崖。”

【二】仰止：仰慕，嚮往。語出《詩經·小雅·車舝》：“高山仰止，景行行止。”

## 取奇石於以齊法甯而述

深入黃泉【一】下，直至九幽【二】裏。如虱緣縫中，如蛙居井底。不見青天大，但見白崖高。懸石飄雲乳，掛瀑響風濤。奇石取不窮，玲瓏皆妙絶。却笑花石綱【三】，紛擾何足説。咄哉此猓人，構屋懸崖側。①食與猴鼠爭②，居與魑魅逼③。見我頗有情，汲泉灌咂酒【四】。長竿象鼻彎，痛吸狂搔首。仰看來路時，鑽入天破處。來自天上來，去向天上去。

◎ **原注**

①“咄哉”二句：有犵猓一户，倚崖而居。

②“食與猴鼠爭”：山糧須守猴鼠。

③“居與”句：山靈，名阿嫩和突，常降於夷巫。

◎ **注釋**

【一】黃泉：地下深處。白居易《長恨歌》：“上窮碧落下黃泉，兩處茫茫皆不見。”

【二】九幽：極深暗的地方，指地下。南朝宋謝莊《爲朝臣與雍州刺史袁顗書》："德洞九幽，功貫三曜。"

【三】花石綱：北宋徽宗喜愛奇异的花木和石頭，大臣蔡京就派專差向民間搜刮，劫往京城，供皇帝賞玩。這種運送花石的船隊，號爲"花石綱"。綱，唐代中期，管理江河運輸的人把每 10 隻船編爲一綱，這種成批編組運送貨物的辦法，稱爲"綱運"。後來把成批運送貨物的組織稱爲"綱"。

【四】咂酒：古稱"打甏"。它不是酒，而是一種飲酒習俗。此習俗盛行於我國南方少數民族。"咂"即吸吮的意思，"咂酒"指借助一種竹管、藤枝或蘆葦杆等管狀物把酒從器皿中吸入杯或碗中飲用或直接吸入口中。清嘉慶李宗昉《黔記》載："咂酒，一名重陽酒，以九月九日貯米於甕而成。他日味劣，以草塞瓶頸，臨飲，注水平口，以通節小竹插入吸之，視容若干徵飲量，苗人富有者以多酢此爲勝。"

## 落太赫山①

仙子隱山中，於今在何處？一片白雲深，混茫【一】不知路。元鹿呦呦鳴，穿雲自來去。

◎ **原注**

①落太赫山：相傳夷仙女奢茂居之，昔有元鹿，常出入雲霧中。

◎ **注釋**

【一】混茫：模糊不清。

## 江天霖雨【一】

濛濛滿天雨，雲暗隔江樹。春水漲半篙，没却漁磯【二】路。漁翁棹〔一〕

孤舟，渡入烟深處。

◎ **校勘記**

［一］棹：原本與民族社本皆誤作“掉”，今改。

◎ **注釋**

**【一】**霖雨：連綿大雨。《晏子春秋·諫上五》：“景公之時，霖雨十有七日。”

**【二】**漁磯：可供垂釣的水邊岩石。唐戴叔倫《過故人陳羽山居》詩：“峰攢仙境丹霞上，水遶漁磯緑玉灣。”

## 桃 林

閒賞興自高，步入深山處。山深無居人，十里桃花樹。花落舞繽紛，清風悠揚度。紅堆三尺深，迷却來時路。

## 堪輿【一】圖

萬馬下空中，奔走來千里。堆甲與藏兵，紛若屯蜂蟻。突兀忽凌空，障天海雲起。萬堞列旗槍，層層分表裏。餘勢不少降，翔舞［一］猶未已。案上排星峰，堂心聚天水。天地所毓鍾，靈秀皆萃此。中有方寸金，氤氳羲圖【二】似。地德應天光，雌雄配合美。珍重莫浪言，留待大德士。

◎ **校勘記**

［一］舞：民族社本誤作“午”，今據原本改。

◎ **注釋**

**【一】**堪輿：天地的總名。孟康以堪輿爲造圖宅書者的神名。《文選·揚雄〈甘泉賦〉》李善注引漢許慎曰：“堪，天道也；輿，地道也。”後因以“堪輿”指稱天地。宋葉適《中塘梅林》詩：“物有據其會，感召驚堪輿。”《史記·日者列傳》有堪輿家，《漢書·藝文志》有《堪輿金匱》十四卷，列於五行家。後稱相地看風水的職業者爲堪輿家，堪輿爲相宅相墓之法，“堪”爲高處，“輿”爲下處。

【二】羲圖：羲氏所作之圖。傳説堯時掌天文的官吏有羲仲和羲叔，簡稱羲氏。《山海經·大荒南經》：“羲和蓋天地始生主日月者也。”

## 出　塞

月出伊吾山[一]，照入大營白。萬幕寂無聲，野闊天垂碧。戰苦鋭挫銷，軍容少顔色。長夜嚴繁霜，蕭蕭風勁烈。血淚灑沙場，驚魂飄故國。歲久虜氛[二]深，天心非所測。不惜碎腦肝，但願青海克。

◎ **注釋**

【一】伊吾山：位於今新疆維吾爾自治區東北部伊吾縣境内，相傳山中有九色石。伊吾，全稱“伊吾盧”，古地名，是西域門户。東漢永平十六年（73）置宜禾都尉，屯田伊吾。漢代舊城約在今新疆哈密縣西四堡，南北朝初，西凉殘部唐契爲伊吾王。隋大業六年（610）置郡，治所在今新疆哈密。唐爲伊州，下設伊吾等三縣。

【二】氛：古代謂預兆吉凶的雲氣，多指凶氣。《左傳·襄公二十七年》：“楚氛甚惡，懼難。”

## 葬　弟

吾族無多人，惟吾與弟耳。少孤家多艱，蜀黔异居止。三歲不再逢，常隔百餘里。自謂歲月長，相親時未已。詎意[一]青春年，忽爾奄然死。從此天地間，孑然吾一已。四海人雖多，與我不毛裏[二]。我欲訴傷心，從何處説起。存者且虛生，死者長已矣。後事紛如麻，未能爲料理。無以慰幽魂，卜取[一]牛眠【三】美。庶幾鍾秀靈，以蔭爾孫子。

◎ **校勘記**

[一]取：民族社本誤作“起”，今據原本改。

◎ **注釋**

【一】詎意：同“詎料”，豈料。《二十年目睹之怪現狀》第七十七回：“詎料渠此次親身到京，不貞之據已被我拿住。”

【二】毛裏：喻父母之恩。語本《詩·小雅·小弁》：“不屬於毛，不離於裏。”毛傳：“毛在外，陽爲父；裏在内，陰爲母。”唐孔穎達疏：“今我獨不連屬於父乎？不離歷於母乎？何由如此不得父母之恩也？”這裏喻指關係親密的人。

【三】牛眠：即“牛眠地”，指卜葬的吉地。典出《晋書·周訪傳》：“初，陶侃微時，丁艱，將葬，家中忽失牛而不知所在。遇一老父，謂曰：‘前崗見一牛眠山汙中，其地若葬，位極人臣矣。’”

## 買得蟾蜍硯愛之紀以詩

千歲老蟾蜍，化爲一片石。精氣不銷磨，時時生玉液。涌出若耶溪【一】，呑來雲夢澤【二】。賈之入書齋，不啻連城璧[一]。與訂金石交【三】，風雨共晨夕。

◎ **校勘記**

[一]璧：民族社本誤作“壁”，今據原本改。

◎ **注釋**

【一】若耶溪：今名平水江，位於浙江省紹興市境内。出若耶山，北流入運河。漢元鼎六年（前 111）漢軍分道擊東越，一軍出若耶；南朝梁大寶初張彪起兵若耶山討伐侯景，皆即此。溪旁舊有浣紗石古跡，相傳西施浣紗於此，故一名浣紗溪。

【二】雲夢澤：古澤藪名。漢魏之前所指雲夢範圍并不很大，晋以後的經學家纔將雲夢澤的範圍越説越廣，把洞庭湖都包括在内。《周禮・夏官・職方氏》：“正南曰荆州，其山鎮曰衡山，其澤藪曰雲瞢。”鄭玄注：“衡山在湘南，雲瞢在華容。”

【三】金石交：如同金石般堅不可摧的交誼。東漢班固《漢書・韓信傳》：“今足下雖自以爲與漢王爲金石交，然終爲漢王所禽矣。”

## 畫墨葡萄於佛寺

飲[一]酒三百石，蓬勃氣無敵。十指風雷生，龍蛇走素壁【一】。盡吐胸中奇，一掃九千尺。萬斛馬乳【二】珠，淋漓灑飛墨。八荒【三】未足廣，一室詎云窄。神來不自知，天地爲助力。畫成一市驚，嘆奇聲嘖嘖。啞然還自笑，解人【四】索不得。物奇鬼所妬[二]，藝精天亦惜。佛力好護持，莫教六丁【五】逼。

### ◎ 校勘記

[一]飲：民族社本誤爲“飯”，今據原本改。

[二]妬：民族社本爲“姤”，今據原本改。

### ◎ 注釋

【一】素壁：白色的墻壁、山壁、石壁。北魏酈道元《水經注・澧水》：“（嵩梁山）高峰孤竦，素壁千尋，望之苕亭，有似香爐。”

【二】馬乳：葡萄之一種。唐封演《封氏聞見記・蜀無兔鴿》：“太宗朝，遠方咸貢珍异草木，今有馬乳葡萄一房，長二丈餘，葉護國所獻也。”唐劉禹錫《和謝蒲萄》：“魚鱗含宿潤，馬乳帶殘霜。”

【三】八荒：八方荒遠的地方。賈誼《過秦論》：“有席捲天下，包舉宇内，囊括四海之意，并吞八荒之心。”

【四】解人：見識高明善解人意者。《三國志・吴志・孫霸傳》：“解人不當爾邪！”

【五】六丁：道教認爲六丁（丁卯、丁巳、丁未、丁酉、丁亥、丁丑）爲陰神，爲天帝所役使；道士則可用符籙召請，以供驅使。《後漢書・梁節王暢傳》："從官卞忌自言能使六丁。"

## 高峰絶頂

飛步上青天，青天撞人顙【一】。我行太空中，足踏白雲響。空中罡風【二】長，白雲平如掌。太陽足下生，紅光十萬丈。下[一]觀人間世，一塵貯萬象。造化與我遊，氣概生豪爽。我欲長此留，坐把元氣養。朝餐東日華【三】，夜飲北斗沆【四】。作賓玉皇【五】家，壽比南極長。紫氣望不來，悠然生遐想。

### ◎ 校勘記

［一］下：民族社本誤作"不"，今據原本改。

### ◎ 注釋

【一】顙（sǎng）：額。

【二】罡（gāng）風：高空的强風。范成大《古風上知府秘書》之二："身輕亦仙去，罡風與之俱。"

【三】日華：太陽的光華。南朝齊謝朓《和徐都曹》："日華川上動，風光草際浮。"

【四】沆（hàng）：露氣。

【五】玉皇：玉皇大帝，全稱"昊天金闕無上至尊自然妙有彌羅至真玉皇上帝"，又稱"昊天通明宫玉皇大帝""玄穹高上玉皇大帝"，居住在玉清宫。

## 九里箐

九里入深山，一徑穿幽壑。雲垂崩崖嵌，風生飛沙落。泉戛竇中音，①

峰森天際鍔[一]。藤鉤低掛冠，石稜[二]鋭穿屩[三]。夏枯[四]萎冬苗，冬青墮夏萼。矮屋黄茅苫[五]，高堠[六]白土堊[七]。宿聞九曲名②，今見一大噱[八]。出山足已疲，登臺眼方廓③。前憩焦公祠④，轉見玉皇閣。烟雲鎖峰巒，風雨滿城郭。

## ◎ 原注

① “泉戛”句：道傍竇中有滴泉，號滴漏。

② 九曲名：有細流名九曲黄河。

③ 登臺眼方廓：至涼風臺而峽始盡。

④ 焦公祠：焦公不知何神，有碑云是降卜而祀之者。

## ◎ 注釋

【一】“泉戛”二句：泉水敲擊岩石，發出深幽的聲響；峰巒直插雲霄，像鋒利的刀刃一般。戛，撞擊。竇，孔穴，洞。鍔，刀劍的刃。

【二】稜：同“棱”。

【三】屩（juē）：用麻、草做的鞋。《史記・范雎傳》：“夫虞卿躡屩簷簦，一見趙王，賜白璧一雙，黄金百鎰。”

【四】夏枯：即夏枯草。唇形科，多年生草本；莖方形，基本匍匐地面；葉對生，卵形或長橢圓狀披針形；花唇形，紫色或白色，多數，輪狀聚傘花序密集成圓柱形假穗狀花序。夏初開花，夏末全株枯萎，故名。

【五】茅苫：亦作“茆苫”。唐元稹《茅舍》詩：“茅苫竹梁棟，茅疏竹仍罅。”

【六】堠（hòu）：標記里程的土堆。蘇軾《荔枝嘆》：“十里一置飛塵灰，五里一堠兵火催。”

【七】土堊（è）：白土。

【八】大噱（jué）：大笑。《文選・陳琳〈爲曹洪與魏文帝書〉》：“恐猶未信丘言，必大噱也。”李善注：“《説文》曰：噱，大笑也。”

## 亂峰中生雲數點，俄而四合，沛然爲雨，紀之以詩

亂峰如聚筆，一一插太清。太清無纖翳[一]，白日麗空明。此時正當午，

人方愛晚晴。峰際雲忽吐，幾團擗絮輕。漸似炊烟起，嫋嫋向天縈。一放彌六合【二】，風雲擾攘生。造化作鼓盪【三】，浩氣【四】任縱横。塗山萬國會，垓下十面兵。【五】風過雲有勢，雲行風有聲。騰如潮汐涌，垂如山岳傾。緩作遊龍戲，急作飛鳥驚。或如張人幕，或如列長城。風雲多變化，萬狀不可名。沛然施爲雨，澎湃溝洫【六】盈。憶此片時耳，陰陽轉眼更。天心尚反覆，晴雨難權衡。何況世人心，月旦【七】詎可評。吟餘天向晚，蕭然月一泓。

◎ **注釋**

【一】纖翳：微小的障蔽，多指浮雲。南朝宋劉義慶《世説新語・言語》："司馬太傅齋中夜坐，於時天月明浄，都無纖翳。"

【二】六合：指上下和四方，泛指天地或宇宙。《莊子・齊物論》："六合之外，聖人存而不論。"成玄英疏："六合，天地四方。"

【三】鼓盪：亦作"鼓蕩"，鼓動激蕩。唐沈佺期《被彈》詩："有風自扶摇，鼓蕩無倫匹。"

【四】浩氣：廣大的水汽。北魏酈道元《水經注・溱水》："泉源沸涌，浩氣雲浮，以腥物投之，俄頃即熱。"

【五】"塗山"二句：以禹娶妻、會天下諸侯以及項羽垓下突圍的盛况來寫暴雨來臨前風雨大作之態。塗山，傳説禹會諸侯及娶妻之地。《左傳・哀公七年》："禹合諸侯於塗山，執玉帛者萬國。"垓下，古地名，在今安徽省靈璧縣東南，漢高祖劉邦圍困項羽於此。

【六】溝洫：田間水道。晋左思《蜀都賦》："溝洫脈散，疆里綺錯，黍稷油油，粳稻莫莫。"

【七】月旦：典出《後漢書・許劭傳》："初，劭與靖俱有高名，好共核論鄉黨人物，每月輒更其品題，故汝南俗有'月旦評'焉。"後因稱品評人物爲"月旦評"，或省稱"月旦"。

## 月窟禪光[①]

頂上出圓光，佛影光中見。空中色相空，瑩徹【一】透裏面。南無佛菩薩，慈悲【二】開方便。月淡佛無言，天河净如練。

◎ 原注

① 月窟禪光：鎮雄八景之一，洞中有天生石佛，頂透天光。前數武一崖如牆，中穿如月雲日相射，則石佛宛在月光中。（校注者按：數武，不遠處，没有多遠之意。武，量詞，古代六尺爲步，半步爲武，泛指脚步，如“行不數武”。）

◎ 注釋

【一】瑩徹：亦作“瑩澈”，瑩潔透明。清蒲松齡《聊齋志异·伍秋月》：“一夕，明月瑩徹，小步庭中。”

【二】慈悲：原爲佛教語，謂給人快樂，將人從苦難中拔救出來，亦泛指慈愛與悲憫。《智度論·釋初品中·大慈大悲義》：“大慈與一切衆生樂，大悲拔一切衆生苦。”

## 灘心石

山重復水重，重重足幽趣【一】。一束鎖群山，萬壑此奔注。狂瀾傾倒來，怒石突中拒。盡力施攻擊，酣鬥不相恕。蹴起萬丈濤，噴沫作烟霧。忽地風揚波，水怒石愈怒。兩山與動摇，似爲所震怖。譬如大敵來，千里長驅赴。驕氣欲平吞，城小守堅固。兵頓鋭挫銷，徐徐自引去。

◎ 注釋

【一】幽趣：幽雅的趣味。宋梅堯臣《送張中樂屯田知永州》詩：“莫將車騎喧，獨往探幽趣。”

## 竹　石

幽竹如佳人，腰肢何嬝嬝【一】。有時笑而狂，低頭將石掃。青苔不得生，紅塵焉能到。日日來輕烟，時時啼好鳥。我醉石上眠，栩然蝶飄緲。【二】得句欲留題，命筆已忘了。

◎ **注釋**

【一】嬝嬝：亦作“嫋嫋”，形容細長柔軟的東西隨風擺動。

【二】“栩然”句：典出“莊周夢蝶”。《莊子·齊物論》：“昔者莊周夢爲蝴蝶，栩栩然蝴蝶也。自喻適志與！不知周也。俄然覺，則蘧蘧然周也。不知周之夢爲蝴蝶與？蝴蝶之夢爲周與？周與蝴蝶則必有分矣。此之謂物化。”莊子運用浪漫的想象力和美妙的文筆，通過對夢中變化爲蝴蝶和夢醒後蝴蝶復化爲己的事件的描述與探討，提出了人不可能確切區分真實與虛幻和生死物化的觀點。

## 初冬負暄[一]【一】玩菊

冬日如德人，年老心愈慈。愛之負以坐，坐向秋菊枝。秋令雖已謝，秋容正蕃滋【二】。嘉彼紅紫色，翻成淡泊姿。以絢而爲素，貞操益見奇。值此余愛日，雅與晚節宜。呼僮烹綠茗，進之白定瓷【三】。相對淡有味，何用啜糟醨【四】。

◎ **校勘記**

[一]暄：民族社本誤作“喧”，今據原本改。

◎ **注釋**

【一】負暄：意爲在太陽下曝曬。杜甫《西閣曝日》：“凜冽倦玄冬，負暄嗜飛閣。”

【二】蕃滋：亦作“蕃孳”，繁殖。《釋名·釋親屬》：“子，孳也，相生蕃滋也。”

【三】白定瓷：指宋代著名瓷窑之一的定窑生産的瓷器。白瓷胎土細膩，胎質薄而有光，釉色純白滋潤，上有泪痕，釉爲白玻璃質釉，略帶粉質，因此稱爲“粉定”，亦稱“白定”。

【四】糟醨（lí）：酒。明代張居正《七賢詠》序：“今之論七賢者，徒觀其沉酣恣放，哺啜糟醨，便謂有累名教，胎禍晋室。”

## 納羊箐神驢

李少青爲予言，其鄉納羊箐有洞，奔流注之，深不可測。時聞騾鳴，已而一牡騾黑色，大如小驢，踏水直上，常同凡馬牧，兒童逐之，亦不甚驚。少青尊甫遊以牝馬，亦不之近。尊舅曾君欲得之，聚三百人圍之，騾奮迅如飛，騰崖而去，不知所之。後洞中亦不復聞鳴聲矣。[一]

龍馬【一】出河内，天馬【二】來水中。羅甸【三】養龍坑，生馬飛越峰。馬固龍之種，水固龍之宫。騾馬雖异狀，其種實則同。納羊古水洞，下與龍宫通。奔流日夕注，轟雷千載衝。神騾産其内，時聞聲若鐘。履水如行地，出險若騰空。上與凡馬牧，漸久狎兒童。一欲傳龍種，一欲致真龍。龍種不可得，龍行不可蹤[二]。徒勞三百人，奔走逐飄風。倘得人駕馭，萬里可横縱。朝宴西王母【四】，暮謁東王公【五】。直涉弱海水【六】，翱[三]遊瀛與蓬【七】。惜哉龍不得，龍洞空雲封。神龍不復返，無人知所終。

◎ 校勘記

[一]原詩題太長，民族社本改爲作者自注，今改爲詩序。

[二]蹤：民族社本誤作“縱”，今據原本改。

[三]翱：民族社本誤作“翰”，今據原本改。

◎ 注釋

【一】龍馬：古代傳説中龍頭馬身的神獸。《書・顧命》：“天球，河圖，在東序。”孔傳：“伏犧王天下，龍馬出河。遂則其文，畫八卦，謂之河圖。”

【二】天馬：漢朝對得自西域的良馬的稱呼，意即神馬。《史記・大宛列傳》：

“初，天子發書《易》，云‘神馬當從西北來’。得烏孫馬好，名曰‘天馬’。及得大宛汗血馬，益壯，更名烏孫馬曰‘西極’，名大宛馬曰‘天馬’云。”

【二】羅甸：古國名，地當在今貴州省中部。《三國志》：“建興三年，丞相亮南征，火濟積糧通道，佐丞相擒孟獲，命世爲羅甸君長。”火濟，彝名妥阿哲，亦稱濟火。蜀漢時所封羅甸國，中心在今貴州省大方縣。

【四】西王母：亦稱“金母”“王母娘娘”“王母”或“西姥”，中國古代神話中的女神，後爲道教所信奉。在《山海經》裏，她是一個豹尾虎齒而善嘯的怪物。在《穆天子傳》裏，她則是一個雍容平和、能唱歌謡的婦人。到《漢武内傳》裏，她却成爲年約三十、容貌絶世的女神，并把 3000 年結一次果的蟠桃賜給武帝。《神异記》更爲她編造了一個與配偶東王公一年一相會的神話故事。《太平廣記》説東王公和西王母分管男仙、女仙的名籍。後代小説、戲曲又稱她爲“瑶池金母”，每逢蟠桃熟時，大開壽宴，諸仙都來爲她上壽。舊時民間因將西王母作爲長生不老的象徵。

【五】東王公：亦稱“東王父”“東木工”“東華帝君”，中國古代神話中的男神。《神异記》謂其爲身長一丈、頭髮皓白、人形鳥面虎尾、載一黑熊的神怪，居“東荒”山中石室，配偶西王母，一年一相會。後經增飾，成爲掌管男仙名籍的神仙領袖。道教亦稱爲“東方青靈始老君”。

【六】弱海水：指弱水和海水。弱水，古水名。

【七】瀛與蓬：指瀛洲、蓬萊兩座仙山。

## 道傍翁

道傍聞悲聲，有翁持兒哭。問翁哭何因？云將獨子鬻[一]。問鬻子何爲？云以饋官役。鄰人互訟争，株連掛案牘。總散官尊①來，人馬十五六。②逐狗捉鷄豚，喧鬨[二]索酒肉。搞樸[三]勒脚錢③，威虐備慘酷。三字一點紅，此例焉可没。④冤苦不可堪，典田賣破屋。所有已盡傾，未足饜所欲。咆哮怒愈加，只得賣兒足。一兒價幾何，詎能滿谿谷[四]。家破復鬻兒，兒鬻甯望贖？殘年更誰倚，拼死弃溝瀆【五】！

◎ 原注

①總散官尊：差有數等，最大曰總上總，其次總差頭，其次散差頭，其次散差，此皆有名在衙者。其白役有曰抱二牌，曰靠牆子，以及小弟兄、小徒弟、馬排子種種名色。

②人馬十五六：票上一名，輒各帶弟兄，徒弟數人，有三四名，即有十餘人。若府差則動輒數十人，每人一騎一駝，甚至坐肩輿曰抬兜子。

③勒脚錢：原告曰發脚錢，被告及有名者曰脚步錢。又有彎子錢、鑲邊錢種種名色。

④"三字"二句：役向株連者索錢，輒曰："三個黑子一點紅。"言名在票也。又曰："無例不可興，有例不可滅。"言錢之必要也。

◎ 注釋

【一】鬻（yù）：本義爲粥，引申爲"賣"。明劉基《賣柑者言》："人争鬻之。"

【二】喧闐（tián）：亦作"喧嗔"，喧嘩，熱鬧。唐杜甫《鹽井》詩："君子慎止足，小人苦喧闐。"

【三】搞樸：通常作"敲撲"，鞭打的刑具，短曰敲，長曰撲。亦指敲打鞭笞。《文選·賈誼〈過秦論〉》："履至尊而制六合，執敲撲以鞭笞天下。"

【四】谿谷：山谷。

【五】溝瀆：猶溝洫，田間水道。《易·説卦》："坎爲水，爲溝瀆。"

## 以筇杖【一】竹杯壽舅氏安公子民

昔讀孟氏書，老者食必肉。【二】又誦蘇氏詩，不可居無竹。【三】非肉食不飽，無竹令人俗。阿舅頤養【四】豐，酒肉固所足。何以表清風【五】，惟有渭川玉。筇竹産滇山，高節而疏目。慈竹出蜀江，瘦硬根蟠曲。裁爲杖與杯，用作南山【六】祝。南山壽高高，佳氣日蔥郁。中有南極仙【七】，蒼顔鬢眉緑。飛筇醉流霞，仙雲共追逐。

## ◎ 注釋

【一】筇杖：筇竹杖。筇，古書上説的一種竹子，可以做手杖。宋陸游《破陣子》詞之二：“蠟屐登山真率飲，筇杖穿林自在行。”

【二】“昔讀”二句：語出《孟子·梁惠王上》：“五畝之宅，樹之以桑，五十者可以衣帛矣；鷄豚狗彘之畜，無失其時，七十者可以食肉矣；百畝之田，勿奪其時，數口之家可以無飢矣；謹庠序之教，申之以孝悌之義，頒白者不負戴於道路矣。七十者衣帛食肉，黎民不飢不寒，然而不王者，未之有也。”

【三】“又誦”二句：語出蘇軾《於潛僧緑筠軒》：“寧可食無肉，不可居無竹。無肉令人瘦，無竹令人俗。人瘦尚可肥，士俗不可醫。旁人笑此言，似高還似癡。若對此君仍大嚼，世間那有揚州鶴。”

【四】頤養：保養。《漢書·食貨志下》：“酒者，天之美禄，帝王所以頤養天下，享祀祈福，扶衰養疾。”

【五】清風：高潔的品格。明李贄《豫約·感慨平生》：“夫陶公清風千古，余又何人，敢稱庶幾。”

【六】南山：古山名，即秦嶺終南山，在今陜西省西安市南。《詩·小雅·節南山》：“節彼南山，維石岩岩。”《詩·小雅·天保》：“如南山之壽，不騫不崩。”後因用爲祝壽之辭。

【七】南極仙：古代神話傳説中的老壽星，又稱南極真君、長生大帝、玉清真王，爲元始天王九子。因爲他主壽，所以又叫“壽星”或“老人星”。傳説經常供奉這位仙神，可以使人健康長壽，其實是道教追求長生的一種信仰。

## ‖ 水潦[①]滇黔一覽樓 ‖

高樓獨倚山，萬朵峰巒繞。氣横三省秋，亙古青不了。一水虹貫來，源遠流長淼【一】。樓傍生古松，樓下開芳沼。鎮日【二】看江山，忘情到魚鳥。

設榻向樓中，窗虛雲飄緲。每至夜之分，白雲樓中嫋。冉冉登榻來，伴人眠到曉。睡醒起望雲，摇曳飛天表【三】。白雲本無心，長與人相好。

◎ **原注**

①水潦：即今四川省叙永縣水潦彝族鄉，以赤水河爲川黔分界。

◎ **注釋**

【一】淼（miǎo）：水大，水面遼闊。《楚辭·九章·哀郢》："當陵陽之焉至兮，淼南渡之焉如。"

【二】鎮日：整天，從早到晚。明陸采《懷香記·醉誤佳期》："幽窗鎮日聞鶯燕，倚欄干柔腸千轉。"

【三】天表：猶天外。漢班固《西都賦》："排飛闥而上出，若遊目於天表，似無依而洋洋。"

## 發戛（一）宅

我宅黔山中，繞屋萬竿竹。開門見蜀山，青蒼日在目。山林足幽勝，胸次【一】亦寬舒。酌我家中酒，讀我厨中書。好風送雨來，新凉應時至。萬物皆自得，吾亦適吾意。讀罷還復酌，杯盡壺更斟。頹然【二】西窗下，一枕羲皇【三】心。

◎ **余注**

（一）發戛：彝語岩上，在赤水河畔貴州省畢節縣林口區團結鄉境内。

◎ **注釋**

【一】胸次：胸間。亦指胸懷。《莊子·田子方》："行小變而不失其大常也，喜怒哀樂不入於胸次。"

【二】頹然：寂静，寂然。明譚宗《歸度庾嶺》詩："頹然下横浦，燈火亂樵漁。"

【三】羲皇：指伏羲氏。古人想像羲皇之世，其民皆恬静閑適，故隱逸之士自稱“羲皇上人”。晋陶潜《與子儼等疏》：“常言：五六月中，北窗下卧，遇凉風暫至，自謂是羲皇上人。”

## 以小龕供屈平【一】劉伶【二】像曰醉醒龕

園内開雙沼，沼上立孤亭。一龕亭中供，屈子與劉伶。劉伶終日醉，屈子一生醒。獨醒與長醉，同一潔其身。我居醉醒間，爛漫率天真。醒者是益友，醉者是德鄰。餐英椒漿馥，啜漓蘭露馨。【三】荷鋤采芳芷【四】，捧罍【五】誦騷經【六】。是醒亦是醉，席地問天青。詹尹【七】無庸卜，漁父【八】莫與論。二豪之侍側，螺蠃[一]與螟蛉。【九】

### ◎ 校勘記

[一]蠃：原本與民族社本均誤爲“羸”，今改。

### ◎ 注釋

【一】屈平：屈原（約前 340—前 278），中國古代偉大的愛國詩人，出生於楚國丹陽（今湖北省秭歸縣），名平，字原，戰國時期楚國貴族出身，任三閭大夫、左徒，兼管内政外交大事。他主張對内舉賢能，修明法度，對外力主聯齊抗秦，後因遭貴族排擠，被流放沅、湘流域。公元前 278 年秦將白起一舉攻破楚國首都郢都，憂國憂民的屈原在長沙附近汨羅江懷石自殺，據説端午節就是他的忌日。他寫下許多不朽詩篇，是中國古代浪漫主義詩歌的奠基者，在楚國民歌的基礎上創造了新的詩歌體裁“楚辭”，主要作品有《離騷》《九章》《九歌》等。詩歌抒發了熾熱的愛國主義思想感情，表達了對楚國的熱愛，體現了他對理想的不懈追求和爲此九死不悔的精神。他創造的“楚辭體”在中國文學史上獨樹一幟，與《詩經》并稱“風騷”二體，對後世詩歌創作産生了極大影響。

【二】劉伶：魏晋時期沛國（今安徽淮北市濉溪縣）人，字伯倫，“竹林七賢”之一，曾爲建威將軍王戎幕府下的參軍。晋武帝泰始初，對朝廷策問，强調無爲而治，以無能罷免。平生嗜酒，曾作《酒德頌》，宣揚老莊思想和縱酒放誕之情趣，對傳統“禮法”表示蔑視，是竹林七賢中社會地位最低的一個。

【三】“餐英”二句：語出《楚辭・離騷》：“朝飲木蘭之墜露兮，夕餐秋菊之落英。”餐英，以花爲食，後用以指雅人的高潔。椒漿，以椒浸制的酒漿，古代多用以祭神。啜漓，喝薄酒。

【四】芳芷：香草名。常用以比喻美好品行或優秀人才。《楚辭・離騷》：“畦留夷與揭車兮，雜杜衡與芳芷。”

【五】罌：古代大腹小口的酒器。劉伶《酒德頌》：“先生於是方捧罌承槽、銜杯漱醪。”

【六】騷經：指《離騷》。南朝梁劉勰《文心雕龍・辨騷》：“故《騷經》《九章》，朗麗以哀志。”

【七】詹尹：古卜筮者之名。《楚辭・卜居》：“心煩慮亂，不知所從，往見太卜鄭詹尹。”王逸注：“鄭詹尹，工姓名也。”王國維《屈子文學之精神》：“而知屈子者，唯詹尹一人。”

【八】漁父：典出屈原《漁父》：“屈原既放，游於江潭，行吟澤畔，顔色憔悴，形容枯槁。漁父見而問之曰：‘子非三閭大夫與？何故至於斯？’屈原曰：‘舉世皆濁我獨清，衆人皆醉我獨醒，是以見放！’漁父曰：‘聖人不凝滯於物，而能與世推移。世人皆濁，何不淈其泥而揚其波？衆人皆醉，何不餔其糟而歠其釃？何故深思高舉，自令放爲？’屈原曰：‘吾聞之，新沐者必彈冠，新浴者必振衣；安能以身之察察，受物之汶汶者乎？寧赴湘流，葬於江魚之腹中；安能以皓皓之白，而蒙世俗之塵埃乎？’漁父莞爾而笑，鼓枻而去，乃歌曰：‘滄浪之水清兮，可以濯吾纓；滄浪之水濁兮，可以濯吾足。’遂去，不復與言。”

【九】“二豪”二句：典出劉伶《酒德頌》：“二豪侍側焉，如蜾蠃之與螟蛉。”意即幾位鄉紳豪士站在大人先生一旁，就像蟲蟻一樣渺小。

## 遇道人觀丹符【一】

青天一線開，兩崖挾紅日。吐出黄金光，射下三萬尺。風過空無聲，雲度虛無跡。我趁風雲來，長嘯坐仙石。仙人白[一]羽衣，紫髯方瞳碧。袖中出仙經，綠編【二】文字赤。雲鳥【三】蝌蚪書【四】，奇古不可譯。笑拍仙人肩，飄然各自適。我飛笻一枝，仙飛鶴一隻。

◎ **校勘記**

［一］白：民族社本誤爲“曰”，今據原本改。

◎ **注釋**

【一】符：舊時道士用以驅鬼召神、治病延年的秘密文書。《隋書·經籍志四》：“於代都東南起壇宇，給道士百二十餘人……太武親備法駕，而受符籙焉”。

【二】編：書或書的一部分。韓愈《進學解》：“先生口不絶吟於六藝之文，手不停披於百家之編。”

【三】雲鳥：相傳黄帝受命有雲瑞，故以雲紀事，百官師長皆以雲爲名號。少皞氏受命有鳳鳥適至，故以鳥紀事，百官師長皆以鳥爲名號，見《左傳·昭公十七年》。後以“雲鳥”指兩個不同的朝代。北周武帝《大赦詔》：“雲鳥殊世，文質异時。”

【四】蝌蚪書：古文字體的一種。筆劃多頭大尾小，形如蝌蚪，故稱。清沈起鳳《諧鐸·荆棘里》：“老人挈周登舟，達岸，岸上樹廉石，鐫金碧大字，類蝌蚪書，周不能辨。”

## ‖ 秋　夜 ‖

繁星閃寒光，明河【一】耿【二】秋影。四野寂無聲，迢迢孤夜永。高樓人不眠，一片霜風冷。

◎ **注釋**

【一】明河：天河，銀河。宋歐陽修《秋聲賦》：“星月皎潔，明河在天。”

【二】耿：照。《國語·晋語三》：“若入，必伯諸侯以見天子，其光耿於民矣。”

## 閒適吟

耕田足新穀，種桑足新絲。衣食苟不闕，何用營謀爲。衣服不必麗，但取寒暑宜。飲食不必旨【一】，但取飢渴時。胡爲悦口體，而勞我心思。我愛惟有酒，每晨中一巵【二】。醉餘花間卧，自吟鄙俚【三】詩。吾惟守吾拙，安問人不知。

◎ 注釋

【一】旨：味美。《禮記·學記》："雖有佳餚，弗食，不知其旨也。"

【二】巵（zhī）：同"卮"。古代一種器皿，常用來盛酒。《韓非子·外儲説右上》："今有千金之玉巵而無當，可以盛水乎？"

【三】鄙俚：粗野；庸俗。晋左思《魏都賦》："非鄙俚之言所能具。"

## 答友人

芳蘭采過時，衰靡隨秋草。美女無良媒，蛾眉【一】空閨老。志士悲秋風，壯心傷懷抱。世無平原君【二】，肝膽誰傾倒。窮達各有時，何必計遲早。尼父【三】有遺言，我爲待價寶。

◎ 注釋

【一】蛾眉：本爲女子眉毛，此處借指女子美麗的容貌。《楚辭·離騷》："衆女嫉余之蛾眉兮，謡諑謂余以善淫。"

【二】平原君：即趙勝（？—前 251），戰國時趙國的貴族，趙武靈王之子，趙惠文王之弟，封於東武（今山東武城），號平原君。在趙惠文王和趙孝成王時任相，是當時著名的政治家之一，以善於養士而聞名，門下食客曾多達數千人。他和齊國孟嘗君田文、魏國信陵君魏無忌、楚國春申君黃歇合稱“戰國四公子”。

【三】尼父：亦稱“尼甫”，對孔子的尊稱。孔子字仲尼，故稱。

## 甘隱篇

世人趨名利，所學在干祿【一】。及至登仕途，患得失榮辱。時刻攖[一]其心，戚戚【二】復碌碌【三】。喜怒不自由，行止受人束。趙孟貴賤之，【四】禍福同轉燭【五】。所以托沉冥【六】，於焉【七】在空谷。如魚求深淵，如鳥擇高木。抱道【八】全天真【九】，清新寡嗜欲。尚友古之人，悠然靡不足。

### ◎ 校勘記

[一]攖：民族社本誤爲“櫻”，今據原本改。

### ◎ 注釋

【一】干祿：求祿位；求仕進。《論語・爲政》：“子張學干祿。”

【二】戚戚：憂懼貌；憂傷貌。《論語・述而》：“君子坦蕩蕩，小人長戚戚。”

【三】碌碌：煩忙勞苦貌。唐牟融《遊報本寺》詩：“自笑微軀長碌碌，幾時來此學無還。”

【四】“趙孟”句：意即有權勢的人能讓你尊貴，也能讓你低下。語出《孟子・告子上》：“孟子曰：‘欲貴者，人之同心也。人人有貴於己者，弗思耳。人之所貴者，非良貴也。趙孟之所貴，趙孟能賤之。’”趙孟，春秋時晉國正卿趙盾，字孟。趙氏世代執掌晉國朝政，貴顯無比。這裏以趙孟代指有權勢的人物。

【五】轉燭：風搖燭火，用以比喻世事變幻莫測。唐杜甫《佳人》詩：“世情惡衰歇，萬事隨轉燭。”

【六】沉冥：指隱士。《世説新語・棲逸》：“此君近不驚寵辱，雖古之沉冥，何以過此。”

【七】於焉：從此，於此。唐顧況《塞上曲》：“酣戰祈成功，於焉罷邊釁。”

【八】抱道：持守正道。《三國志·魏志·管寧傳》："寧抱道懷真，潛翳海隅，比下徵書，違命不至。"

【九】天真：《莊子·漁父》："禮者，世俗之所爲也；真者，所以受於天也，自然不可易也。故聖人法天貴真，不拘於俗。"後因以"天真"指不受禮俗拘束的品性。《晋書·阮籍嵇康等傳論》："餐和履順，以保天真。"

## 疏竹幾竿，牽牛引蔓於上，旭日中蘭花數朵，清絶可人

疏竹已清幽，牽牛亦雅潔。盈盈秋露中，數朵梢[一]頭結。宛如遺世姝，凌風更嬌絶。翠鈿【一】嚲【二】緑鬟，嫣然【三】不言説。此時人未醒，曉風吹殘月。

### ◎ 校勘記

[一]梢：原本與民族社本皆誤爲"稍"，今改。

### ◎ 注釋

【一】翠鈿：緑玉製的婦女頭飾。唐代詩人杜牧《樊川集》詩："霧冷侵紅粉，春陰撲翠鈿。"

【二】嚲（duǒ）：下垂。唐代詩人岑參《送郭乂雜言》："朝歌城邊柳嚲地，邯鄲道上花撲人。"

【三】嫣然：嬌美的樣子。宋玉《登徒子好色賦》："嫣然一笑，惑陽城，迷下蔡。"

## 田事詩

今歲學爲稼，不惜師老農。瑣屑占晴雨，殷勤卜歉豐【一】。春作今方急，乘時事畝東。芻蕘【二】益牝牡【三】，飲食厚僕僮。願爾飽餘力，勿

荒隋【四】爾功。鳴鳩頻喚雨，溝洫滯須通。雨足田水滿，穀紋縐[一]好風。插秧新轉色，嫩緑沁眉峰。未知將來碩，且喜今勃蔥。嗟我少婦子，采桑急蠶工。微行【五】山曲回，柔葉露零濃。蠶繭半已摘，黄白粲【六】筐中。遲遲春晝永，【七】悠悠傷女衷。歸寧【八】期不得，春服制未終。農歸力田晚，脱簑月明松。婦子欣相向，壺傾濁酒鍾。展卷課【九】兒讀，燈影爛摇紅。

### ◎ 校勘記

[一]縐：民族社本誤爲“皺”，今據原本改。

### ◎ 注釋

【一】歉豐：歉收、豐收。歉，收成不好。《廣雅·釋天》：“一穀不升曰歉。”

【二】芻蕘（chúráo）：割草采薪。《孟子·梁惠王下》：“文王之囿方七十里，芻蕘者往焉，雉兔者往焉，與民同之。”趙岐注：“芻蕘者，取芻薪之賤人也。”

【三】牝牡（pìnmǔ）：禽獸的雌性和雄性。《史記·龜策列傳》：“禽獸有牝牡，置之山原；鳥有雌雄，布之林澤；有介之蟲，置之谿谷。”這裏代指農耕的牲畜。

【四】荒隋：荒廢墜失。隋，通“墮”，垂落。《史記·天官書》：“延藩西有隋星五。”《索隱》：“隋爲垂下。”

【五】微行：小路。《詩·豳風·七月》：“女執懿筐，遵彼微行，爰求柔桑。”毛傳：“微行，牆下徑也。”

【六】粲：鮮明的樣子。《釋言》：“粲，鮮也。”

【七】“遲遲”句：語出張養浩《雙調·清江引·詠秋日海棠》：“嬌倚秋陰薄，瘦怯霜華重。幾時盼得日，遲遲春晝永？”意爲希望晝長夜短，天氣晴朗，春日永駐。

【八】歸寧：已嫁女子回娘家看望父母。《詩·周南·葛覃》：“害澣害否，歸寧父母。”朱熹集傳：“寧，安也。謂問安也。”

【九】課：督促。《後漢書》：“課家人負物百斤，環舍趨走。”

## 畢城旅店甚隘，邀蓋景皋、楊旭初、緒文僧遊雙井寺

野人在城市，如虱居裩[一]【一】裏。何處可怡情，惟有佛地耳。雙井名古剎，【二】禪心清活水。欲作名勝遊，應得邀名士。詎意【三】客已來，主人尚未起。先生餓待饌，世豈有此理。大笑向彌勒，一齊忘我爾。天愛詩人狂，佛見酒徒喜。米汁【四】灑淋漓，是乃真佛子。②宿聞老蒼龍，懷寶眠井底。我欲高聲呼，恐驚蟄龍起。又聞彌大師，詩酒湛【五】禪旨。③我來看真容，秋風裂故紙④。墻嵌韙書碑【六】，兀自【七】鎸逸【八】已。前明龍鳳章，湮没亦久矣。⑤幾閱世滄桑，誰能憶終始。醉歸城市中，明日各行止。⑥

◎ **校勘記**

[一]裩：民族社本作“裉”，今從原本改。

◎ **原注**

①“禪心”句：寺有韓侍郎鑅“活水禪心”四字，筆力甚勁。

②“米汁”二句：緒文僧及住持皆善飲。

③“又聞”二句：乾隆中，住持僧彌蓮能詩善書畫，士大夫多與遊。

④ 裂故紙：寺有彌蓮小像，蹁躚荷蒲團，頗有逸致，惜紙破裂耳。

⑤“前明”二句：寺爲明敕封寺，相傳有龍鳳碑額，今無存者。

⑥“醉歸”二句：旭初將有所行。碑方長二尺許，鎸韙書十數字，楷書，叙功德云土目安寧父子立。考韙書乃逸已。土目，今威寧放豬場。

◎ **注釋**

【一】裩（kūn）：滿襠褲。《金瓶梅》：“揭起湘裙，紅裩初褪。”

【二】“雙井”句：據《大定府志》記載，雙井寺，始名爲普惠寺，在東關外，明正統間建，稱普惠禪林。康熙間修，廟前有雙井，故又名雙井寺。

【三】詎意：見《葬弟》注釋【一】。

【四】米汁：米酒。《增補類腋・物部・米汁》引《酒史》：“蘇晋，珦之子也，學浮屠術。嘗得胡僧慧澄繡彌勒佛一本，寶之。曰：是佛好米汁正與吾性合，吾願事

之，他佛不愛也。”

【五】湛：深厚。司馬相如《封禪文》：“湛恩厖鴻，易豐也，”

【六】韙書碑：據《大定府志》記載，古代有關史志稱彝文爲韙書。韙書碑，指用彝文撰寫的碑文。

【七】兀自：亦作“兀子”。還，仍然。《儒林外史》第三回：“范進正在一個廟門口站著，散著頭髮，滿臉污泥，鞋都跑掉了一隻，兀自拍著掌。”

【八】逸：隱遁。這裏指能夠隱約看到鎸刻的碑文。

## 山店得友人贈酒

好酒如好人，雖醉亦不惡。惡酒如惡人，醉人百病作。行憩山店中，呼酒聊解渴。劣者新磨刀，薄者强弩末。[一]友人忽投醪[二]，甘露從天落。急取一中之，勝似得官樂。

### ◎ 注釋

【一】“劣者”二句：比喻劣質酒如新磨之刀猛烈，又如强弩之末無勁。

【二】醪（láo）：濁酒，帶糟的酒。《史記・袁盎傳》：“乃悉以其裝齎，置二石醇醪。”

## 讀史醉占

渡海駕飛龍，登山馭猛虎。苟無駕馭才，爲貓反畏鼠。君不見曹公[一]，世亂乃稱雄。曹公如不死，司馬敢乃爾[二]。王者雖無私，示利總非宜。

### ◎ 注釋

【一】曹公：曹操（155—220），字孟德，一名吉利，小字阿瞞，沛國譙（今安徽亳州）人，漢族。東漢末年傑出的政治家、軍事家、文學家、書法家、詩人，三國中曹魏政權的締造者。後文的“司馬”，即輔佐魏國四代托孤重臣的司馬懿家族。

【二】乃爾：猶言如此。三國魏曹操《楊阜讓爵報》：“姜叙之母，勸叙早發，明智乃爾。”

## 偶與人論書

我雖不善書，頗解書中理。飛燕【一】薄命兒，玉環【二】肥婢耳。修短與濃纖，合度斯爲美。肥中須見骨，瘦中須有肉。骨肉或偏枯【三】，定非千里足【四】。相法自有真，形貌不足珍。神藏不外露，外露終非神。

### ◎ 注釋

【一】飛燕：即趙飛燕，西漢漢成帝皇后、漢哀帝皇太后。漢哀帝死後，漢平帝劉衎即位，趙飛燕則被貶爲庶人。她以美貌著稱，所謂“環肥燕瘦”即指她和楊玉環，而“燕瘦”也通常用以比喻體態輕盈瘦弱的美女。

【二】玉環：楊玉環（719—756），字太真，祖籍蒲州永樂（今山西永濟），生於蜀郡成都（今四川成都）。她先爲壽王李瑁的王妃，後爲公爹唐玄宗李隆基的貴妃。天寶十五載（756）六月十四日，隨李隆基流亡蜀中，途經馬嵬驛，禁軍嘩變，37歲的楊貴妃被縊死，香消玉殞。楊貴妃天生麗質，爲唐代第一美女，中國古代四大美女之一。“閉月羞花之貌，沉魚落雁之容”，其中“羞花”即指楊貴妃。

【三】偏枯：偏於一方面，照顧不均，失去平衡。南朝梁劉勰《文心雕龍・附會》：“義脈不流，則偏枯文體。”

【四】千里足：喻杰出人才。唐武元衡《安邑里中秋懷寄高員外》詩：“高德十年兄，异才千里足。”

## 聽殘僧自述所歷

老僧病復殘，自述少遊遠。尤於巴蜀間，足跡幾遍滿。艱險閱歷多，請言所歷險。鳥道向天横，道長青天短。雲動谷平移，風生山自撼。一澗當中穿，雨崖對面斬。昏雲澗底生，飛繩崖下挽。一墮落雲中，定遭魑魅【一】噉【二】。輕舟下漩渦，天地團團轉。飛篙奮力撑，絲毫不容緩。突如出重圍，匹馬衝萬散。船底打沸沙，急如煎油響。船頭搶怒濤，駭如虓虎【三】闞。山川險如斯，家鄉苦不返。中年始歸來，途逢教匪反。村如蓬蒿焚，人作瓜菜砍。室家皆覆巢，童稚無完卵【四】。積屍高齊肩，停血深没骭【五】。蒼卒【六】匿屍叢，鼻息出不敢。流賊肆飛揚，追兵急汗喘。撲東復炎西，前息後仍喊。將士飽賞犒，朝廷勞宵旰【七】。賊氛久乃銷，太平得歸晚。在險幾碎心，出險無全膽。臨老入空門，賴佛求衣飯。

◎ **注釋**

【一】魑魅：古謂能害人的山澤之神怪。亦泛指鬼怪。《漢書・王莽傳中》："敢有非井田聖制，無法惑衆者，投諸四裔，以禦魑魅。"顔師古注："魑，山神也。魅，老物精也。"

【二】噉：同"啖"。

【三】虓（xiāo）虎：咆哮怒吼的虎。《詩・大雅・常武》："進厥虎臣，闞如虓虎。"毛傳："虎之自怒虓然。"

【四】完卵：完好的禽蛋。南朝宋劉義慶《世説新語・言語》："孔融被收，中外惶怖。時融兒大者九歲，小者八歲，二兒故琢釘戲，了無遽容。融謂使者曰：'冀罪止於身，二兒可得全不？'兒徐進曰：'大人豈見覆巢之下，復有完卵乎？'尋亦收至。"後因以"完卵"比喻幸得保全。

【五】骭（gàn）：小腿骨，亦指小腿。《淮南子・俶真》："易骭之一毛。"注："自膝以下、脛以上也。"

【六】蒼卒：匆忙，慌張。晉葛洪《西京雜記》卷四："有蒼卒客，無蒼卒主人。"

【七】宵旰（xiāogàn）："宵衣旰食"的省略。天不亮就穿起衣來，時間晚了纔吃飯，形容爲處理國事而辛勤地工作。

## 望山亭

好山如佳人，一顧傾城春【一】。遺世而獨立，【二】不肯與人親。築亭遥相望，遠眉翠含顰。主人多少福，消受卓文君【三】。可望不可即，爲雨抑爲雲。

◎ 注釋

【一】傾城春：極言山之美艷，壓倒滿城之春色。

【二】“遺世”句：遺弃世間之事，脱離社會獨立生活，不跟任何人往來。宋蘇軾《前赤壁賦》：“飄飄乎如遺世獨立，羽化而登仙。”

【三】卓文君：漢代才女，原名文後，西漢臨邛（屬今四川邛崍）人。卓文君與漢代著名文人司馬相如的一段愛情佳話至今還被人津津樂道。她也有不少佳作流傳後世，以“願得一人心，白首不相離”一句最爲著名。這裏以人喻山。

## 有士人築室讀書高山，不與人通，訪之未果

高人厭塵寰[一]【一】，與天爲鄰里。地古雪猶存，天空風不已。雲飛燒松烟，露灑瀹【二】泉水。書聲作鳳鳴，燈光同月起。人從下方看，離天不尺咫。往來知無人，惟應赤松子【三】。鷄犬皆升天，吾曹【四】乃井底。山高路不通，悠然深翹企【五】。

◎ 校勘記

[一]寰：民族社本誤作“環”，今據原本改。

◎ 注釋

【一】塵寰：人世間。唐權德輿《送李城門罷官歸嵩陽》詩：“歸去塵寰外，春山桂樹叢。”

【二】瀹（yuè）：疏通，疏導。這裏極言露氣之重。《孟子·滕文公上》：“禹疏九河，瀹濟漯而注諸海。”

【三】赤松子：相傳爲晋代得道成仙的皇初平。據晋葛洪《神仙傳》載：丹溪人皇初平 15 歲時外出牧羊，被道士携至金華山石室中，40 餘年不復念家。其兄初起行山尋索，歷年不得。後經道士指引於山中見之。問羊何在，初平叱白石成羊數萬頭。初起乃弃家從初平學道，“共服松脂、茯苓至五百歲，能坐在立亡，行於日中無影，

而有童子之色。後乃俱還鄉里，親族死終略盡，乃復還去。初平改字爲赤松子，初起改字爲魯班”。

【四】吾曹：我輩。《韓非子·外儲説右上》：“吾曹何愛不爲公。”

【五】翹企：翹首企足，形容盼望殷切。《後漢書·袁譚傳》：“翹企延頸，待望讎敵，委慈親於虎狼之牙，以逞一朝之志，豈不痛哉！”

## 小河別墅

少負烟霞【一】癖，林泉【二】自祖傳。春深草木盛，麋鹿性悠然。山邑立四壁，天垂覆頂圓[一]。此中一澗水，千古響潺湲【三】。倚山園半畝，臨流屋幾椽。水作風雷雨，山無日月年。【四】有時行沙岸，老牛舐犢眠。還來磯石上，坐看漁忘筌。【五】山頂多烟户，炊雲種天田。夜半燈火起，光雜萬星[二]懸。我自居深谷，如魚故在淵。不出亦不隱，非佛亦非仙。

### ◎ 校勘記

[一]圓：民族社本誤爲“園”，今據原本改。

[二]星：民族社本作“里”，今據原本改。

### ◎ 注釋

【一】烟霞：泛指山水、山林。南朝梁蕭統《錦帶書十二月啓·夾鍾二月》：“敬想足下，優遊泉石，放曠烟霞。”

【二】林泉：指隱居之地。唐駱賓王《上兖州張司馬啓》：“雖則放曠林泉，頗得閒居之趣。”

【三】潺湲：流水聲。宋王安石《舟夜即事》詩：“山泉如有意，枕上送潺湲。”

【四】“山無”句：意即遠離塵囂，寄情山水，完全忘記了時令的更替。

【五】“坐看”句：化用“得魚忘筌”典，極言山野生活之閑適。筌，捕魚用的竹器。《莊子·外物》：“筌者所以在魚，得魚而忘筌。”

## 飲　酒

勁酒如勁兵，一戰愁城破。操此全勝威，鋭氣那能挫。花國詩催戰，賈勇【一】從横【二】過。凱歌入醉鄉，風月争來賀。功成封華胥【三】，倒偃酒旗卧。

◎ **注釋**

【一】賈勇：自恃勇力有餘，可以售出。語出《左傳・成公二年》："欲勇者，賈余餘勇。"

【二】從横：也作"縱横""從衡"。馳騁，横行天下。曹丕《又報孫權書》："君生於擾攘之際，本有從横之志。"

【三】華胥：亦稱"華胥氏"，姓風，中國上古時期華胥國女首領，即伏羲和女媧的母親，炎帝和黄帝的直系遠祖，被譽爲"人祖"。關於華胥的記載，最早見於《列子・黄帝》。此處泛指首領。

**七言古體詩69首**

## 千竿圖

欲畫千竿竹，先讀萬卷書。胸無奇特節，縱畫不如無。先生奇特蓋世英，氣吐虹霓吞長鯨。滿腹經綸畫作竹，一天風雨指上生。瀟瀟風雨起絹素【一】，矯若騰空勢飛翥【二】。高懸中夜若聞聲，疑欲破壁化龍去。先生善畫定善文，揮[一]毫落紙凌烟雲。檄成不特愈頭痛，直擬横掃千萬軍。【三】吁嗟畫竹誠不易，枝枝葉葉浩然氣。譬如相馬九方皋【四】，牝牡驪黄不須記。

◎ **校勘記**

[一]揮：民族社本作"指"，今從原本改。

◎ 注釋

【一】絹素：未曾染色的白絹。唐杜甫《丹青引》："詔謂將軍拂絹素，意匠慘澹經營中。"

【二】飛翥（zhù）：飛舉，飛騰。唐黄滔《與沈侍御啟》："自飛翥九霄，梯航陸海。"

【三】"檄成"二句：意爲檄文寫成之後愈發爲難，徑直懷疑它欲横掃萬馬千軍。不特，不僅。漢司馬相如《封禪文》："休烈浹洽，符瑞衆變。期應紹至，不特創見。"

【四】九方皋：亦作"九方臯"。春秋時人，善相馬。相傳伯樂推薦他爲秦穆公外出求馬，他不辨毛色雌雄，而觀察馬的内神，因得天下良馬。伯樂稱他"得其精而忘其粗，在其内而忘其外"，後用以喻善於發現人才的人。後文的"牝牡驪黄"，就是指挑選好馬不必拘於毛色性别，比喻非本質的表面現象。

## 秦仁堂師畫雪月梅①

吾師畫獨出新意，畫出梅花别有致。目無全牛胸五車，乃能下筆非易易【一】。先生自號寒酸子，不食烟火惟飲水【二】。畫梅是梅亦是人，生平骨格【三】恰似此。雪滿空山月色闌，瘐影清魂入夢寒。煉來鐵脚【四】吟秋水【五】，咀華絶勝餌金丹。【六】先生七十抱典墳【七】，富貴於我等浮雲。陶鑄堯舜自作古，我之文法如是云。【八】聞説滇南唐梅樹，千年老幹墨龍護。祝師便作梅花仙，壽比唐梅永如故。

◎ 原注

① 題注：雪月梅以礬畫成，墨汁刷之，變滃（wēng）染法脱盡筆墨痕，深得雪中高士、月下美人神也。（校注者按：滃染法，中國畫技法之一，即用水墨淡彩潤畫面，不露或少露筆痕。）

◎ 注釋

【一】易易：容易。《禮記·鄉飲酒義》："吾觀於鄉，而知王道之易易也。"

【二】飲水：謂清廉。語本《晋書·良吏傳·鄧攸》："時吴郡闕守，人多欲之，帝以授攸。攸載米之郡，俸禄無所受，惟飲吴水而已。"唐杜甫《贈裴南部》詩："塵滿萊蕪甑，堂横單父琴。人皆知飲水，公輩不偷金。"

【三】骨格：骨氣，品格。唐吴融《赴闕次留獻荆南成相公三十韻》："骨格凌秋聳，心源見底空。"

【四】鐵脚：草名，又名燙燙青。宋王洙《王氏談録·北虜風物》："北荒之珍，有鐵脚草，採取陰乾，投之沸湯中，頃之莖葉舒卷如生。"

【五】秋水：道家的經典著作《莊子》中的第一篇。

【六】"咀華"句：意爲飽讀詩書，吸精取華，勝過靈丹妙藥。咀華，"含英咀華"的省略。鉺（ěi）金丹，古代方士煉金石爲丹藥，認爲服之可以長生不老。宋黄甲《魯女觀》："見説當年魯女冠，長年向此鉺金丹。"鉺，一種金屬元素，銀白色，有光澤，質軟，能使水分解。

【七】典墳：亦作"典賁"，"三墳五典"的省稱，指各種古代文籍。《淮南子·齊俗訓》："衣足以覆形，從典墳，虚循撓，便身體，適行步。"

【八】"陶鑄"二句：寫秦仁堂師學古能化、融會貫通，作者的作文之法就是從老師那裏學來的。"陶鑄堯舜"，語本《莊子·逍遥遊》："是其塵垢秕糠，將猶陶鑄堯舜者也。"作古，謂不依舊規，自創先例。

## 火筆山水【一】

君不見造化【二】小兒作遊戲，劫火大冶【三】鑄天地。誰從造化得元功，火畫山水真神异。不用毛錐用火錐，荆關董巨【四】未爲奇。倘使媧皇天未補，使之煉石亦能爲。胸中自有三昧火【五】，隨心所欲無不可。熱氣騰騰十指生，神來解衣磅礴裸。學問深時火候老，管城【六】即墨皆揮倒。紙上白描用火攻，斫鼻郢匠【七】無其巧。前生應是火官身，上古親爲火帝臣。火德【八】掌火施火政，火行著物即生春。縹緲烟雲腕下起，水光淡赭山光紫。火洲火井與山火，萬里奔來聚一紙。生平慣服太陽精，一點靈光百煉成。到底絶無烟火氣，惟是清空一氣横。

◎ **注釋**

【一】火筆山水：即用火筆創作的山水畫。火筆畫源於明末清初，有 300 多年歷史。用特製高温鐵筆，借鑒國畫技法，運用遠近虚實、濃淡相間的方法，烙畫而成，很有特色。

【二】造化：自然界的創造者，亦指自然。《莊子・大宗師》："今一以天地爲大鑪，以造化爲大冶，惡乎往而不可哉？"

【三】大冶：古稱技術精湛的鑄造金屬器的工匠。《莊子・大宗師》："今之大冶鑄金，金踴躍曰：'我且必爲鏌鋣！'大冶必以爲不祥之金。"

【四】荆關董巨：指五代時期山水畫的四大家荆浩、關仝、董源、巨然。

【五】三昧火：道教謂元神、元氣、元精函藏修煉能生真火，謂之三昧真火。《藥王救苦忠孝寶卷・思邈救白蛇》："孫思邈虔誠參道，每日家收丹煉藥，時時下苦，將五氣一處烤，將六門緊閉牢，三昧火往上燒，煉就了無價之寶。"

【六】管城：即"管城子"。唐韓愈作寓言《毛穎傳》，稱筆爲管城子，後因以"管城子"爲筆的别稱。宋黄庭堅《戲呈孔毅父》詩："管城子無食肉相，孔方兄有絶交書。"

【七】斫（zhuó）鼻郢（yǐng）匠：指具有高超技能的人。典出《莊子・徐無鬼》："郢人堊漫其鼻端，若蠅翼，使匠石斲之。匠石運斤成風，聽而斲之，盡堊而鼻不傷，郢人立不失容。"郢人鼻端有泥汙，請匠石用斧子給他削去，匠石運斧，呼呼有風，揮灑自如，把泥汙完全削盡，而不傷其鼻。

【八】火德：五德之一，以五行中的火來附會王朝曆運的稱火德，與後文"火行"同義。《史記・秦始皇本紀》："始皇推終始五德之傳，以爲周得火德，秦代周德，從所不勝。"張守節正義："秦以周爲火德，能滅火者水也，故稱從其所不勝於秦。"

## 贈揮嵐李君成章

君畫落墨風雨生，君詩下筆鬼神驚。畫中有詩詩有畫，詩畫仙才天生成。好詩不必分唐宋，好山不必是蓬瀛【一】。昨日我從海上過，無數神山不知名。山到有名多近俗，詩到無格【二】是通靈。畫得好山即好句，讀之一往有深情。此中大有佳處在，不比終南[一]捷徑行。畫成莫遣人將去，留著烟雲几【三】上横。有時客來共遊卧，試將鐵笛【四】吹一聲。吹作謝朓【五】驚人句，搔首一一問太清。

◎ **校勘記**

[一]南：民族社本誤爲“通”，今據原本改。

◎ **注釋**

【一】蓬瀛：蓬萊和瀛洲。神山名，相傳爲仙人所居之處，亦泛指仙境。唐許敬宗《遊清都觀尋沈道士得清字》詩：“幽人蹈箕潁，方士訪蓬瀛。”

【二】無格：没有標準，没有技法。“格”，標準，技法。《禮記・緇衣》：“言有物而行有格也。”

【三】几（jī）：小或矮的桌子。

【四】鐵笛：鐵制的笛管。相傳隱者、高士善吹此笛，笛音響亮非凡。宋朱熹《武夷精舍雜詠・鐵笛亭序》：“（武夷山中之隱者劉君）善吹鐵笛，有穿雲裂石之聲。”

【五】謝朓：南齊永明體詩的代表詩人，曾任宣城太守，尚書吏部郎，世稱“謝宣城”。齊東昏侯永元元年（499），遭始安王蕭遥光誣陷下獄死。詩多描寫山水景色，風格清逸秀麗，完全擺脱了玄言詩的影響，爲當時人所愛重。梁武帝（蕭衍）稱：“不讀謝詩，三日覺口臭。”

## 深山絶頂泉

萬古深山蒼雲裏，雲液凝成一勺水。大浸稽天旱爍金，不溢不涸恒如此。【一】飲之尚未及半杯，兩腋清風習習來。御之而行泠[一]然【二】善，上下於天周八垓【三】。蒙泉惠泉皆尋常，此泉天地所珍藏。世上王公休夢見，飛仙亦自罕得嘗。夜半北斗挹【四】將去，灑向人間作甘露。四海升平慶有年，國家千載緜寶祚。【五】

◎ **校勘記**

[一]泠：原本與民族社本皆誤爲"冷"，今改。

◎ **注釋**

【一】"大浸"二句：意爲洪水滔天，大旱熱得使金石熔化，而泉水却永遠不溢出，也不乾涸。語出《莊子·逍遥遊》："之人也，物莫之傷，大浸稽天而不溺，大旱金石流土山焦而不熱。"

【二】泠然：輕快的樣子。語出《莊子·逍遥遊》："夫列子御風而行，泠然善也。"

【三】八垓：八方的界限。唐任公叔《通天臺賦》之二："八垓可接於咫步，萬象無逃於寸眸。"

【四】挹（yì）：舀，酌，把液體盛出來。《荀子·宥坐》："子挹水而注之。"

【五】"四海"二句：意爲天下太平喜慶豐年，國家千年國運綿延。升平，太平。有年，豐年。緜，同"綿"。寶祚，國運。

## 水腦河①（一）

水奔西去山奔東，山起排雲水拍風。山水互相争倔强，譬如亂世鬥群雄。一山一水競[一]奇怪，逞强比勝不少懈。奇峰插下黄泉中，飛流衝出青天外。忽然青天入地底，群山無根立不起。欲倒未倒動摇摇，賴有白雲爲撑倚。回見天捲作穹窿【一】，疑是天翻來壓已。多年頑石老成精，奮欲齧人狀猙獰。千斤之重懸一髮，當頭墮下心魂驚。白雲冉冉亂山中，水面蓬蓬起人風。似欲吹人入銀海，客星去犯斗牛宫。【二】探奇更向深處[二]走，雲中仙人亂招手。君不見古來群雄鬥紛紛，空付後人一杯酒。

◎ **校勘記**

[一]競：原本與民族社本均誤作“競”，今改。

[二]深處：原本爲“深深”，民族社本爲“深處”，今採民族社本之説。

◎ **原注**

① 水腦河自樂浦西流至岔河，轉而向東，其間多奇險驚人之境。

◎ **余注**

（一）水腦河系赤水河上游源流之一，流經岔河之處，爲貴州省畢節縣林口區海戛彝族苗族鄉、四川省叙永縣石壩區水潦彝族鄉、雲南省鎮雄縣坡頭三省接壤分界河。危岩峭壁，天險异常，俗稱“鶏鳴三省地”即此。

◎ **注釋**

【一】穹窿：通稱“圓頂”，屋頂形式之一，建築物中寬大廳室上築成球面形或多邊曲面球形的屋蓋。

【二】“客星”句：神話傳説，天河與海相通，每年八月有浮槎來往。有人乘槎至天界，并與牽牛晤談。返回後，至蜀，嚴君平告之曰：某年月日有客星犯牽牛宿，嚴群計之，正是此人到天河之時。（見晋張華《博物志》卷十）後遂用以爲典，亦指客人。唐羅鄴《行次》詩：“終日長程復短程，一山行盡一山春。路傍君子莫相笑，天上由來有客星。”

# 發戛（一）大灣漲瀑

天墮壓岩危欲傾，山飛水立勢驕横。電掣雨驟雪轟烈，千崖萬壑號秋聲。瀑流怒起排天半，黔山飛過蜀江岸。洪濤濁浪舞罡風，蛟龍出没雲繚亂。何來巨靈劈崑崙，【一】倒翻星海洗乾坤。空中純作黄金色，海氣平將日月吞。朗誦逍遥莊子篇【二】，如化鯤鵬擊三千。好搏[一]扶摇圖南去，手挽銀河挾飛仙。

◎ **校勘記**

[一]搏：原本與民族社本皆誤爲“搏”，今改。

◎ **余注**

（一）發戛：彝語岩上之意，地名。在今貴州省畢節縣林口區團結彝族鄉，係彝家村寨，岩下爲赤水河，對岸爲四川省叙永縣石壩區水潦彝族鄉。

◎ **注釋**

【一】“何來”句：意即何處來的河神劈開巨峰。巨靈，神話傳説中劈開華山的河神。崑崙，山名，中國最大的山脉，西從帕米爾高原起，分三支向東分布，現作“昆侖”。這裏喻指山峰巨大。

【二】逍遥莊子篇：指《莊子》中的《逍遥遊》。後文亦出自此篇。

## 瀑　布

辟開絶壁青天見，長空飛下一匹練。天光雲影隨水來，化作梅花滿江面。轟若迅雷疾若電，耳爲震聾目爲眩。狂瀾漭[一]湃【一】怒不平，蛟龍在此來酣戰。我欲乘槎斗牛宫【二】，高原[二]應與天河通。我欲探珠出海底，驪龍【三】應在波心裏。烟消山外暮雲開，山嵐水氣共徘徊。瀑布奔流山下去，不辨源[三]頭何處來。

◎ **校勘記**

[一]漭：民族社本作“奔”，今據原本改。

[二]原：原本誤爲“源”，今據民族社本改。

[三]源：民族社本誤爲“沅”，今據原本改。

◎ **注釋**

【一】漭（bèn）湃：波浪互相冲擊。

【二】乘槎（chá）斗牛宫：見《水腦河》注釋【二】。

【三】驪龍：黑龍。《尸子》卷下：“玉淵之中，驪龍蟠焉，頷下有珠。”

## 仙人巖

東亦通，西亦通，四方八面巧玲瓏。忽然上，忽然下，千盤萬轉迷去向。曲曲折折穿珠行，倏睹[一]青天劈面生。雲團如絮握盈手，日華[二]如汞吸滿口。仙氣逼人冷似秋，冰心一片熱無有。回望大地青茫茫，非烟非霧郁葱蒼。純是玻璃玉鏡光，包羅人世光中藏。青鳥[三]飛來叫上方，仙人環佩[四]響鏗鏘。歸來杖頭仙雲繞，雲液濕衣翠未了。下界[五]翹首望仙山，空際烟雲虚飄緲。

◎ **注釋**

【一】倏（shū）睹：忽然間看到。倏，忽然。

【二】日華：太陽的光華。南朝齊謝朓《和徐都曹》："日華川上動，風光草際浮。"

【三】青鳥：神話傳説中爲西王母取食傳信的神鳥。《山海經·西山經》："又西二百二十里，曰三危之山，三青鳥居之。"郭璞注："三青鳥主爲西王母取食者，别自棲息於此山也。"

【四】環佩：亦作"環珮"。古人所繫的佩玉，後多指女子所佩的玉飾。《禮記·經解》："行步則有環佩之聲，升車則有鸞和之音。"鄭玄注："環佩，佩環、佩玉也。"

【五】下界：指人間，對天上而言。唐白居易《曲江醉後贈諸親故》詩："中天或有長生藥，下界應無不死人。"

## 靈湫[一]硐

高峰峭壁攀蘿登，峰頂黝然[二]一潭澄。潭水猶凝上古[三]冰，中有瘦蛟寒可罾[四]。洞口無人挂枯藤，寂然獨坐一老僧。見人不動問不應，滿山雲氣如甑[五]蒸。

◎ **注釋**

【一】靈湫：深潭，大水池。古時以爲大池中往往多靈物，故稱。宋曾鞏《喜雨》

詩：“更喜風雷生北極，頓驅雲雨出靈湫。”

【二】黝（yǒu）然：深黑色。宋無名氏《朝野遺記・壽仁終於精室》：“則爲日所暴，體色黝然矣。”亦可作幽靜解。明唐順之《杭中丞雙溪像贊》：“黝然者其若愚之容也，而蔚然其爲詞人之宗也。”

【三】上古：我國史學界在中國歷史分期上，多稱商、周、秦、漢時代爲上古，有時亦兼指史前時代。

【四】罾（zēng）：用網捕撈。《史記・陳涉世家》：“乃丹書帛曰‘陳勝王’，置人所罾魚腹中”。

【五】甑（zèng）：古代蒸飯的一種瓦器。底部有許多透蒸氣的孔格，置於鬲上蒸煮，如同現代的蒸鍋，也稱“甑子”。

## 探乳硐【一】

何年天遣鬼斧【二】修，鑿成石室山中留。山靈寶藏深不露，探奇我爲秉燭遊。化工【三】巧妙不可測，千奇萬怪費雕鎪[一]【四】。或爲披麻或解索，或爲米點或雲頭。細者藻荇[二]巨松檜，怒者虎豹黠獮猴。【五】如豆如尊如鼎俎，如圭【六】如璧[三]如戈矛。王會圖與明堂考，【七】奇形古制盡兼收。一時接應不能暇，目力已窮尚未休。如此精奇世不識，有同賢士隱荒幽。若使當年史公遇，定知不向禹穴求。【八】遊罷歸來日近暮，草木蒼蒼萬壑秋。

### ◎ 校勘記

[一]鎪：民族社本誤爲“餿”，今據原本改。

[二]荇：民族社本誤爲“行”，今據原本改。

[三]璧：民族社本誤作“壁”，今據原本改。

### ◎ 注釋

【一】乳硐：石鍾乳洞。宋范成大《興安乳洞》詩：“向聞乳洞勝，出嶺更徘徊。”

【二】鬼斧：鬼神使用的斧斤。喻指超人的力量。元吴萊《大食瓶》詩：“晶熒龍宫獻，錯落鬼斧鎸。”

【三】化工：指自然的造化者。唐元稹《春蟬》詩：“我自東歸日，猒苦春鳥聲。作詩憐化工，不遣春蟬生。”

【四】雕鎪（sōu）：雕刻。唐李商隱《富平少侯》詩：“綵樹轉燈珠錯落，繡檀迴枕玉雕鎪。”

【五】“細者”二句：意爲洞中的石鍾乳像水底細小的的藻荇，又像巨大的松樹和檜樹，像發怒的虎豹，又像狡黠的獮猴。藻荇，多年生草本植物，葉子略呈圓形，浮在水面，根生在水底，花黄色，蒴果橢圓形。根莖可吃，全草可供藥用或作飼料或作肥料。

【六】圭（guī）：古代貴族朝聘、祭祀、喪葬時用的禮器。《周易·益》：“有孚中行，告公用圭。”

【七】“王會”句：像天子與諸臣在明堂上研究王會圖。王會圖，唐代畫家閻立本所繪的四夷朝會圖。明堂，古代帝王宣明政教的地方。凡朝會、祭祀、慶賞、選士、養老、教學等大典，都在此舉行。《孟子·梁惠王下》：“夫明堂者，王者之堂也。”考，研究。

【八】“若使”二句：意即倘若司馬遷當年先遇到這個山洞，就不曾會想到去考察禹穴。禹穴，相傳爲夏禹的葬地，在今浙江省紹興之會稽山。《史記·太史公自序》：“二十而南遊江、淮，上會稽，探禹穴 。”裴駰集解引張晏曰：“禹巡狩至會稽而崩，因葬焉。上有孔穴，民間云禹入此穴。”一説，相傳爲夏禹决漢水時的住處。在今陝西省旬陽縣東。《大清一統志·興安府·古跡》：“禹穴在洵陽縣東一百三十里，高八尺，深九尺，旁鎸‘禹穴’二字。穴右有泉，味甚清冽。世傳禹决漢水時居此。”

## 登高望雲海

我向山中來，手持緑玉杖【一】。揮袖拂開千重雲，飄然獨立群山上。山下雲氣化爲水，白浪茫茫鋪萬里。一粟【二】身浮大海中，偉哉造化殊奇矣。天風鼓蕩涌雲潮，天與海水爲動摇。九州萬國落何處，世人皆没我獨超。擲將玉杖海雲中，化作垂天萬丈虹。便駕長虹飲滄海，吸乾海水見底空。

◎ 注釋

【一】綠玉杖：傳説中仙人所用的手杖。唐李白《廬山謡寄盧侍御虚舟》詩："我本楚狂人，《鳳歌》笑孔丘。手持綠玉杖，朝別黄鶴樓。"

【二】一粟：大海中的一粒穀子，比喻極其渺小。語出宋蘇軾《前赤壁賦》詩句："寄蜉蝣於天地，渺滄海之一粟。"

## 擬出塞[一]

魚海[二]上，龍堆[三]頭，愁雲慘慘風颼颼。黄沙萬里連大漠，千年枯骨無人收。八月飛霜白草死，夜深悲篥[四]吹不已。飲血[五]孤臣擊劍歌，裹瘡[六]戰士投袂起。拼將骸骨弃天山，何須馬革裹屍還。壯士臨危無返顧，不願生入玉門關。捲地風飄大纛[七]折，單于傾國鏖死決。人頭亂落刀光飛，胡天白日灑紅雪。馬上擒來生可汗[八]，爲君勒石定烏桓。[九]從今一戰功成後，年年烽火報平安。

◎ 注釋

【一】擬出塞：後人模仿唐代邊塞詩題而作的詩。

【二】魚海：湖澤名，又名魚海子，即古之休屠澤、白亭海，在今内蒙古阿拉善右旗境内。唐岑參《凱歌》之四："洗兵魚海雲近陣，秣馬龍堆月照營。"清吴偉業《送友人出塞》詩之一："魚海蕭條萬里霜，西風一哭斷人腸。"

【三】龍堆：白龍堆的略稱，古西域沙丘名。漢揚雄《法言·孝至》："龍堆以西，大漠以北，鳥夷獸夷，郡勞王師，漢家不爲也。"李軌注："白龍堆也。"

【四】篥（lì）：即"觱（bì）篥"，一種簧管樂器。又名"篳篥""悲栗""笳管"。

【五】飲血：血淚滿面，流入口中。形容極度悲憤。《文選・李陵〈答蘇武書〉》："天地爲陵震怒，戰士爲陵飲血。"李善注："血即淚也。"

【六】裹瘡：亦作"裹創"，包扎傷口。唐張巡《守睢陽作》詩："裹瘡猶出陣，飲血更登陴。"

【七】纛（dào）：古時軍隊或儀仗隊的大旗。許渾《中秋夕寄大梁劉尚書》："柳營出號風生纛。"

【八】可汗：亦作"可罕"。古代鮮卑、柔然、突厥、回紇、蒙古等民族中最高統治者的稱號。《樂府詩集・橫吹曲辭五・梁鼓角橫吹曲》："昨夜見軍帖，可汗大點兵。"

【九】"爲君"句：指收復失地，立下戰功。勒石，刻字於石，亦指立碑。《隋書・史萬歲傳》："於是勒石頌美隋德。"烏桓，亦作"烏丸"，古時北方少數民族名，原是東胡族的一支，西漢初被匈奴擊敗，遷移到烏桓山，因以爲名。漢建安十二年（207）曹操破烏桓，徙萬餘人至中原，其勢遂衰。後世詩文中亦泛指北方少數民族或其居住地。

## 忠烈南公【一】

常山之舌睢陽齒，【二】鮮血淋漓將軍指。同爲正氣炳乾坤【三】，唐家[一]【四】社稷賴有此。千秋血食【五】在黔疆，天報忠臣以孝子①。

### ◎ 校勘記

[一]家：民族社本誤爲"蒙"，今據原本改。

### ◎ 原注

①"天報"句：公子南承嗣宦於黔，有善政，民爲建生祠，承嗣不可。乃建公廟，以成行其孝，俗謂黑羊箐顯聖，荒唐。

### ◎ 注釋

【一】南公：指唐朝名將南霽雲（封睢陽郡太守、特進左金吾衛將軍），因排行第八又名南八。安史之亂時與河南節度副使張巡守睢陽城，斷指苦戰，城陷後不屈，與張巡一起被害。唐宣宗時，朝廷爲旌表其功德，將其與馬周、褚遂良、婁師德、張九齡、張柬之、張巡、許遠、柳渾等 37 位名臣名將畫像繪於凌烟閣。其子南承嗣爲唐朝涪州刺史。

【二】“常山”句：常山之舌，指唐代常山太守顔杲卿。《新唐書・顔杲卿傳》載：“杲卿至洛陽，禄山怒曰：‘吾擢爾太守，何所負而反？’杲卿瞋目罵曰：‘汝營州牧羊羯奴耳，竊荷恩寵，天子負汝何事而乃反乎？我世唐臣，守忠義，恨不斬汝以謝上，乃從爾反耶？’禄山不勝忿，縛之天津橋柱，節解以肉噉之，詈不絶，賊鉤斷其舌，曰：‘能復罵否？’杲卿含糊而絶。”後因以“常山舌”作寧死不屈之典。睢陽齒，安禄山叛亂時，唐睢陽守張巡誓死守城，每戰大呼，眥裂血流，齒牙皆碎。及城陷賊將尹子奇謂巡曰：“聞公督戰，大呼輒眥裂血面，嚼齒皆碎，何至是？”答曰：“吾欲氣吞逆賊，顧力屈耳。”子奇以大刀剔巡口，視其齒存者不過三數。事見《舊唐書・張巡傳》，後因以爲忠義的典型。

【三】炳乾坤：意爲照耀天地。

【四】唐家：此指唐朝。古人詩歌中有以某家代某朝之例，如高適《燕歌行》：“漢家烟塵在東北，漢將辭家破殘賊。”白居易《長恨歌》：“聞道漢家天子使，九華帳裏夢魂驚。”

【五】血食：謂受享祭品。古代殺牲取血以祭，故稱。《左傳・莊公六年》：“若不從三臣，抑社稷實不血食，而君焉取餘？”

## 黎州行[一]

明馬金漢、馬岱後世襲黎州宣慰使司，張獻忠陷四川，使人招諸土司鑄金印賚之。多有降者使至金，據胡床[一]。使者跪上印金，笑曰：“爾欲我從賊耶？”以印擲使頭，血流蔽面，捧首出金。念明亡，不肯作兩朝人，以美色醇酒自戕，多納美姬，醉則與卧，醒復飲，飲復醉，踰年而卒。

黎州斗門險絶天，馬家宣慰世澤延。保障西陲天一邊，烽火無驚三百年。崇禎之季多猰貐【二】，天下無片乾净土。獻賊屠蜀猶殘苦，蜀人畏賊如畏虎。宣慰視賊如視狗，擲印譴[二]賊擊賊首。賊懼匍匐捧首走，殘疆峙然爲國守。一心不作二臣子，願學信陵君【三】樂死。（死時年方十六耳）

◎ **校勘記**

[一]本詩民族社本未録入，今據原本補。

[二]譴：原本誤作"遣"，今改。

◎ **注釋**

【一】胡床：亦稱交床、交椅、繩床，是古時一種可以折叠的輕便坐具。

【二】猰貐（yàyǔ）：同"猰窳""窫窳"，古代傳説中的一種吃人怪獸。宋王明清《揮麈三録》卷二："窫窳旁吞於黑水，攙搶直拂於紫躔。"此處比喻凶惡的人。《晋書·温嶠郗鑒傳贊》："封狐萬里，投軀而弗顧；猰窳千群，探穴而忘死。"

【三】信陵君：戰國魏安釐王异母弟，名無忌，封信陵君。禮賢下士，有食客三千人。

## 楊鬍子

時齋將軍破白蓮賊事。將軍長髯，人呼之云。

楊鬍子，鬍子來時賊待死。（《范茗溪集》："賊相謂曰：楊鬍子來，待死而已。"）鬍子挽圪搭【一】，一天一百八。（時軍中之謡）將軍真是飛，掃地狂風刷。短刀相接雌雄决，刀頭砍起火光熱。飢探賊腦一口吞，渴飲賊心一腔血。熊虎【二】西寧（時將軍爲西寧總兵）號鋭精。（《茗溪集》："時朱楊兩鎮之兵最稱精鋭。"朱，貴陽朱將軍也。）强將手下無弱兵，争傳當日觀戰樂，（《後漢書》光武云："吾聞突騎天下精兵。"今觀其戰樂不可言。）能教額勒黄河清。（經略額公素不笑，見將軍方一笑。軍中語曰："要得額勒笑，除非鬍子來。"）么麼跳梁真狐鼠，【三】螳臂何當豐隆鼓。【四】自送頭顱成功名，鬍子威名耀千古！

◎ **注釋**

【一】扢搭（gēdā）：同“疙瘩”“圪墶”，方言詞，本指生物表皮突起的小硬塊，引申爲結或塊形之物。明梁辰魚《浣紗記·效颦》：“西施妹因害心疼，鼻子上皺起來，有些扢達，覺道一發嬌媚。”亦比喻心中不易解開的問題。《初刻拍案驚奇》卷二十七：“知縣心裏方纔放了一個大扢搭。”

【二】熊虎：比喻凶猛，勇猛。《左傳·宣公四年》：“是子也，熊虎之狀，而豺狼之聲，弗殺，必滅若敖氏矣。”《三國志·吴志·周瑜傳》：“劉備以梟雄之姿，而有關羽、張飛熊虎之將，必非久屈爲人用者。”此處引申爲稱雄。

【三】“么麽”句：謂壞人作亂微不足道。么麽，同“幺麽”，細微。跳梁，跋扈、强横。《漢書·蕭望之傳》：“今羌虜一隅小夷，跳梁於山谷間。”狐鼠，城狐社鼠，喻小人、壞人。《文選·沈約〈奏彈王源〉》：“雖埋輪之志，無屈權右，而狐鼠微物，亦蠹大猷。”李善注引《晏子春秋》：“景公問晏子曰：治國亦有常乎？對曰：讒佞之人，隱在君側，猶社鼠不熏也，去此乃治矣。”

【四】“螳臂”句：謂壞人作亂自不量力，以爲無需用大力氣就能解决。語本《莊子·人間世》：“汝不知夫螳蜋乎？怒其臂以當車轍，不知其不勝任也。”後以“螳臂”比喻自不量力或微弱之力。豐隆，亦作“豐霳”，古代神話中的雷神，後多用作雷的代稱。

## 朱將軍[一]

將軍諱射斗，平遠人，從征緬甸，受知於傅忠勇公。嘉慶二年以平苗兵赴川破白蓮賊屢有功，五年，經略額領兵赴甘肅，以川省軍務交署總督魁倫。倫無略，盡撤防禦兵自衛，賊遂嘯渡嘉陵江，犯定遠、西充，圍蓬溪。倫蒼黄[一]檄將軍馳救，至高院抵賊營，人馬汗喘，孤軍無援，賊圍之數十重，裹瘡血戰，賊益愈衆。賊素畏惡將軍，故致死力守備。母之蕪等皆死，將軍獨奮勇跳躍，手斬數十賊，而歿時正月十九日也。論者謂時有救援不惟圍解且可有功？侖昧於調遣，坐致虎臣喪殁。事聞仁宗，睿皇帝震怒，賜侖自盡，恤予將軍有加。予讀范聲山詩【二】，得其梗概，爲紀大略云。

貴州老子猛如虎①，百戰百克揚威武。征緬征苗久立功，每以偏師殲全虜。白蓮邪教肆跳梁，將軍移師赴蜀土。叱吒風生陣雲飛，十萬妖狼破一鼓。總督無謀妄撤防，賊衆嘯渡急風雨。猖獗憑陵[二]壓蓬溪，蒼黄星夜走檄羽。將軍奉檄進兼程，孤軍飛馳抵賊營。欃槍吐芒【三】氛勢惡，裹瘡鏖戰死力爭。賊益愈多臣力竭，回首無復繼援兵。大聲呼天天不應，碧血淋漓屍縱横。男兒誓死沙場上，忍負君王暫偷生。爲臣自願得死忠，將軍斷頭是善終。英魂雖已歸寂寂，凜凜【四】至今猶雄風。

◎ **校勘記**

[一]本詩民族社本未録入，今據原本補。

[二]陵：原本作“凌”，同“陵”。

◎ **原注**

①貴州老子猛如虎：貴州人輒自稱老子，俗有“貴州老子”之語，古亦云“小范老子，胸有甲兵。”

◎ **注釋**

【一】蒼黄：匆促，慌張。唐温庭筠《湖陰曲》：“蒼黄追騎塵外歸，森索妖星陣前死。”

【二】范聲山詩：疑爲清人范鍇所撰《潯谿紀事詩》等。范鍇（1765—1844），字聲山，號白舫，别號苕溪漁隱、苕溪漁叟。清藏書家、文學家，原名范音，浙江烏程（今吴興）南潯鎮人。貢生，工詩詞，好遊歷。往來於淮揚楚蜀之間達30年之久，著有《潯溪紀事詩》《蜀産吟》《漢口叢談》《癡人説夢》《攬茝山房漫記》《花笑廎雜筆》《聲山雜著》，刊刻有《苕溪漁隱詩稿》、《詞源》（張炎著），輯有《吴興志續編》《吴興山墟名》《吴興記》《吴興入東記》《潯溪記事詩》《感逝吟》《蜀産吟》《幽華詩略》等，總輯稱之爲《范白舫所刊書》。

【三】欃槍吐芒：彗星发出光芒。欃槍，彗星的别名。古人認爲其爲凶星，主不吉。《爾雅·釋天》："彗星爲欃槍。"郭璞注："亦謂之孛，言其形孛，孛似掃彗。"《淮南子·俶真訓》："欃槍衡杓之氣，莫不彌靡而不能爲害。"高誘注："欃槍，彗孛也。"

【四】凜凜：同"凛凛"，威嚴而使人敬畏的樣子。唐王勃《慈竹賦》："氣凛凛而猶在，色蒼蒼而未離。"

## 青海行[一]

雍正元年，青海羅卜藏丹津寇西寧，世宗命岳公鍾琪【一】以騎兵五千直搗其巢。二月出塞，馳至崇山殲賊探信者，渡哈達河，斬千餘人。其黨貝勒彭錯等降，告知羅卜藏丹津擁衆數萬，駐烏蘭木呼兒，公拔營夜進，遲明【二】抵其處，賊尚睡，未覺。官兵奮擊，賊驚，潰敗走，生擒賊母阿爾太哈、賊妹阿寶等。羅卜藏丹津衣番婦衣騎白駝走，噶爾順公追之，日馳三百里。至一地，見紅柳毿毿【三】蔽天，目不能遠視，夷人曰此桑駝海也，路至此窮矣。乃班師。是役也，公以五千兵往返兩月，降臺吉【四】三，擒臺吉十有五，斬獲無數。獻俘京師，世宗告廟御太和殿受賀，以青海平大赦天下，加公爵，賜詩褒寵焉。

二月花開紅似火，二月出兵烈於火。將軍奉詔搗賊巢，半萬鐵騎盡驍果【五】。旌旗浩浩雲海涌，喑啞嗚嗚【六】山岳動。賊駐烏蘭木呼兒，十萬弓弦馬上控。天兵飛渡哈達河，鋭氣衝霄劍横磨。馬蹄奮踏烟塵碎，一路降人盡倒戈。破竹風生八面威，横流赤血濺征衣。覆將巢穴投荒遁，擒來老弱繫囚歸。長驅日馳三百里，塵頭滚滚連天起。地到桑駝海上頭，天涯至此路窮矣。歌凱獻俘朝帝京，龍章鳳藻渥恩榮。皇仁沛澤普天赦，四海蒼生慶太平。

◎ **校勘記**

[一]本詩民族社本未録入，今據原本補。原詩無標題，校注者根據詩歌内容添加。

◎ 注釋

【一】岳公鍾琪：岳鍾琪（1686—1754），清代康熙、雍正、乾隆時期著名將領。字東美，號容齋，謚襄勤，四川成都人，祖籍河南安陽，傳爲岳飛二十一世孫。他出生於武將世家，其父岳升龍爲康熙朝的議政大臣、四川提督，當年隨康熙皇帝西征噶爾丹，頗有戰功。岳鍾琪自幼熟讀兵法，習武學射，二十歲從軍開始戎馬生涯，由捐納同知改爲武官，被任命爲四川永寧協副將。後爲陝甘總督、四川提督，屢平邊地叛變，被乾隆皇帝稱贊爲“三朝武臣巨擘”。著作有《姜園集》《蛩吟集》等。

【二】遲明：黎明，天快亮的時候。《史記・衛將軍驃騎列傳》：“遲明，行二百餘里，不得單于，頗捕斬首虜萬餘級。”

【三】毿毿（sānsān）：毛髮、枝條等細長的樣子。宋韓駒《夜泊寧陵》詩：“老樹挾霜鳴窣窣，寒花垂露落毿毿。”

【四】臺吉：清朝時對蒙古貴族的封爵名，位次輔國公，分四等，自一等臺吉至四等臺吉，相當於一品官至四品官。臺吉是對蒙古部落首領的稱呼，一般來説，有皇族血統的首領才能稱臺吉。

【五】驍果：勇猛敢死之士。《隋書・煬帝紀下》：“（大業）九年春正月丁丑，征天下兵，募民爲驍果，集於涿郡 。”

【六】喑啞（yīnyǎ）嗚嗚：聲音高低起伏。喑啞，發怒喝叫。明謝肇淛《五雜俎・人部四》：“外黄小兒，迴喑啞之威；楊家童烏，與《太玄》之筆。”嗚嗚，象聲詞，多形容低沉的聲響。唐李德裕《南梁行》：“嗚嗚曉角霞輝粲，撫劍當楹一長嘆。”

## 老人行

少年相逢喜俠遊[一]，自矜才略可封侯。往來交接誇豪富，寶衣金勒白狐裘。手中黄金揮如土，尚氣輕生性好武。鳴劍撫掌馳雄心，恨不從軍事行伍[二]。平明結隊出東郊，草淺獸肥駿馬驕。鞭揚一轡馳五里，弦開雙箭貫雙雕。忽有老人八十九，飛步如風躡空走。也隨群少獵郊原，空拳搏虎如屠狗。少年拜服共驚奇，自慚相士[三]未翁知。老人云是何足道，爲説曩昔[四]年少時。曾從大兵討木邦[五]，全軍覆没主帥亡。夜提雙戟突賊壘，賊衆辟易【六】莫敢當。功成不受賜金紫【七】，飄然脱甲歸田里。男兒豈屑覓封侯，壯士甘爲知己[一]死。睹今慷慨氣如虹，想見當年八面風。臨老益壯雄瞻顧，惟見矍鑠[二]哉此翁。

◎ **校勘記**

[一]己：原本與民族社本皆誤爲“已”，今改。

[二]矍鑠：原本與民族社本皆誤爲“瞿礫”，今改。

◎ **注釋**

【一】俠遊：即“遊俠”，爲押韻而异位。遊俠，古稱豪爽好結交，輕生重義，勇於排難解紛的人。《韓非子・五蠹》：“廢敬上畏法之民，而養遊俠私劍之屬。”

【二】行伍：泛指軍隊。古時兵制，5 人爲伍，25 人爲行。《史記・陳涉世家》：“躡足行伍之間。”

【三】相士：舊時以談命相面爲職業的人，這裏指選拔人才的人。清李漁《奈何天・慮婚》：“前日有個相士，説大爺是大富大貴之相。”

【四】曩昔：往日，從前。唐李白《贈從弟南平太守之遥》詩之一：“一朝謝病游江海，曩昔相知幾人在？”

【五】木邦：土司名。一作“孟邦”“孟都”。元至元二十六年（1289）置路，治所在今緬甸興威，轄境相當今緬甸撣邦東北部地區。明洪武十五年（1382）改爲府，永樂二年（1404）改爲軍民宣慰使司；萬曆三十四年（1606）地入緬甸。清初曾再度内屬，乾隆後又屬緬甸。

【六】辟易：退避，避開。《史記・項羽本紀》：“是時，赤泉侯爲騎將，追項王，項王瞋目而叱之，赤泉侯人馬俱驚，辟易數里。”

【七】金紫：金魚袋及紫衣，唐宋的官服和佩飾，因以指代貴官。唐元稹《贈太保嚴公行狀》：“仕五十年，一爲尚書，三歷僕射，六兼大夫，五任司空，再踐司徒，三居保傅，階崇金紫，爵極國公。”

## 蛾眉[一]山圖

蛾眉之秀天下[二]奇，此語自小便聞知。每欲登臨爲一快，精誠時復夢見之。老僧示我蛾眉圖，爲問神跡果有無。僧言此中足光怪【一】，仙佛菩薩信不虛。絶頂呼吸與天通，脚底雷聲在半空。俯視江流如一線，華夷疆土[三]彈丸中。【二】靈鳥飛來唤佛現，菩薩立在人前面。我即是佛佛是無，空色色空妙無限。過眼雲烟不久住，光明化作虛無去。遥望雪山爛【三】如銀，道是我佛化身處。我聞僧言心欲仙，飄飄滿眼起雲烟。翹首企足西方望，蛾眉不見空青[四]天①。

◎ 校勘記

[一]蛾：民族社本爲“峨”，今據原本改。

[二]下：民族社本爲“上”，今據原本改。

[三]土：民族社本作“界”，今據原本改。

[四]青：民族社本作“西”，今據原本改。

◎ 原注

①“蛾眉”句：蛾眉以山形如蛾眉，當從蟲，不當從山。

◎ 注釋

【一】光怪：神奇怪异的現象。漢荀悦《漢紀・高祖紀一》：“（高祖）嘗從王媼、武負貰酒，每飲醉，留寢其家，上嘗見光怪，負等异之。”

【二】“華夷”句：意爲從蛾眉山上俯瞰，漢族和少數民族的疆界顯得極爲狹小。

【三】爛：明亮、光明，色彩絢麗。《詩・鄭風・女曰鷄鳴》：“明星有爛。”

## 蘇小像①

玉顔已朽安寫真，名士能傳名姝神？態濃意遠妙絶倫，秋波欲送西湖春。癡情猶有後來人，遥遥千載認鄉親。②【一】夜半歌吹鳴風雨，美人精靈自千古。富貴庸奴何足數，不及烟花一抔[一]土。試將圖畫懸高廡【二】，珊珊【三】定下堂前舞。

◎ 校勘記

[一]抔：原本作“坏”，民族社本作“杯”，於理均不通，此處當作“抔”（póu）。

◎ 原注

①題注：小小南齊妓，墓在西湖，每風雨之夕，猶聞歌吹之聲。

②“遥遥”句：旁書《隨園》“錢塘蘇小是鄉親”詩話一則。

◎ 注釋

【一】“遥遥”句：清人袁枚《隨園詩話》：“余戲刻一私印，用唐人‘錢塘蘇小是鄉親’之句。”

【二】廡（wǔ）：堂下周圍的廊屋。《説文》：“廡，堂下周屋。”

【三】珊珊：緩慢移動貌，常用以形容女子步態。明梅鼎祚《昆侖奴》第三折：“步珊珊，環珮長；動霏霏，羅綺香。”

## 爲王道士畫面然【一】鬼王戲作①

道士乞我畫鬼王，以之供養應十方【二】。我眼從來未見鬼，姑妄畫之殊荒唐。我聞鬼王大士【三】變，短角突睛藍靛面。大士何妍王何媸[一]，【四】現身説法【五】衆須知。菩薩惡鬼須臾耳，人心善惡亦如此。墮落魔道成佛仙，只在此心一變遷。烏龍山下鬼啾啾，沉淪苦海百千秋。新鬼故鬼知何限，盡作餒【六】而困九幽【七】。道士今宵作[二]法事，諸鬼應是紛紛至。天魔人魔一切魔，奇形异狀鬼何多。莫言鬼醜人爲美，人鬼美醜兩相比【八】。不見世上傷幻徒，其醜直與鬼相似。人言我之畫鬼妙，我未曾將犀燭照【九】。只恐畫成鬼不如，暗中却被鬼來笑。畫鬼不與畫人同，畫鬼原來是鑿空【一〇】。人乃常見難狀貌，鬼乃不睹易爲工。儒者之道如畫人，踐實一一得其真。佛氏之法如畫鬼，憑虚往往托鬼神。觀音面然有與否，君其問諸水之濱。

◎ 校勘記

[一]媸：原本與民族社本均誤爲“强”，今據文義改。

[二]作：民族社本作“做”，今據原本改。

## ◎ 原注

①題注：外紀嘉定烏尤山觀音大士，見兩河沙岸鬼啾啾，乃化爲鬼王，名面然大士，七十二化至此，見其像大魋皺陋，遂不復再化。

## ◎ 注釋

【一】面然：焰口，佛經中的餓鬼名。其形枯瘦，咽細如針，口吐火焰，面上火然，故稱。佛典相傳爲觀音的化身。《佛説救面然餓鬼陀羅尼神咒經》："（阿難）即於其夜三更之後，見一餓鬼名曰面然。"

【二】十方：佛教謂東南西北及四維上下。《宋書·夷蠻傳·呵羅單國》："身光明照，如水中月，如日初出，眉間白毫，普照十方。"

【三】大士：特指觀世音菩薩。《紅樓夢》第五十四回："不求大士瓶中露，爲乞嫦娥檻外梅。"

【四】"大士"句：意爲觀音多麽美麗，鬼王多麽醜陋。妍，美麗；媸，醜陋。

【五】現身説法：佛、菩薩顯示種種化身宣説佛法。《楞嚴經》卷六："我於彼前，皆現其身，而爲説法，令其成就。"

【六】餒：指"餒鬼"。語出《左傳·宣公四年》："鬼猶求食，若敖氏之鬼不其餒而！"後因以"餒鬼"指不能享受祭祀之鬼。

【七】九幽：指陰間。宋王安石《祭丁元珍學士文》："請著君德，銘之九幽。以馳我哀，不在醪羞。"

【八】相比：相近，差不多。南朝宋劉義慶《世説新語·任誕》："陳留阮籍，譙國嵇康，河内山濤，三人年皆相比，康年少亞之。"

【九】犀燭照：點燃的犀牛角能照亮幽暗隱蔽的地方。比喻徹底弄清真相。犀，指通天犀，有白色像綫一樣貫通首尾，被看作是一種靈异之物，故名靈犀。犀之神力，全注於角，其通靈之性，亦全聚於角，是以燃之而幽無弗燭也。由此引申出"如犀燭隱"這個成語。

【一〇】鑿空：憑空無據。唐韓愈《答劉秀才論史書》："巧造語言，鑿空構立善惡事蹟。"

## 秦良玉遺劍[①]

天狗墮地聲赫赫，日月無光乾坤坼。[一]桂王[二]南走福王[三]逃，萬里山河弃不惜。玉璽金章委塵埃，何况鑾方鐵三尺。絶徼[四]孀幃一婦人，死守殘疆誓報國。一泓秋水[五]落人間，寒光猶慘風雲色。斷蛟剸犀[六]鋒如故，英氣所存神呵護。夜來風雨響淙淙，定生鱗甲化爲龍。

◎ **原注**

①題注：良玉，忠州人，石柱宣撫使馬千乘妻，幼讀書能兵。

◎ **注釋**

【一】“天狗”二句：比喻由於李自成、張獻忠發動聲勢浩大的農民起義，明王朝行將覆没。天狗，星名。張獻忠自稱是天狗星下凡，因而“天狗墮地”應指張獻忠。日月無光，“日月”合起來爲“明”字，暗喻明朝滅亡，與下文“乾坤坼”相對應。

【二】桂王：永曆帝朱由榔（1623—1662），明神宗朱翊鈞孫。清兵入關，他於廣東肇慶稱帝，在位 15 年，被清兵追逼而逃入緬甸，後爲吴三桂索回絞殺於昆明，終年 40 歲。葬處不明。

【三】福王：南明弘光帝朱由崧（1607—1646），明神宗孫、福王朱常洵長子，明崇禎十六年（1643）襲福王。翌年李自成克北京，朱乃南逃淮安，由鳳陽總督馬士英等擁至南京，先稱監國，旋即稱帝，建元弘光。

【四】絶徼（jiǎo）：極遠的邊塞之地。唐韓愈《湘中酬張十一功曹》詩：“休垂絶徼千行淚，共泛清湘一葉舟。”

【五】秋水：形容劍光冷峻明澈。前蜀韋莊《秦婦吟》：“匣中秋水拔青蛇，旗上高風吹白虎。”

【六】斷蛟剸（tuán）犀：語出漢王褒《聖主得賢臣頌》：“及至巧冶鑄干將之璞，清水淬其鋒，越砥歛其鍔，水斷蛟龍，陸剸犀革。”後以“剸犀”喻治事的卓越才能，亦喻秦良玉遺劍之鋒利。

## ‖ 鑾[一]刀 ‖

淬[二]藥鑾刀如朽鐵，立地殺人不見血。血未濡縷[三]氣已絶，殺人如草鋒不缺[四]。相傳鑾産深山中，惡瘴頑烟幾萬重。怪蛇异獸恒守護，魑魅[五]白晝與人逢。毒氣有時化匹練，飛貫日中日光變。有時化作一朵雲，紫緑斑斕彩色絢。蠻人有負刻骨仇，齋[一]戒三日入山求。刺頭滴血祭山鬼，攀岩縋壑費冥搜。往往十去八九死，要必深仇不得已。不然山鬼輒爲殃，毒未中人先中己。煉向爐中按方位，鷄犬婦人皆回避。煉成六月凛飛霜，啾啾【六】鬼母夜垂淚。點上刀頭向刀拜，登時咄咄現奇怪。咫尺陰風颼飀【七】生，雪冤[二]報仇一何快。爲恩爲怨總難平，一仇未報一仇成。仇仇相報無時已，勸君恩怨莫分明。

◎ **校勘記**

[一]齋：原本誤作“齊”，今據民族社本改。

[二]冤：民族社本誤爲“寛”，今據原本改。

◎ **注釋**

【一】蠻：先秦非華夏民族的泛稱之一，秦漢至魏晋南北朝爲南方少數民族的泛稱。

【二】粹（cuì）：把燒紅了的鑄件往水、油或其他液體裏一浸立刻取出來，用以提高合金的硬度和强度。《史記・刺客列傳》：“以藥焠之。”焠，淬火，同“淬”。

【三】濡縷：沾濕一縷，形容沾濕範圍極小。《史記・刺客列傳》：“得趙人徐夫人匕首，取之百金，使工以藥焠之，以試人，血濡縷，人無不立死者。”裴駰集解：“言以匕首試人，人血出，足以沾濡絲縷，便立死也。”

【四】鈌（jué）：缺損。

【五】魑魅：原爲古代傳説中的鬼怪。後指各種各樣的壞人。出自《左傳・宣公三年》：“魑魅魍魎，莫能逢之。”《史記・五帝本紀》索隱引服虔云：“魑魅，人面獸身四足，好惑人。”

【六】啾啾：各種凄切尖細的聲音。唐杜甫《兵車行》：“新鬼煩冤舊鬼哭，天陰雨溼聲啾啾。”

【七】颼飀（sōuliú）：象聲詞，指寒氣，寒風。唐劉禹錫《始聞秋風》詩：“五夜颼飀枕前覺，一年顔狀鏡中來。”

## 寶刀弃擲多年家人改造農器戲作

寶刀落入腐儒手，不鳴不躍已可醜。忽然改作耕田鎛【一】，庸奴奇想古罕有。壯士聞之拍案叫，屈殺奇才堪傷吊。腐儒腐儒腐鼠如，可恨可憐亦可笑。我報壯士休驚怪，腐儒此舉一大快。君不見李廣【二】功成不封侯，馬援【三】不上凌烟畫。班超【四】投筆老西羌，望斷玉門傷年邁。壯士壯士休驚怪，買犢還將寶刀賣【五】。方今舜日麗堯天【六】，飲食安間鑿井田。寶刀得入豳風【七】譜，也似龍泉【八】化九淵【九】。

## ◎ 注釋

【一】鎛（bó）：古代鋤類農具。《詩・周頌》："庤乃錢鎛。"

【二】李廣：（？—前 119），隴西成紀（今甘肅天水秦安縣）人，西漢名將。一生命運不濟，他的部吏封侯者不少而李廣始終不得侯爵。王勃《滕王閣序》："時運不濟，命運多舛。馮唐易老，李廣難封。"

【三】馬援：（前 14—49），字文淵，漢族，扶風茂陵（今陝西省興平市竇馬村）人。著名軍事家，東漢開國功臣之一，因功封新息侯。其老當益壯、馬革裹尸的氣概甚得後人的崇敬。永平三年（60），馬援的女兒被立爲皇后。漢明帝在雲臺畫建武年間的名臣宿將，爲了避椒房之嫌，單單未畫馬援。

【四】班超：（32—102），東漢大將、外交家，字仲升，扶風安陵（今陝西咸陽東北）人。班固弟。公元 73 年隨竇固出擊北匈奴獲勝，又奉命出使西域，幫助西域各族擺脱匈奴的束縛和奴役，使"絲綢之路"重又暢通。後被任命爲西域都護，曾派副使甘英出使大秦（羅馬帝國），至今波斯灣而歸。他在西域活動 31 年，使西域與内地的聯繫更加密切。

【五】買犢還將寶刀賣：指賣掉武器，從事農業生産。後亦比喻改業務農或壞人改惡從善。語出唐武元衡《兵行褒斜谷作》詩："三川頓使氣象清，賣刀買犢消憂患。"

【六】舜日麗堯天：即"堯天舜日"，比喻太平盛世。宋葉適《代薛瑞明上遺表》："巖棲穴處，未嘗不戴於堯天；氣盡形銷，無復再瞻於舜日。"

【七】豳（bīn）風：《詩經》中十五《國風》之一，《豳風・七月》反映了周代早期的農業生産情况和農民的日常生活情况。

【八】龍泉：泛指劍。唐李白《在水軍宴贈幕府諸侍御》詩："寧知草間人，腰下有龍泉。"

【九】九淵：古樂歌名。《周禮・春官・大司樂》："以樂舞教國子。"唐賈公彦疏："少昊之樂曰《九淵》。"

## 古樹歌

我聞沙壹之木化爲龍，[一]今觀此樹將勿同。攫拏[二]夭矯[三]欲騰空，半天颯颯響秋風，見之直駭走葉公[四]。斑駁苔蘚凝蒼烟，霜蝕雪侵不改顏。獨鍾靈秀垂萬年，閲歷人事幾代遷，宛如世外長生仙。上古奇材定有神，特立表表[五]勢絶倫。春山連日雷雨頻，頓生頭角長髯鱗，龍變難測性難馴。

### ◎ 注釋

【一】"我聞"句：《後漢書·西南夷傳·哀牢》："哀牢夷者，其先有婦人名沙壹，居於牢山。嘗捕魚水中，觸沉木若有感，因懷妊，十月，產子男十人。後沉木化爲龍，出水上。"

【二】攫拏：亦作"攫挐"，張牙舞爪。宋曾敏行《獨醒雜誌》卷十："隱隱見虬龍攫拏以去。"

【三】夭矯：形容姿態伸展屈曲而有氣勢。晋郭璞《江賦》："撫凌波而凫躍，吸翠霞而夭矯。"

【四】葉公：春秋時楚國貴族，名子高，封於葉（古邑名，今河南葉縣）。典出漢劉向《新序·雜事五》："葉公子高好龍，鉤以寫龍，鑿以寫龍，屋室雕文以寫龍。於是天龍聞而下之，窺頭於牖，施尾於堂。葉公見之，弃而還走，失其魂魄，五色無主。是葉公非好龍也，好夫似龍而非龍者也。"

【五】表表：卓异，特出。唐韓愈《祭柳子厚文》："子之自著，表表愈偉。"

## 蟠　李

何年天割乖龍[一]耳，其血墮地化爲李。不然偃蹇虯屈[二]枝，胡爲直與龍相似。花開龍鱗皴滿身，香噴龍涎聞十里。緑苔長垂枝丫間，風動龍髯飄揚起。世上李花有九標[三]，如此骨格世無比。深谷蟠根自作春，不向天下求知已。我來携酒月正中，清輝一片明如水。

### ◎ 注釋

【一】乖龍：傳説中的孽龍，能興水爲害、作惡造孽。唐白居易《偶然》詩之一："乖龍藏在牛領中，雷擊龍來牛枉死。"

【二】偃蹇蚪屈：枝葉盤曲貌。偃蹇，亦作"偃蹇"，宛轉委曲。唐盧照鄰《於時春也慨然有江湖之思寄此贈柳九隴》詩："晨攀偃蹇樹，暮宿清泠泉。"蚪屈，盤屈貌。蚪，同"虬"。宋劉子翬《吕居仁惠建昌紙被》詩："嘗聞盱江藤，蒼崖走蚪屈。"

【三】九標：標，標格、風采。唐初蕭瑀、陳叔達論李花有九標，即香、雅、細、淡、潔、密、宜月夜、宜緑鬓、宜泛酒無异色。

## 賞花飲酒

小生愛花如愛酒，冷眼看花神抖擻。小生愛酒如愛花，枯腸得酒生杈枒[一]。花下時携酒一壺，忽然得意大歡呼。醉倒乾坤吾忘吾，一任世人駡狂奴。狂奴故態是如此，有酒有花願足矣。花酒日日生歡喜，功名不值一杯水。我笑世人談名理，誰是忠臣誰義士？便使姓名載青史，只與人間增故紙[二]。更向花前進一甌，花亦向人暗點頭。仰天大笑白雲浮，長空萬里青悠悠。

### ◎ 注釋

【一】杈枒（yá）：亦作"杈椏"，樹的分枝。

【二】故紙：古書舊籍。宋楊萬里《題唐德明建一齋》詩："平生刺頭鑽故紙，晚知此道無多子。"

## 燒燭照海棠【一】

名花如佳人，遺世而獨立。千顧不傾城，萬顧不傾國。與其好尤物之傾國傾城，不如好此無尤之天色。我之好花如好色，晝夜不能離傾刻。夜闌燒燭擁紅粧【二】，直攪花神睡不得。燈光花光交相映，抖擻精神添風韻。譬如名士與名姝，艷色猶須才華襯。君不見昔日東坡怕花睡，明皇又愛睡醒未。明皇傾國坡千秋，【三】天子不如才子貴。拼命陪花一醉倒，花魂如夢神飄緲。好將名花作夫人，花神與我願偕老。

### ◎ 注釋

【一】燒燭照海棠：語出蘇軾《海棠》："東風嫋嫋泛崇光，香霧空濛月轉廊。只恐夜深花睡去，故燒高燭照紅妝。"下文"君不見昔日東坡怕花睡"亦出於此。

【二】紅粧：亦作"紅妝"。此處比喻艷麗的花卉。唐孫逖《和常州崔使君〈詠後庭梅〉》之一："弱幹紅妝倚，繁香翠羽尋。"

【三】"明皇"句：寫楊貴妃死於馬嵬坡。坡，即馬嵬坡。千秋，婉言人死。《戰國策・燕策二》："太后千秋之後，王弃國家，而太子即位，公子賤於布衣。"

## 月下賞菊同蔡池賓作

滿地霜華【一】白可掃，明月正圓花正好。踏碎花陰玩月明，痛飲憑教玉山倒【二】。萬朵秋花燦月地，一泓秋月爛花天。花氣如雲香作霧，月華如水澹生烟。舉杯邀月醉起舞，側帽【三】看花嬌欲語。花月留人不放休，香氣濕衣凉似雨。花月亦似愛人狂，花增笑態月增光。請君更進一斗酒，不負青天醉這場。

### ◎ 注釋

【一】霜華：亦作"霜花"，此喻皎潔的月光。唐太宗《秋暮言志》詩："朝光浮燒夜，霜華净碧空。"

【二】玉山倒：形容人酒醉欲倒之態。南朝宋劉義慶《世説新語・容止》："嵇叔夜之爲人也，岩岩若孤松之獨立；其醉也，傀俄若玉山之將崩。"

【三】側帽：斜戴帽子。《周書・獨孤信傳》："又信在秦州，嘗因獵日暮，馳馬入城，其帽微側。詰旦，而吏人有戴帽者，咸慕信而側帽焉。"後以謂灑脱不羈的裝束。

## 書齋戲題

古人排闥【一】向予來，是展案頭書卷開。一人獨坐萬人偶【二】，一堂古人森聚首。今人雖生如無生，古人雖死不曾死。虞夏黄農【三】在眼前，一萬年只一張紙。呼之真欲出此中，時時諄諄付人耳。愚昧未能希聖賢，願與蠹魚【四】作弟子。功成化作脈望【五】圈，伏羲[一]見之大歡喜。

### ◎ 校勘記

[一]羲：民族社本作"牺"（犧），今據原本改。

### ◎ 注釋

【一】排闥（tà）：推門，撞開門。宋王安石《書湖陰先生壁》詩："一水護田將緑繞，兩山排闥送青來。"

【二】偶：伙伴，同伴，與人共處。《史記・黥布列傳》："乃率其曹偶，亡之江中。"

【三】虞夏黄農：虞舜、夏禹、黄帝、神農的合稱。

【四】蠹魚：借指書籍。清金人端《立春日送二策入學》詩："笥鎖蠹魚皆祖往，身從皋比又前緣。"

【五】脈望：脈，同"脉"，傳説爲蠹魚所化之物。清曹寅《浣溪沙・丙寅重五戲作和令彰》詞："仙蠹何年成脉望，蝦蟇抵死嗾蹁躚。"

## 聽吹木葉①

柔腸女兒怨離别，私將木葉代喉舌。遥聞山外一聲吹，穿雲破竹金石裂。花谷春深鶯語嬌，楓林霜冷蟬聲切。忽然變節[一]起低昂，乍斷乍續鳴幽咽。萬壑松梢響秋濤，飄風驟雨易消歇。圓如明珠走玉盤，快如并刀[二]剪蕉葉。別恨離愁訴不窮，一字一淚詳細説。含聲未發心先結，餘音未歇喉先絶。離人何可對月聽，不待曲終頭似雪。

◎ **原注**

①題注：夷人采生木葉貼唇吹之，音極清越。

◎ **注釋**

【一】變節：這裏指改變音樂的節奏。

【二】并刀：并州出産的剪刀。唐杜甫《戲題王宰畫山水圖歌》："焉得并州快剪刀，剪取吴淞半江水。"

## 聞口琴①

落紅滿地春無主，坐聽口琴隔窗鼓。細如絲髮音最清，冷如風雨意良苦。應是怨離別，憶人心鬱結。此中萬斛[一]情，難對世人説。故將襟前一葉金，彈向天公寄愁絶。彈罷遥憐恨已深，春雲春霧影沉沉。憑卿奏盡斷腸曲，阿誰[二]同病是知音。

◎ **原注**

①題注：以薄銅爲之，狹長寸許，中剪作舌，置唇吻間彈之，韜以彤管，佩諸胸襟。

◎ **注釋**

【一】萬斛：極言容量之多。古代以十斗爲一斛，南宋末年改爲五斗爲一斛。明沈采《千金記·省女》："正是胸中萬斛愁難遣，付與殘花逐水流。"

【二】阿誰：疑問代詞，猶言誰，何人。《樂府詩集·横吹曲辭五·紫騮馬歌辭》："十五從軍征，八十始得歸。道逢鄉里人：'家中有阿誰？'"

## 墓上悼亡

對此難爲意，低徊[一]無限情。姻緣如可續，相期更來生。可憐來生在何處，長眠千載不解悟。三尺黃土七寸棺，不是雲山萬重路。

### ◎ 注釋

【一】低徊：回味，留戀地回顧。鄧家彥《有憶》詩："低徊往事心如醉，棖觸新愁貌亦臒。"

## 盆池假山

登山必登泰山巔，觀水必觀滄海邊。泰山滄海不得到，拳石[一]盆池景亦仙。達觀[二]天地一介[三]耳，萬里何嘗非尺咫。窗前一簣偶成功，海上三仙即是此。造物真成小兒戲，自家意思隨興寄。會心何必向遠求，眼前活潑皆天地。觀山觀水有真諦，神遊象外[四]心默契。不然泰山樵子海上漁，究與山水何關係。

### ◎ 注釋

【一】拳石：供陳設用的玲瓏岩石。清孔尚任《桃花扇·傳歌》："這是藍田叔畫的拳石呀！"

【二】達觀：遍覽，縱觀。《書·召誥》："周公朝至於洛，則達觀於新邑營。"

【三】一介：指微小的事物。《孟子·萬章上》："非其義也，非其道也，一介不以與人，一介不以取諸人。"

【四】象外：猶物外，物象之外。晉孫綽《遊天台山賦》："散以象外之說，暢以無生之篇。"

## 一星拱斗硯（一）

片玉何年割巑岏【一】，眼侔【二】鸜[一]鵒色猪肝。紫石潭中星助月，一泓秋水净生寒。南極老人【三】夜稽首，遥從海外禮北斗。九天奎壁【四】入文【五】芒，萬里風雲腕下走。故物由來祖父傳，伴我寒窗不記年。此中自古無惡歲【六】，留與子孫作良田。

### ◎ 校勘記

[一]鸜：民族社本爲“鸛”（鸛），今從原本改。

### ◎ 余注

（一）原作詩題，改爲自注：“家有坑硯，大可尺許。池中八眼，琢爲七星抱月狀。左角復一眼，類似南極一星朝北斗，名一星拱斗硯。”

### ◎ 注釋

【一】巑岏（cuánwán）：高峻的山峰。《楚辭·劉向〈九嘆〉》：“登巑岏以長企兮，望南郢而窺之。”王逸注：“巑岏，鋭山也。”

【二】侔（móu）：相等，相同。《莊子·外物》：“海水震盪，聲侔鬼神。”

【三】南極老人：星名，即南極星。舊時以爲此星主壽，故常用於祝壽時稱頌主人，見《史記》卷二十七《天官書》。

【四】奎壁：二十八宿中奎宿與壁宿的并稱。舊謂二宿主文運，故常用以比喻文苑。《平山冷燕》第十六回：“二兄青年高才，焕奎壁之光，潤文明之色。”

【五】入文：入朝爲文臣。唐張説《河西節度副大使都督安公碑》：“總軍挾郡，入文出武。三十年間，式遏戎虜。”

【六】惡歲：荒年。宋蘇軾《丙子重九》詩之一：“今年籲惡歲，僵僕如亂麻。”

## 天下圖

阿誰神術善縮地，天下縮來掌中視。遊遍天下不出庭，移地就人真快事。茫茫禹跡【一】定九州，歷代圖籍可[一]考求。皇朝華夷【二】悉版籍，一統之盛古無儔【三】。國家肇基【四】鄂多里【五】，萬姓歸自三姓【六】始。寧古塔【七】城據神皋，王業正與[二]豳岐似。天生聖人定環中【八】，丕基【九】先創逢海東【一〇】。黄鉞【一一】一下群氛息，九州萬國盡朝宗【一二】。漠南漠北列藩服【一三】，西極崑崙皆内屬。波臣【一四】水國海洋洋，航梯争來會輦轂【一五】。觀圖應識我帝功，食土須盡草莽忠。【一六】厚澤深仁二百載，長沭膏雨扇和風。

◎ **校勘記**

[一]可：民族社本誤爲“無”，今據原本改。

[二]與：民族社本誤爲“興”，今據原本改。

◎ **注釋**

【一】禹跡：相傳夏禹治水，足迹遍於九州，後因稱中國的疆城爲禹跡。語出《書・立政》：“其克詰爾戎兵，以陟禹之跡。”

【二】華夷：此指漢族與少數民族。《晋書・元帝紀》：“天地之際既美，華夷之情允洽。”唐杜甫《嚴公廳宴詠蜀道畫圖》：“華夷山不斷，吴蜀水相通。”

【三】儔：相比。唐司空曙《殘鶯百囀歌各賦一物》：“乃知衆鳥非儔比，暮噪晨鳴倦人耳。”

【四】肇基：謂始創基業。《書・武成》：“至於大王，肇基王跡。”

【五】鄂多里：相傳爲滿清發祥地。

【六】三姓：清初稱此地爲和屯噶珊（漢語稱古城屯），後因克宜克勒、努雅勒、祜什哈哩三姓赫哲居此，改稱依蘭哈喇。滿語依蘭爲三，哈喇爲姓，故稱三姓。

【七】寧古塔：是中國清代統治東北邊疆地區的重鎮，清代寧古塔將軍治所和駐地，後來寧古塔將軍移駐吉林烏拉（今吉林市）。清太祖努爾哈赤 1616 年建立後金政權時在此駐扎軍隊。

【八】環中：圓環的中心，比喻無是非之境地。《莊子・齊物論》：“彼是莫得其偶，謂之道樞。樞始得其環中，以應無窮。”郭象注：“夫是非反覆，相尋無窮，故謂之環。環中，空矣；今以是非爲環而得其中者，無是無非也。無是無非，故能應夫是非。是非無窮，故應亦無窮。”

【九】丕基：巨大的基業。唐張紹《沖佑觀》詩：“赫赫烈祖，再造丕基。”

【一〇】海東：指海以東地帶，常指日本。唐李肇《唐國史補》卷上：“佛法自西土，故海東未之有也。天寶末，揚州僧鑒真始往倭國，大演釋教。”

【一一】黄鉞：飾以黄金的長柄斧子，天子儀仗，亦用以征伐。《書・牧誓》："王左杖黄鉞，右秉白旄以麾。"

【一二】朝宗：古代諸侯春、夏朝見天子，後泛稱臣下朝見帝王。《周禮・春官・大宗伯》："春見曰朝，夏見曰宗，秋見曰覲，冬見曰遇。"

【一三】藩服：古代九服之一。王畿以外之地爲九服，其封國區域離王畿最遠的稱藩服。《周禮・夏官・職方氏》："乃辨九服之邦國……又其（鎮服）外方五百里曰藩服"。

【一四】波臣：指水族。古人設想江海的水族也有君臣，其被統治的臣隸稱爲"波臣"，後亦稱被水淹死者爲"波臣"。《莊子・外物》："周顧視車轍中，有鮒魚焉。周問之曰：'鮒魚來，子何爲者邪？'對曰：'我，東海之波臣也。君豈有斗升之水而活我哉？'"

【一五】輦轂：皇帝的車輿，代指皇帝。三國魏曹植《求存問親戚疏》："出從華蓋，入侍輦轂。"

【一六】"食土"句：意爲耕作田地之人也要盡到卑微之人應盡的忠心。食土，種糧食的田地，這裏代指耕作田地之人。《國語・吴語》："食土不均，地之不修，内有辱於國，是子也。"草莽，指平庸、輕賤的人。明宋濂《故資善大夫方公神道碑銘》："臣一介草莽，亦安敢自絶於天地？"

## 八駿圖

圖中之馬寸許耳，望之何其巨且雄。居然首尾長踰【一】丈，七尺之騋八尺龍。【二】周王之馬號八駿【三】，後人慕之繪圖中。世間圖繪千萬本，以我所見此圖工。不知毛色可似否，骨格之奇定與同。一匹錦髆一玉面，一匹赭白一泥驄。一騅一騮一驪牝，一匹磈礌【四】垂肉騣【五】。或降或升或飲水，或滚塵沙或嘶風。怒者相踶[一]【六】雙倒豎，齧者肉瘦骨巃嵸【七】。高槐長柳濃陰下，美髯僛養衣袍紅。仿佛聞嘶作奮迅，但鳴金鼓定騰空。夜來中庭看天象，房星【八】之光何熊熊。

### ◎ 校勘記

［一］踶：民族社本作"提"，今據原本改。

## ◎ 注釋

【一】踰：通“逾”，超過。

【二】“七尺”句：喻高大之馬。騋（lái），高七尺的馬。《玉篇》：“馬高七尺以上爲騋。”八尺龍，稱駿馬。《周禮·夏官·廋人》：“馬八尺以上爲龍。”宋蘇軾《聞洮西捷報》詩：“漢家將軍一丈佛，詔賜天池八尺龍。”

【三】八駿：相傳爲周穆王的八匹名馬。八駿之名，説法不一。《穆天子傳》卷一：“天子之駿，赤驥、盜驪、白義、踰輪、山子、渠黃、華騮、緑耳。”郭璞注：“八駿，皆因其毛色以爲名號耳。”晋王嘉《拾遺記·周穆王》：“王馭八龍之駿：一名絶地，足不踐土；二名翻羽，行越飛禽；三名奔霄，夜行萬里；四名越影，逐日而行；五名踰輝，毛色炳耀；六名超光，一形十影；七名騰霧，乘雲而奔；八名挾翼，身有肉翅。”

【四】磈磊（kuǐlěi）：累積的石塊。此處比喻像積石一樣健壯的肌肉。

【五】騣（zōng）：同“鬃”。

【六】踶（dì）：用蹄子踏、踢。《莊子·馬蹄》：“怒則分背相踶。”

【七】蘢蓯（lóngcōng）：聚集貌。《淮南子·俶真訓》：“被德含和，繽紛蘢蓯。”

【八】房星：星宿名，即房宿，古時以之象徵天馬。《晋書·天文志上》：“房四星……亦曰天駟，爲天馬，主車駕”。

# 畫　馬

忽有人牽青海驄【一】，神駿訝與畫圖同。瞥眼人馬俱不見，尋來即是畫圖中。世間怪事那有此，妙筆能令神靈通。君家畫馬窮殊相，四蹄掣電耳批風。方瞳【二】炯炯毛骨動，幾回欻【三】起欲騰空。每至夜間失所在，朝來血汗通身紅。①知有神人竊騎去，暮西極【四】朝扶桑【五】東。我謂神人多狡獪，勸君深藏固鎖封。莫教今宵再來竊，直騎入海化爲龍。

## ◎ 原注

①“朝來”句：按，汗血謂汗溝色如血，馬胯縫名汗，非汗水也。然杜詩“萬里

方看汗流血”，是已作汗水用矣。

## ◎ 注釋

【一】青海驄：《北史・吐谷渾傳》載：“青海周回千餘里，海内有小山。每冬冰合後，以良牝馬置此山，至來春收之，馬皆有孕，所生得駒，號爲龍種，必多駿异。吐谷渾嘗得波斯草馬，放入海，因生驄駒，能日行千里，世傳青海驄者也。”後因以泛指駿馬。

【二】方瞳：方形的瞳孔。古人以爲長壽之相。晋王嘉《拾遺記・周靈王》：“老聃在周之末，居反景日室之山，與世隔絶，有黄髮老叟五人……瞳子皆方，面色玉潔，手握青筠之杖，與聃共談天地之數。”

【三】欻（xū）：忽然。《聊齋志异・狼三則》：“欻一狼來。”

【四】西極：西邊的盡頭，謂西方極遠之處。《楚辭・離騷》：“朝發軔於天津兮，夕余至乎西極。”《漢書・禮樂志》：“天馬徠，從西極，涉流沙，九夷服。”

【五】扶桑：傳説日出於扶桑之下，拂其樹杪而升，因謂爲日出處，後用來稱東方極遠處或太陽出來的地方。《楚辭・九歌・東君》：“暾將出兮東方，照吾檻兮扶桑。”

# 畫虎

昨夜樞星【一】忽不見，飛向君家堂上現。倏忽寒風撲鼻腥，蔚然信是大人變。威光四射雙眸子，耽耽卑勢弭毛【二】耳。觀者變色不敢前，恐欲玃[一]【三】人突躍起。寫生人擬顧虎頭，前身是虎氣食牛。倘使從軍定虎將，功成應襲白額侯【四】。想見當時初下筆，有力如虎猛無敵。目空千古少英雄，上馬擊賊下草檄。妙手定然善寫真，頰上添毫倍有神。屢貌尋常行路上，【五】虎頭燕頷【六】是誰人。

## ◎ 校勘記

[一]玃：民族社本作“攫”，今據原本改。

### ◎ 注釋

【一】樞星：亦稱“天樞”，古星名，北斗七星的第一星。

【二】弭毛：亦作“弭髦 ”，毛髮順服，馴服之態。《吕氏春秋・决勝》“其用齒角爪牙也，必託於卑微隱蔽，此所以成勝”。漢高誘注：“若狐之搏雉，俯伏弭毛，以喜悦之，雉見而信之，不驚憚遠飛，故得禽之。”

【三】玃（jué）：古同“攫”，抓取。

【四】白額侯：虎的别稱。宋葉廷珪《海録碎事・鳥獸草木》：“白額侯，虎也。”

【五】“屢貌”句：化用唐代詩人杜甫《丹青引贈曹將軍霸》詩句：“即今漂泊干戈際，屢貌尋常行路人。”屢貌，平常所畫。貌，描繪。

【六】虎頭燕頷：形容相貌威武，古之相者認爲是萬里封侯之相。元揭傒斯《妻齊國夫人宋氏進封濟南王夫人制》：“於戲！翟茀魚軒，尚服异恩於永世；虎頭燕頷，從懷舊將於當年。”燕頷，形容相貌威武，相者認爲是封侯之相。頷，下巴。唐王宏《從軍行》：“兒生三日掌上珠，燕頷猿肱穠李膚。”

## 畫　松①

滿堂謖謖[一]【一】秋濤起，疑是大澤深山裏。老幹蟠空萬丈松，寫向剡藤【二】一幅紙。前身生在丈人峰【三】，偃蹇【四】不屑受秦封。飛入才人胸中去，化爲元氣走真龍。龍氣蒼茫生素壁，萬里煙雲藏咫尺。風雨蕭蕭寂無人，惟有蓯蘢數塊石②。

### ◎ 校勘記

[一]謖謖：民族社本作“稷稷”，今據原本改。

### ◎ 原注

① 題注：李如城筆。

②“惟有”句：松下畫石數塊，筆力甚勁。

### ◎ 注釋

【一】謖謖（sùsù）：象聲詞，形容風聲呼呼作響。

【二】剡藤：剡溪出産的藤，可以造紙，負有盛名，後因稱名紙爲剡藤。宋蘇軾《六觀堂老人草書》詩："蒼鼠奮髯飲松腴，剡藤玉版開雪膚。"

【三】丈人峰：位於玉皇頂西北的丈人峰，形狀好像老翁傴僂著背而得名。附近又有數塊稍小之石相配，因此又有"老翁弄孫"之稱。

【四】偃蹇：驕傲，傲慢。《左傳・哀公六年》："彼皆偃蹇，將弃子之命。"

## 畫山水

才人胸中何不有，造化之權操在手。筆頭常有鬼神扶，倒海移山換星斗。目光如炬千古空，丹鉛[一]灑落疾如風。仙山飄緲仙水活，仙源[二]直與蓬瀛通。此圖畫出無人識，不在塵寰[三]名勝中。海内福地三十六，益以此山三十七。化工巧盡未能生，特遣才人爲補出。莫道畫圖景是幻，歷代版圖君試看。君不見秦家山河百二雄[四]，至今滄桑幾回換。

◎ 注釋

【一】丹鉛：指點勘書籍用的朱砂和鉛粉，亦借指校訂之事。唐韓愈《秋懷詩》之七："不如覷文字，丹鉛事點勘。"

【二】仙源：道教稱神仙所居之處。《雲笈七籤》卷二十七："福地第四曰東仙源，福地第五曰西仙源，均在台州黄巖縣屬地。"

【三】塵寰：亦作"塵闤"，人世間。唐權德輿《送李城門罷官歸嵩陽》詩："歸去塵寰外，春山桂樹叢。"

【四】百二雄：即"百二秦關"或"百二雄關"。古代通指函谷關或潼關以西的秦國領地。漢代政論家賈誼在《過秦論》中用"秦孝公據崤函之固"來説明秦國憑藉崤山（今河南省洛寧縣西北）和函谷關（今河南省靈寶縣東北）的天險立國。自此以後，"百二雄關"或"百二秦關"常被後人作爲形容一個地區地勢險要的典故來引用。

## 月　華[一]

當頭瞥眼起光華，非虹非霓非雲霞。天心特表重輪[二]瑞，月抖精神艷放花[①]。緋紅紫緑映金碧，錦暈重重捧玉璧[一]。光明頓覺分外生，玻璃【三】萬頃寒潮溢。須臾見月不見天，五色彌空一魄圓【四】。雲衢【五】煥彩山河麗，天漢流綺宇宙妍。七寶【六】裝成彈指現，上瑞【七】不容人易見。瞬時彩斂月盈盈，卸却濃妝開素面。

### ◎ 校勘記

[一]璧：原本與民族社本均作“壁”，今據文義改。

### ◎ 原注

①“月抖”句：俗謂月開花。

### ◎ 注釋

【一】月華：月光，月色。唐張若虛《春江花月夜》詩：“此時相望不相聞，願逐月華流照君。”

【二】重輪：日、月周圍光綫經雲層冰晶的折射而形成的光圈，古代以爲祥瑞之象。《隋書・音樂志中》：“烟雲同五色，日月并重輪。”唐劉禹錫《賀皇太子受册箋》：“蒼震發前星之輝，黄離表重輪之瑞。”

【三】玻璃：比喻明净的天空。宋陸游《八月十四日夜湖山觀月》詩：“長空露洗玻璃碧，紫金之盤徑三尺。”元朱庭玉《點絳唇・中秋月》套曲：“爛銀盤涌，冰輪動，輾玻璃萬頃，無轍無蹤。”

【四】圓魄：亦作“魄圓”，指月亮。南朝梁武帝《擬明月照高樓》詩：“圓魄當虛闥，清光流思延。”

【五】雲衢：雲中的道路。《樂府詩集・相和歌辭・艷歌》：“今日樂上樂，相從步雲衢。天公出美酒，河伯出鯉魚。”

【六】七寶：泛指多種寶物。《西京雜記》卷三：“有琴長六尺，安十三絃，二十六徽，皆用七寶飾之，銘曰‘璠璵之樂’。”

【七】上瑞：最大的吉兆。唐韓愈《賀慶雲表》：“臣所領州，今月十六日申時有慶雲現於西北……斯爲上瑞，實應太平”。

# 月　蝕

夜半天公慘不喜，天狗猘齧【一】蟾兔死①。天朽地腐江山黴【二】，瓊樓破碎血色紫。滿城鐘鼓喧如雷，老幼争爲救月來。不知吞食作何狀，直擬亙古不可回。笑語世人休駭絶，我保還爾無恙月。譬如古鏡照多年，經過磨礱【三】更皎潔。須臾天地重生光，依舊團圞【四】無纖缺。再整江山改舊觀，山倍高寒江信徹。君不見周公被讒去居東，【五】歸來萬載仰明哲。

◎ **原注**

①蟾兔死：俗説天狗食月。

◎ **注釋**

【一】猘齧（zhìniè）：瘋狂地撕咬。唐戴君孚《廣异記》：“見有猘狗，齧人百節，肌肉散落，流血蔽地。”

【二】黴（méi）：同“霉”。

【三】磨礱（mólóng）：意爲磨治。漢趙曄《吴越春秋·勾踐陰謀外傳》：“一夜天生神木一雙，大二十圍，長五十尋，陽爲文梓，陰爲楩柟，巧工施校，制以規繩，雕治圓轉，刻削磨礱。”

【四】團圞：圓貌。前蜀牛希濟《生查子》詞：“新月曲如眉，未有團圞意。”

【五】“君不見”句：謂周公輔其兄武王姬發伐商，平定天下，奠定了周朝基業。武王駕崩，太子成王年幼，周公盡心輔佐，將周成王抱於膝上，朝見諸侯。當時其庶兄管叔、蔡叔圖謀不軌，但忌憚周公，於是在列國間散布流言，説周公欺侮幼主，圖謀篡位。久而久之，周成王起疑。周公爲避禍辭了相位，避居東國，心懷恐懼。後來有一日，天降大雨，雷電擊開金匱，成王見了册文，方辨明忠奸，誅殺了管叔、蔡叔，迎周公重歸相位。

# 泛　月

江山不用一錢買，江山風月年年在。浮雲掃盡月生華，知是天公刮目待。一葉乘風破空明，擊走金蛇【一】散光彩。兩岸青山倒飛來，水底流星雨雹灑。把酒淩風醉叩舷，狂呼我欲問真宰【二】。世上何人能百年，世人何事足千載？且賒月色買白雲，共上酒航泛酒海。君不見秦皇漢武闢江山，江山依舊人事改。更進舟中酒一杯，臥聽漁人歌欸乃【三】。

◎ **注釋**

【一】金蛇：比喻雷電之光。唐顧雲《天威行》："金蛇飛狀霍閃過，白日倒掛銀繩長。"

【二】真宰：宇宙的主宰。《莊子·齊物論》："若有真宰，而特不得其朕。"

【三】欸（ǎi）乃：擬聲詞。柳宗元《漁翁》詩："烟銷日出不見人，欸乃一聲山水緑。"

## 登最高山（一）

衆山匍匐作兒孫，一山巍然獨我尊。千山萬山競走奔，儼[一]如【一】大將大軍[二]屯。山南山北异朝昏【二】，崖壑峥嶸草木蕃。雲梯雪棧艱攀援，穿來月窟叩天閽【三】，夜半星辰冷可捫。山雲海氣供吐吞，偉觀直擬登崑崙。眼中欲盡西南坤，一丘一壑焉足論。壯遊我欲窮河源【四】，平吞星海化鵬鯤【五】。

◎ **校勘記**

[一]儼：原本與民族社本均作"嚴"，今據文義改。

[二]大將大軍：民族社本爲"將軍大軍"，今據原本改。

◎ **余注**

（一）題注：今貴州省赫章縣境内有地名最高峰，爲黔西北烏蒙山最高山峰之一。

◎ **注釋**

【一】儼（yǎn）如：十分像。《新唐書·郭元振傳》："自朝還，對親欣欣，退就室，儼如也。"

【二】朝昏：早晚。南朝宋謝靈運《入彭蠡湖口》詩："千念集日夜，萬感盈朝昏。"

【三】天閽：天宫之門。元薩都剌《避暑烏石山飲天章台》詩之二："題詩向天閽，奎光射瑶席。"

【四】河源：亦作"河原"，河流的源頭，古代特指黄河的源頭。《山海經·北山經》："敦薨之山……敦薨之水出焉，而西流注於泑澤。出於昆侖之東北隅，實惟河原。"

【五】鵬鯤：即鯤鵬。

## 早行山中

石鷄[一]三唱天初曉，金烏[二]一升星皆掃。千家閉户夢方酣，匹馬登程行已早。山開霽色[三]迓[四]來人，林吐孤光投飛鳥。澗底蒸雲出氤氲，嶺外遊絲飛縹緲。亂山群起鬥峥嶸，層崖深入窮幽窅[五]。戛玉[六]流泉百叠鳴，穿珠曲徑千盤繞。跡險最憐馬蹣跚，騰空却羡猿輕矯。蒼然佳氣滿山中，偉哉壯觀極天表[七]。出險方知天宇空，登高更識夜郎小。一山過眼一山奇，一步移形一步巧。如此高山自千秋，定有高人同四皓[八]。

### ◎ 注釋

【一】石鷄：野鷄的一種。《太平御覽》卷九一八引晋孫綽《望海賦》："石鷄清響而應潮，慧軀輕近以遠潔。"

【二】金烏：古代神話傳説太陽中有三足烏，因用爲太陽的代稱。漢劉楨《清慮賦》："玉樹翠葉，上棲金烏。"

【三】霽色：晴朗的天色。唐元稹《飲致用神麴酒三十韻》："雪映烟光薄，霜涵霽色泠。"

【四】迓（yà）：《爾雅》："迓，迎也。古本皆作訝。"

【五】幽窅（yōuyǎo）：幽窈，幽深。明文徵明《宜興善權寺古今文録叙》："谷巖幽窅，流瀨清激。"

【六】戛玉：敲擊玉片，形容聲音清脆悦耳。唐崔致遠《石峰》詩："點蘇寒影粧新雪，戞玉清音噴細泉。"

【七】天表：猶天外。漢班固《西都賦》："排飛闥而上出，若遊目於天表，似無依而洋洋。"

【八】四皓：本指秦末隱居於商山的東園公、角（一作角）里先生、綺里季、夏黄公。四人鬚眉皆白，故稱商山四皓。漢高祖召，不應。後高祖欲廢太子，吕后用張良計，迎四皓，使輔太子，高祖以太子羽翼已成，乃消除改立太子之意。（事見《史記·留侯世家》《漢書·張良傳》）此處泛指隱居不仕、年高望重的人。明張煌言《懷王媿兩少司馬》詩："我昔曾上嘉禾島，島上衣冠多四皓。"

## 行水城山中宿張處士家

群山競作飛龍逐，一徑穿爲蟠蛇【一】曲。山南山北撑古松，崖上崖下挺瘦竹。林缺時復見遠天，山迴忽又聞飛瀑。生雲石氣侵人寒，透月潭光沁眉緑。石頑化爲殭【二】虎蹲，藤荒掛作蟄龍縮。入山人馬行已疲，盡日林巒看未足。白日斜倚西山肩，紅霞倒映東崖腹。林[一]際冉冉浮松烟，石罅隱隱露茅屋。入門但見日已昏，開軒且留客不速【三】。主人撥爐煨白醅，稚子開筵[二]秉紅燭。謂我知音琴可彈，命兒就正【四】詩來讀。最憐佳句秀可飧，更愛歡容笑可掬。平生喜我多奇遇，空谷逢人皆不俗。明日上馬與君辭，回期屈指爲予卜。

### ◎ 校勘記

[一]林：民族社本誤爲"松"，今據原本改。

[二]筵：民族社本作"顏"，今據原本改。

### ◎ 注釋

【一】蟠蛇：亦作"蟠虵"，盤曲的蛇。唐段成式《酉陽雜俎續集·支諾臯下》："朱道士者，太和八年，常遊廬山，憩於澗石，忽見蟠虵如堆繒錦，俄變爲巨龜。訪之山叟，云是元武。"

【二】殭：同"僵"。

【三】客不速：即"不速客"，謂未受邀請而突然來臨的客人。宋王安石《和耿天騭同遊定林》詩："道人深閉門，二客來不速。"

【四】就正：向人求教，以匡正學識文章的訛誤。常用作謙辭。語出《論語·學而》："君子食無求飽，居無求安，敏於事而慎於言，就有道而正焉，可謂好學也已。"

## 江門灘（一）

奇峰欺人争來搏，怪石睨船欲起玃【一】。奔雷衝岸地有聲，噴雪排空浪生崿【二】。濤怒不容蟄龍眠，灘喧每驚騰猱落。鳥道不緣金牛開，巒硐【三】曾經土獠【四】鑿①。上灘船重曳倒牛，下水舟駛[一]【五】縱飛鶚。路入黔疆山漸雄，水赴岷川灘初惡。

◎ **校勘記**

[一] 駛：原本與民族社本均作"駛"。

◎ **原注**

① 土獠鑿："土獠鑿崖而居。"

◎ **余注**

（一）題注：江門灘在今四川瀘州市江門境内。

◎ **注釋**

【一】玃（jué）：大猴。《爾雅》："玃父善顧，攫持人也。"

【二】崿（è）：山崖。《宋書》："崿崩飛於東峭。"

【三】硐：通"洞"，山洞。

【四】土獠：中國古族名，分布在今廣東、廣西、湖南、四川、雲南、貴州等地區，亦泛指南方各少數民族。

【五】駛（shì）：迅速。《抱朴子·仙藥》："（天門冬）服之百日，皆丁壯，倍駛於术及黄精也。"

## 上以開河山（一）

巨靈怒扯亂山碎，爪痕深入黄泉内。條條裂似破麻裳，斜飛竄[一]走勢飄揚。鼪[二]鼯【一】之穴猿猱路，披荆冒棘攀雲度。下入九幽上登天，畏途難著祖生鞭【二】。况復雨雪近昏黑，人馬遠來疲無力。猶幸前程近家山，①僮僕雖憊却歡顔。我生自少習險阻，涉險輒如鶻輕舉。如何此次行蹣跚，人到中年知路難。吁嗟乎！人到中年知路難。

### ◎ 校勘記

[一]竄：民族社本誤爲“鼠”，今據原本改。

[二]鼪：民族社本誤爲“鼬”，今據原本改。

### ◎ 原注

①“猶幸”句：去家方五十餘里。

### ◎ 余注

（一）題注：今貴州省畢節縣阿市鄉有以開河，經柳灣、官田壩注入赤水河。

### ◎ 注釋

【一】鼪鼯（shēngwú）：鼪鼠與鼯鼠。前者即黄鼠狼，後者又名飛鼠。

【二】祖生鞭：典出《晋書》卷六十二《劉琨列傳》。晋朝時期，年輕有爲的劉琨胸懷大志，想爲國家出力。好友祖逖被選拔爲官，他發誓要像祖逖那樣爲國分憂。後來他當官從司隸一直做到尚書郎。他曾經對親友寫信説：“吾枕戈待旦，志梟逆虜，常恐祖生先吾著鞭。”後遂用“祖生鞭”表示勉人努力進取的典故。亦作“祖逖鞭”。

## 登虎廠坪（一）高峰

黔山對面是蜀山，烟雲出没於其間。赤水汩汩來滇國【一】，奔赴岷川去不還。絶高峰頂望秋色，黄葉哀鴻風瑟瑟。草枯水落巉崖多，瘦盡秋容見骨力。西望雪山障天隅，崇岡[一]峻嶺勢盤紆。此中大有佳處在，尚有月溪其人無。①北俯河流石齒齒【二】，嗚咽如悲經略死。胡爲晚節不克終，平生功績赴流水。②南望畢陽東大方（二），千山萬山何蒼蒼。終古秀色常不改，閲歷人事幾興亡。東西南北頻搔首，獨立蒼茫曠無偶【三】。烟雲散盡天宇空，引取長瓢自進酒。

## ◎ 校勘記

[一]岡：民族社本爲“崗”，今據原本改。

## ◎ 原注

①“尚有”句：明宣德中，月溪禪師駐錫雪山關。

②“平生”句：乾隆初，經略張廣泗奏赤水運鉛，今廢。

## ◎ 余注

（一）虎廠坪在今貴州畢節縣樂都彝族鄉境内。山下赤水河爲黔蜀分界。

（二）大方，即貴州省大方縣，與畢節縣接址。

## ◎ 注釋

【一】滇國：古國名。戰國楚使莊蹻以兵定夜郎諸國，至滇池，據地爲王，號滇國。疆域主要在以滇池爲中心的雲南中部及東部地區。

【二】齒齒：排列如齒狀。唐韓愈《柳州羅池廟碑》：“桂樹團團兮白石齒齒。”

【三】無偶：没有同伴。《南史・袁粲傳》：“昨飲酒無偶，聊相要耳。”

# 雨後看山

連朝春雨晝冥冥，群山睡閉白雲扃【一】。朝來新霽醉初醒，岡巒一一開障屏。玉堆翠叠光清熒【二】，中有一峰宛明星【三】。雲遊仙子何娉婷，淡烟一抹長眉青。風泉瀟落韻泠泠，金環瓊佩響咚叮。舉杯招之入户庭，排闥而來立亭亭。笑對几筵【四】盡罍【五】瓶，醉倒夢中見山靈，飄然同躡鳳凰翎。

## ◎ 注釋

【一】扃（jiōng）：關門。《漢書・外戚傳》：“應門閉兮禁闥扃。”

【二】清熒：明潔而又微弱的光亮。唐何頻瑜《牆陰殘雪》詩：“皎潔開簾近，清熒步履看。”元揚弘道《空村謡》：“膏血夜爲火，望際光清熒。”

【三】明星：傳説中華山仙女名。唐李白《古風》之十九：“西上蓮花山，迢迢見明星。素手把芙蓉，虛步躡太清。”

【四】几筵：亦作“几梴”，猶几席。《周禮·春官》有司几筵，專掌五几五席的名稱種類，辨其用處與陳設的位置。几席乃祭祀的席位，後亦因以稱靈座。《墨子·節葬下》：“諸侯死者……又多爲屋幕，鼎鼓几梴壺濫，戈劍羽旄齒革，寢而埋之”。《國語·周語上》：“設桑主，布几筵。”

【五】罍（léi）：古代一種盛酒的容器，小口，廣肩，深腹，圈足，有蓋，多用青銅或陶製成。《詩·周南·卷耳》：“我姑酌彼金罍。”

## ‖ 登畢節龍蟠山閣 ‖

西走烏撒北芒部(一)，南阿晟①東永寧路。一丸城在萬山中，峙然空扼咽喉處。聞説明朝苦戰争，十户人無一壯丁。聖朝皇仁同一視，萬家烟火齒繁生【一】。抱郭一山横運[一]迤【二】，嵯峨【三】樓閣連雲起。憑欄旭日吐光芒，滿城黄紫秋風裏。人在百尺高樓中，飄然灑酒獨臨風。人事古今頻更改，惟有關山依舊雄。

### ◎ 校勘記

[一]運：民族社本作“逶”，今據原本改。

### ◎ 原注

①南阿晟：水西古阿晟部。

### ◎ 余注

（一）烏撒，古彝族部族名，後爲地名，即今貴州省威寧、赫章縣境。芒部，古彝族部族名，後爲地名，今雲南省鎮雄縣。

### ◎ 注釋

【一】齒繁生：“生齒日繁”的省略，指人口一天天多起來。宋程頤《論十事劄子》：“今則蕩然無法。富者跨州縣而莫之止，貧者流離餓殍而莫之恤，幸民雖多而衣食不足者，蓋無紀極，生齒日益繁而不爲之制。”

【二】迤迤：即“迤里”，亦作“迆邐”，曲折連綿貌。南朝齊謝朓《治宅》詩：“迢遰南川陽，迤邐西山足。”

【三】嵯峨：屹立。唐姚合《送潘傳秀才歸宣州》詩：“李白墳三尺，嵯峨萬古名。”

## 樂隆山

北望如雄鷄，昂首向天啼。西望如駿馬，振鬣從空下。南望如回牛，挽重奮掉頭。東望如人立，挺身當大敵。東西南北形轉移，我欲狀[一]之語難奇。天假神柄足靈异，【一】司【二】爲晴雨作民庇。隱隱有聲若雷鳴，久旱必雨澇必晴。每禱雨晴應時屆，年年祭賽【三】無有懈。除墠結蕞設豆樽，【四】荒山猶見餼羊【五】存。山能有守享[二]古禮①，令人慕古油然起。方今天下仙佛神，祭祀紛紛燒錢紙。

### ◎ 校勘記

[一]狀：民族社本誤爲“壯”，今據原本改。

[二]享：原本作“亯”，古同“享”。

### ◎ 原注

①享古禮：祭必以古禮，否則致灾。

### ◎ 注釋

【一】“天假”句：天假，上天授與。北周庾信《周上柱國齊王憲神道碑銘》：“公之挺生，實惟天假，翠微神降，文昌星下。”韓愈《謁衡嶽廟遂宿嶽寺題門樓》：“火維地荒足妖怪，天假神柄專其雄。”

【二】司：職掌，主管。《韓非子·三守》：“至於守司囹圄，禁制刑罰，人臣擅之，此謂刑劫。”

【三】祭賽：祭祀酬神。元李壽卿《伍員吹簫》第三折："秋收之後，這一村疃人家輪流著祭賽。"

【四】"除墠（shàn）"句：意爲打掃祭祀的場所，擺上茅草和祭祀的杯盤。墠，古代祭祀或會盟用的場地。《禮記·祭法》："是故王立七廟，一壇一墠。"蕝（zuì），古代演習朝會禮儀時捆扎茅草立放著用來標志位次。《史記·劉敬叔孫通列傳》："（叔孫通）與其弟子百餘人爲綿蕞野外，習之月餘。"

【五】餼（xì）羊：古代用爲祭品的羊。《論語·八佾》："子貢欲去告朔之餼羊。子曰：'賜也，爾愛其羊，我愛其禮。'"朱熹集注："月朔，則以特羊告廟，請而行之。餼，生牲也。"

## 成都草堂杜公祠，果親王【一】自西域致六尺水晶四方作門壁，與公高寒之像頗爲雅稱

芳國詩王杜子美，眉宇高寒照秋水①。果王特地裝水晶，斯人合貯冰壺裏。虛堂生白【二】無纖塵，明珠清露比精神。秋水一方人宛在，居然明月見前身。詩人聰明原雪亮，鏡水花月莫名[一]狀。一點虛靈【三】不昧精，夜半寒光騰萬丈。供養詩王作水仙，廣寒宮殿露華妍。錦江玉壘【四】春常在，合種白蓮作祭田。

### ◎ 校勘記

[一]名：民族社本爲"明"，今據原本改。

### ◎ 原注

①"眉宇"句：用放翁句。（校注者按：此句化用陸游《遊錦屏山謁少陵祠堂》詩句："虛堂奉祠子杜子，眉宇高寒照江水。"）

### ◎ 注釋

【一】果親王：和碩果親王愛新覺羅·胤禮（1697—1738），清康熙帝第 17 子，雍正帝异母弟，旗籍正紅旗。雍正元年（1723）封多羅果郡王，雍正六年（1728）晋

封果親王，乾隆三年（1738）二月初二日去世，謚曰“毅”。

【二】虛堂生白：同“虛室生白”，謂人能清虛無欲，則道心自生。《莊子·人間世》：“瞻彼闋者，虛室生白，吉祥止止。”司馬彪注：“室比喻心，心能空虛，則純白獨生也。”《淮南子·俶真訓》：“由此觀之，用也必假之於弗用也。是故虛室生白，吉祥止也。”高誘注：“虛，心也；室，身也；白，道也。能虛其心以生於道，道性無欲，吉祥來止舍也。”也常用以形容清澈明朗的境界。

【三】虛靈：指心靈。《朱子語類》卷一百二：“況羅先生於靜坐觀之，乃其思慮未萌，虛靈不昧。”

【四】玉壘：指玉壘山，在四川省理縣東南，多作成都的代稱。晉左思《蜀都賦》：“廓靈關以爲門，包玉壘而爲宇。”劉逵注：“玉壘，山名也，湔水出焉，在成都西北岷山界。”

## 寄懷李少青并乞正詩草【一】

前年我歸已除夕①，君歸未見空悵惜。去年碌碌常爲客，雁斷未寄書一尺【二】。良宵獨坐小齋空，故人悠然來胸中。思君不見望明月，嶺上徐徐起清風。嶺上清風徐徐起，飄然吹雲過江水。我情寄與白雲深，落在君家蜀山裏。空虛一片好明月，照人綿綿思不絕。知君萬朵蜀山中，清光【三】同念三年別。秋江飛起一鯉魚，水一方來問興居②。小調愧非流水韻，奏向鍾期一起予。【四】

### ◎ 原注

①“前年”句：是年少青館予家。

②“水一”句：黔蜀以赤水爲界。

### ◎ 注釋

【一】詩草：詩的草稿，詩作。五代齊己《亂中聞鄭谷吴延保下世》詩：“兵火焚詩草，江流漲墓田。”宋蘇軾《次韻王晋卿奉詔押高麗宴射》：“錦囊詩草勤收拾，莫遣鷄林得夜光。”

【二】書一尺：即“一尺素”。一封書信。唐李商隱《夜思》詩：“寄恨一尺素，含情雙玉璫。”素，用作寫字的絲綢或紙張。

【三】清光：清亮的光輝，多指月光、燈光之類。南朝齊謝朓《侍宴華光殿曲水》詩：“歡飫終日，清光欲暮。”唐崔備《奉陪武相公西亭夜宴陸郎中》詩：“剪燭清光發，添香煖氣來。”

【四】“小調”二句：意爲我的詩作比不上《高山流水》那樣經典，但是希望你能夠給予斧正啓迪。鍾期，即鍾子期，比喻知音者。唐孟浩然《贈道士參寥》詩：“不遇鍾期聽，誰知鸞鳳聲。”起予，《論語·八佾》：“子曰：‘起予者，商也，始可與言《詩》已矣。’”何晏集解引包咸曰：“孔子言子夏能發明我意，可與共言《詩》。”後因用爲啓發自己之意。

## 觀風波亭劇【一】

老人觀劇意慘傷，鼻涕一丈淚浪浪。對人哭詈【二】訴賊檜，痛惜南宋損棟梁。豈知此罪不在檜，誅心須是責康王【三】。康王貪位忌君親【四】，惟恐歸無置己身。甘心己作不孝子，翻嫌臣下作忠臣。君不見明朝英宗身陷敵，歸來却將景泰逼。【五】此時康王在九泉，還誇當年計自得。我聞有屠觀劇怒，忽起上臺竟斫[一]秦檜死。認假成真事更奇，俠與小校【六】登堂殺檜比。

### ◎ 校勘記

[一]斫：民族社本爲“砍”，今據原本改。

### ◎ 注釋

【一】風波亭劇：指搬演岳飛被害的戲劇，如京劇《風波亭》（一名《精忠傳》）等。

【二】詈（lì）：責駡。《戰國策·秦策》："乃使勇士往詈齊王。"

【三】康王：宋高宗趙構（1107—1187），北宋皇帝宋徽宗第九子，宋欽宗之弟。曾被封爲"康王"。北宋末，代表北宋朝廷出使金營。金兵攻陷汴京，康王趙構在南京應天府（今河南省商丘縣南）即位，改年號爲"建炎"。

【四】君親：君王與父母，亦特指君主。舊題漢李陵《答蘇武書》："違弃君親之恩，長爲蠻夷之域，傷已!"

【五】"君不見"二句：明代宗朱祁鈺（景泰帝或景帝）（1450—1457），明朝第七位皇帝。明代宗是明宣宗（宣德帝）次子，在明英宗（正統帝）"土木堡之變"被俘後被擁立爲帝，年號"景泰"。即位後，用于謙爲兵部尚書，粉碎了瓦剌對北京的進攻，迫使瓦剌放回英宗。英宗放回後，爲怕英宗復辟，故將其軟禁。直到 1457 年，代宗病危時，英宗纔又被擁爲帝。

【六】小校：猶小卒。宋梅堯臣《韻語答永叔内翰》："信筆寫此語，謂可忘病憂，黄昏走小校，寄我東郭陬。"

## 有老人日醉酒肆，忽草書大"龍"字，極神

老人佯狂【一】殊得意，日日狂歌醉酒肆。忽然酒酣興欲飛，揮筆如風書草字。書此峥嶸天矯之神龍，吐此磅礴浩蕩之奇氣。君不見龍跳天門【二】王右軍，是字是龍并無二。今年雨澤【三】苦愆期，書成滂沱應手至。雨罷龍身帶濕歸，衆人咄咄嘆奇异。自古妙筆能通神，破壁爲霖皆常事。噫！我疑老人是古之猶龍【四】，偶涉人世作遊戲。寫字分明寫英雄，莫作王公大人食肉【五】鄙筆視。

### ◎ 注釋

【一】佯狂：裝瘋。《荀子·堯問》："然則孫卿懷將聖之心，蒙佯狂之色，視天下以愚。"

【二】龍跳天門：南朝梁武帝對東晋書法家王羲之（王右軍）書法的評價，謂王

書的活潑之處，變化倏忽，莫可端倪，如“龍跳天門”。

【三】雨澤：雨水。《禮記・禮器》：“是故天時雨澤，君子達亹亹焉。”

【四】猶龍：稱有道之士。清徐振芳《海陵寄李子微》詩：“猶龍久矣逃塵世，牽犢公然飲上流。”

【五】食肉：即“肉食”，謂做高官，封侯。語出《左傳・莊公十年》：“肉食者鄙，未能遠謀。”杜預注：“肉食，在位者。”宋秦觀《和蔡天啓贈文潛》：“要當食肉似班超，猛虎何曾窺案俎。”

## 聽讀夷書①

蒼莽夷寨亂山中，中有白髮老夷翁。左翻倒念韙書字，手寫口訓授夷童。我本夷人解夷語，字雖未識義能通。命翁一讀我試聽，其義皆與經籍【一】同。此書亦惟言仁義，與子言孝臣言忠。憶昔未曾入版圖，聖教何由至荒區。始信人生性本善，華夷雖异理無殊。我聞當年始造字，創自古夷名補喃。其人應是大賢聖，故能垂範類典謨【二】。別開教化西南土，倉頡而外文字祖。至今遺澤尚未央【三】，男忠婦烈代踵武【四】。西域夷書競[一]談佛，崇尚虛無稱禍福。是非謬於聖人經，翻譯空勞費簡牘。何如老夷一編書，同符經籍尚可讀。②

### ◎ 校勘記

[一]競：民族社本誤作“兢”，今據原本改。

### ◎ 原注

① 夷書：韙書。

② 同符經籍尚可讀：文字制自蒼皇，而荒裔四夷莫不有書，夫豈各有一四目靈光者爲之歟？抑互相效仿若元帕克斯巴者爲之歟？要之，人性皆善，何地無才？不必文王而後興也。韙書一種，夷人以爲上古補喃居塞載所作，而《明一統志》謂爲唐納垢酋阿畸所撰。如果阿畸所撰，則其人乃帕克斯巴者流。若補喃所作，則其人又 四目靈光者也。四目靈光猶言明四目，今人直作四眼，殊怪誕。

## ◎ 注釋

【一】經籍：儒家經書。《後漢書·張楷傳》："楷坐繫廷尉詔獄，積二年，恒諷誦經籍，作《尚書注》。"南朝梁劉勰《文心雕龍·事類》："然則明理引乎成辭，徵義舉乎人事，迺聖賢之鴻謨，經籍之通矩也。"

【二】典謨：《尚書》中《堯典》《舜典》和《大禹謨》《皋陶謨》等篇的并稱。《書序》："典謨訓誥誓命之文凡百篇，所以恢弘至道，示人主以軌範也。"《漢書·揚雄傳下》："典謨之篇，雅頌之聲，不温純深潤，則不足以揚鴻烈而章緝熙。"亦泛指經典。

【三】未央：未盡，未已，没有完結。《楚辭·離騷》："及年歲之未晏兮，時亦猶其未央。"王逸注："央，盡也。"

【四】踵武：跟着别人的脚步走，比喻繼承前人的事業。《楚辭·離騷》："忽奔走以先後兮，及前王之踵武。"王逸注："踵，繼也。武，跡也。"

# 道人贈[一]紫拂【一】

道人自言來滇中，滇中九十有九龍。九十九龍色各异①，别有赬[二]龍【二】通火紅。火中拔取赬龍髭，淋漓血透色深紫。折取丹巖若木【三】枝，結作道家拂塵子【四】。此物傳自仙師祖，久跡山川歷風雨。贈我鷄窗【五】助清談，聊比山松代玉麈。深情不啻瓊瑰重，【六】拂雲揮月常爲用。他年孤鶴再飛來，江山重把洞簫弄②。

## ◎ 校勘記

[一]贈：民族社本誤爲"僧"，今據原本改。

[二]赬：民族社本誤爲"禎"，今據原本改。下句"火中拔取赬龍髭"亦同。

## ◎ 原注

①"九十"句：如小黑龍、老白龍、黄龍、烏龍之類。

②"江山"句：道人善簫。

## ◎ 注釋

【一】拂：撣塵土或驅趕蚊蠅的用具。前蜀杜光庭《虬髯客傳》："一妓有殊色，執紅拂，立於前。"

【二】赬（chēng）龍：紅色的龍。赬，紅色。

【三】若木：古代神話中的樹名。《山海經·大荒北經》："大荒之中，有衡石山、九陰山、洞野之山，上有赤樹，青葉，赤華，名曰若木。"郭璞注："生昆侖西附西極，其華光赤下照地。"一説，即扶桑（見清段玉裁《説文·木部》'榑'字注）。《楚辭·離騷》："折若木以拂日兮，聊逍遥以相羊。"

【四】拂塵子：即塵拂（拂子、麈尾）。手柄前端附獸毛或絲狀麻布，用於驅蚊掃灰。在道教文化中，拂塵子是道士常用的器物，漢傳佛教則作爲法器使用。

【五】鷄窗：亦作"鷄牕"。《藝文類聚》卷九十一引南朝宋劉義慶《幽明録》："晋兗州刺史沛國宋處宗嘗買得一長鳴鷄，愛養甚至，恒籠著窗間。鷄遂作人語，與處宗談論，極有言智，終日不輟。處宗因此言巧大進。"後以"鷄窗"指書齋。唐羅隱《題袁溪張逸人所居》詩："鷄窗夜静開書卷，魚檻春深展釣絲。"

【六】"深情"句：意爲道人贈我紫拂之深情無异於贈我珠玉之深重。不啻，無异於，如同。唐元稹《叙詩寄樂天書》："視一境如一室，刑殺其下不啻僕畜。"

# 番　僧[①]

山深寺古空寂寥，西僧獨處腹常枵【一】。三旬九食惟一瓢，番經夜誦音啁噍【二】。木魚橐橐【三】響通宵，寒燈如豆青不摇。鐘聲時作海波潮，絶無人跡風瀟瀟，霧鎖雲封石嶕[一]嶢【四】。

## ◎ 校勘記

[一]嶕：原本與民族社本皆誤爲"崔"，今改。

## ◎ 原注

①題注：現在胡必爾汗弟子胡兔克圖喇嘛。（校注者按："胡兔克圖"，音譯詞，今通常譯作漢文"呼圖克圖"。）

◎ 注釋

【一】腹常枵（xiāo）：常常空著肚子。腹枵，同“枵腹”，空腹，謂飢餓。唐康駢《劇談録·嚴士則》：“士則具陳賓士陟歷，資糧已絶，迫於枵腹，請以飲饌救之。”

【二】啁噍（zhōujiào）：象聲詞。鳥蟲鳴聲。《荀子·禮論》：“小者是燕爵猶有啁噍之頃焉，然後能去之。”

【三】橐橐（tuótuó）：象聲詞。多狀硬物連續碰擊聲。《詩·小雅·斯干》：“約之閣閣，椓之橐橐。”

【四】嶕嶢（jiāoyáo）：亦作“嶕嶤”，峻峭，高聳。《漢書·揚雄傳下》：“泰山之高不嶕嶢，則不能浡滃雲而散歊烝。”顏師古注：“嶕嶢，高貌也。”晋陶潜《擬挽歌辭》之三：“四面無人居，高墳正嶕嶤。”

# 雪 茶

山人來自洱海【一】涯，贈我雪山一掬茶。雪山六月雪始化，僵幹回春初茁芽。一點陽心凍不死，更從雪窟吐寒葩。采之只可貢[一]上用，不比常税輸官家。煎來不用人間水，露珠一滴寒梅蕊。味如玉液色松花，未飲兩腋風先起。兩腋習習生清風，枯腸冷透仙靈通。胸中文字五千卷，化爲冰雪盡消融。盧仝之飲數至七，【二】我今之飲方得一。生明洞見垣一方【三】，膏肓頓起烟霧疾。平生雅好酒與詩，每於耳熱發狂辭。從今洗髓伐毛【四】後，一字不著文更奇。

◎ 校勘記

[一]貢：民族社本誤爲“供”，今據原本改。

◎ 注釋

【一】洱海：湖名，古稱葉榆澤，在雲南省大理市、洱源縣間，因其形如耳得名。洱海産茶，著名的蒼山雪緑茶即生長於洱海邊的蒼山。

【二】“盧仝”句：盧仝（約 795—835），唐代詩人，范陽（今河北涿州市）人。好茶成癖，詩風浪漫且奇詭險怪，人稱“盧仝體”，其《走筆謝孟諫議寄新茶》詩：“一碗喉吻潤，二碗破孤悶，三碗搜枯腸，惟有文字五千卷。四碗發輕汗，平生不平事，盡向毛孔散。五碗肌骨清，六碗通仙靈。七碗吃不得也，惟覺兩腋習習清風生。”

【三】垣一方：司馬遷《史記・扁鵲倉公列傳》：“扁鵲以其言飲藥三十日，視見垣一方人。以此視病，盡見五臟癥結，特以診脈爲名耳。”

【四】洗髓伐毛：清洗骨髓，削除毛髮，比喻徹底滌除自身的污穢，有脱胎换骨的意思。明程登吉《幼學瓊林・身體》：“漢張良躡足附耳，東方朔洗髓伐毛。”

## 芋【一】

岷山之下有蹲鴟【二】，蜀人競[一]誇旱不飢。我有垣下一區土，園丁勸我種土芝。萬柄青蓮出自旱，亭亭净立張雲繖。【三】錯落明珠走玉盤，青蛇入地産雪卵。軟似鷄頭【四】潤似酥，撥火人憶懶殘爐。惆悵學疏誤羊字【五】，敢問十年領取無？

### ◎ 校勘記

[一]競：民族社本誤爲“兢”，今據原本改。

### ◎ 注釋

【一】芋：屬天南星目，天南星科，多年生草本植物。球莖富含澱粉及蛋白質，供菜用或糧食用，也是澱粉和酒精的原料。

【二】蹲鴟（chī）：芋的别稱，下文“土芝”亦同，因狀如蹲伏的鴟，故稱。《史記・貨殖列傳》：“吾聞汶山之下沃野，下有蹲鴟，至死不飢。”張守節正義：“蹲鴟，芋也。”

【三】“萬柄”二句：寫芋莖葉的形態。像長在旱地的萬柄青蓮，亭亭玉立，又像張開的雲傘。繖，同“傘”。

【四】鷄頭：亦作“鷄頭肉”，芡實的别名。唐馮贄《雲仙雜記・時元亨煉真》：“明日便出如剥净鷄頭肉者二三升許。”北魏賈思勰《齊民要術・養魚》：“鷄頭，一名雁喙，即今茨子是也。由子形上花似鷄冠，故名曰鷄頭。”

【五】誤羊字：芋，亦稱“洋芋”，作者因此説“誤羊字”。

## 瓜

瓜是農人家常用，唪唪[一]綿綿詩所頌。蒼龍伏地吐鬚長，一産百卵大於甕[二]。周家稼穡世澤深，[三]委人之掌地官[四]重。請君多種莫辭勞，七月來將豳風[五]誦。

◎ 注釋

【一】唪唪（běngběng）：結實累累貌。《詩・大雅・生民》：“麻麥幪幪，瓜瓞唪唪。”毛傳：“唪唪，多實也。”

【二】甕（wèng）：同“罋”，陶制盛器，小口大腹。《説文》：“罋，汲缾也。”《廣雅・釋器》：“甕，瓶也。”

【三】“周家”句：意爲周王朝重視農事，這是留給後世的德澤。稼穡，耕種和收穫，泛指農業勞動。《書・無逸》：“厥父母勤勞稼穡，厥子乃不知稼穡之艱難。”世澤，祖先的遺澤，主要指地位、權勢、財産等。《孟子・離婁下》：“君子之澤，五世而斬。”

【四】地官：古代六官之一。《周禮・地官・序官》：“乃立地官司徒，使帥其屬而掌邦教，以佐王安擾邦國。”鄭觀應《盛世危言・農功》：“稽古帝王之設地官司徒之職，實兼教養。”唐武則天曾改户部爲地官（旋復舊），因以地官稱户部長官。

【五】豳風：《詩經》的《國風》之一，是西周時代的詩歌。清張英《擬古田家詩》之二：“昔愛誦《豳風》，亦常歌《小雅》。”

## 梅林

白雲堆裏梅千樹，花香冉冉穿雲去。落花滿地白雲香，明月照來無著處。一樹梅花一仙人，風霜煉老凌雲身。鐵石心腸【一】傾國貌，嫣然一笑天爲春。雲影護花情縹緲，花意媚雲春窈窕【二】。月明人戀仙雲嬌，繞樹微吟直到曉。

◎ **注釋**

【一】鐵石心腸：比喻不輕易動情。宋張邦基《墨莊漫録》卷三："無咎嘆曰：'人疑宋開府鐵石心腸，及爲《梅花賦》，清艷殆不類其爲人。'"

【二】窈窕：嫻靜貌，美好貌。《詩·周南·關雎》："窈窕淑女，君子好逑。"毛傳："窈窕，幽閒也。"《漢書·王莽傳上》："公女漸漬德化，有窈窕之容，宜承天序，奉祭祀。"顏師古注："窈窕，幽閒也。"

## 猺[一]犬①二首

八排細犬名烏喙，見人不齧亦不吠。從不摇尾乞主憐，垂頭日向樹陰睡。也似英雄髀[二]肉生，【一】側耳時聽秋風聲。但見主人備鞍馬，超出驊騮【二】先從横。天生奇材飛食肉，爲君逐取中原鹿。當道豺狼盡驅除，致使民間繁牲畜。君不見漢祖功臣定賞封，蕭何而外皆狗功。【三】若使爲將逢楚漢，勳名定與灌絳【四】同。

◎ **校勘記**

[一]猺：民族社本爲"傜"，今據原本改。

[二]髀：原本與民族社本皆誤爲"脾"，今改。

◎ **原注**

①猺犬：八排猺産田犬，甚俊。

◎ **注釋**

【一】"也似"句：《三國志·蜀志·先主傳》裴松之注引晋司馬彪：《九州春秋》曰："備住荆州數年，嘗於（劉）表坐起至廁，見髀裏肉生，慨然流涕。還坐，表怪問備。備曰：'吾常身不離鞍，髀肉皆消。今不復騎，髀裏肉生。日月若馳，老將至矣，而功業不建，是以悲耳。’”後因用“髀肉復生”爲自嘆久處安逸，思圖有所作爲之辭。髀（bì），股部、大腿。

【二】驊騮：亦作“驊駵”，周穆王八駿之一，泛指駿馬。《荀子・性惡》：“驊騮、騹驥、纖離、緑耳，此皆古之良馬也。”楊倞注：“皆周穆王八駿名。”

【三】“蕭何”句：典出《史記・蕭相國世家》：“漢五年，既殺項羽，定天下，論功行封。群臣争功，歲餘功不决。高祖以蕭何功最盛，封爲酇侯，所食邑多。功臣皆曰：‘臣等身被堅執鋭，多者百餘戰，少者數十合，攻城掠地，大小各有差。今蕭何未嘗有汗馬之勞，徒持文墨議論，不戰，顧反居臣等上，何也？’高帝曰：‘諸君知獵乎？’曰：‘知之。’‘知獵狗乎？’曰：‘知之。’高帝曰：‘夫獵，追殺獸兔者狗也，而發蹤指示獸處者人也。今諸君徒能得走獸耳，功狗也；至如蕭何，發蹤指示，功人也。且諸君獨以身隨我，多者兩三人；今蕭何舉宗數十人皆隨我，功不可忘也。’群臣皆莫敢言。”後以“功狗”比喻殺敵立功的人，以“功人”泛指起關鍵作用、有特殊貢獻的人。

【四】灌絳：漢絳侯周勃與潁陰侯灌嬰的并稱，均佐漢高祖定天下，建功封侯。二人起自布衣，鄙樸無文，曾讒嫉陳平、賈誼等。《晋書・劉元海載記》：“吾每觀書傳，常鄙隨（隨何）陸（陸賈）無武，絳灌無文，道由人弘，一物之不知者，固君子人所耻也。”

金斗之精光熊熊，降爲神犬産猺中。豺腰猿爪骨一把，炯炯紫焰生雙瞳。槃瓠【一】之妻少皞[一]【二】女，金帝遺來神種子。一心爲國除寇頑，不屑寄書作黄耳【三】。我輩得來無用處，聊使山中搏狐兔。須械【四】後足屈其才，勿使展足得飛去。朝來脱去疾無蹤，遥聞聲吠白雲峰。不隨趙守成仙去，定如韋氏變爲龍【五】。

◎ **校勘記**

[一]皞：民族社本爲“皋”，今據原本改。

◎ **注釋**

【一】槃瓠：古代傳説爲帝高辛氏所畜犬，其毛五彩。《後漢書・南蠻傳》、晋干寶《搜神記》載：遠古帝嚳（高辛氏）時，有老婦得耳疾，挑之，得物大如繭。婦人盛於瓠中，覆之以槃，頃化爲犬，其文五色，因名槃瓠。按：《玄中記》作“槃護”。後槃瓠助帝嚳取犬戎吴將軍頭，帝嚳以少女妻之。負而走入南山，生六男六女，自相配偶。其後子孫繁衍。

【二】少皞：亦作“少昊”，傳説中古代東夷集團首領，名摯（一作質），號金天氏。東夷集團曾以鳥爲圖騰，相傳少皞曾以鳥名爲官名。傳説少皞死後爲西方之神。《左傳・昭公十七年》：“郯子曰：‘我高祖少皞摯之立也，鳳鳥適至，故紀於鳥，爲鳥師而鳥名。’”杜預注：“少皞，金天氏，黄帝之子，己姓之祖也。”

【三】寄書作黄耳：典出《晋書・陸機傳》：“初機有駿犬，名曰黄耳，甚愛之。既而羈寓京師，久無家問，笑與犬曰：‘我家絶無書信，汝能齎書取消息不?’犬摇尾作聲。機乃爲書以竹筒盛之而繫其頸，犬尋路南走，遂至其家，得報還洛。其後因以爲常。”後即以“黄耳”喻指信使，以“黄耳傳書”比喻傳遞家信。

【四】械：拘繫，枷住，拘束。清方苞《獄中雜記》：“苟入獄，不問罪之有無，必械手足。”

【五】“不隨”二句：化用“一人得道，鷄犬升天”的典故。宋祝穆《方輿勝覽》載有隋代嘉州太守趙昱升仙事，詩當以此爲本。

## 盆 石

天下之山半黔中①，千峰萬峰争奇雄。山人兀白看未足，案頭猶供一拳緑。方盆貯水纔尺咫，黔泉之中萬一耳②。居然【一】八百里洞庭，滄波浩渺君山青。烟痕雨色秀不改，袖底壺中有東海。大人不失赤子心，【二】聊爲兒戲寄情深。几净窗明好風月，舉酒再拜而告曰：石兮在昔有媧皇，補天餘爾一片蒼。我與爾兮同無用，陋質難堪三品俸。不能觸起膚寸【三】雲，醉鄉相對日醺醺【四】。石言君見亦何小，君不見黔山有礦難自保。千錘萬鑿攻不了，石以無用得壽考【五】。

◎ **原注**

①“天下”句：孟郊詩“舊説天下山，半在黔中青”。

②“黔泉”句：孟郊詩“又聞天下泉，半落黔中鳴”。

（校注者按：以上四句出自孟郊詩《贈黔中王中丞楚》：“舊説天下山，半在黔中青。又聞天下泉，半落黔中鳴。山水千萬繞，中有君子行。儒風一以扇，汙俗心皆平。我願中國春，化從异方生。昔爲陰草毒，今爲陽華英。嘉實綴緑蔓，凉湍瀉清聲。逍遥物景勝，視聽空曠并。困驥猶在轅，沉珠尚隱精。”見《全唐詩》卷三七七）

◎ **注釋**

【一】居然：儼然。明劉若愚《酌中志・各家經管紀略》：“本政一斷葷酒，皈依釋氏，居然一頭陀也。”

【二】“大人”句：意爲偉大的人是童心未泯的人，語出《孟子・離婁下》：“大人者，不失其赤子之心者也。”

【三】膚寸：比喻極小或極少。《戰國策・秦策三》：“昔者，齊人伐楚，戰勝，破軍殺將，再辟千里，膚寸之地無得者，豈齊不欲地哉，形弗能有也。”宋王安石《和平甫舟中望九華山》之一：“尚無膚寸功，豈免竊食嫌。”

【四】醺醺：酣醉貌。元無名氏《馮玉蘭》第二折：“我見他假醺醺上下將娘親覷。不由我戰欽欽魄散魂無。”

【五】壽考：年高，長壽。《詩・大雅・棫樸》：“周王壽考，遐不作人。”鄭玄箋：“文王是時九十餘矣，故云壽考。”《後漢書・東夷傳・倭》：“人性嗜酒，多壽考，至百餘歲者甚衆。”

## 木　山

臃腫不中繩與鉤，蠹蝕蟻穿窮雕鎪[一]【一】。鬼工妙巧不可測，居然一壑復一丘。朽腐去餘貞骨在，堅心自足貫千秋。望之似欲生雲氣，仿佛身入武夷遊。生幸不蒙匠石顧，得終天年老荒陬【二】。始知弃材是奇物，奇物自有奇人收。偶然唤作靈鷲嶺【三】，無數人來將福[二]求。

◎ **校勘記**

[一]鎪：民族社本誤爲“餿”，今據原本改。

[二]福：民族社本誤爲“佛”，今據原本改。

◎ **注釋**

【一】雕鎪（sōu）：雕刻。唐李商隱《富平少侯》詩：“綵樹轉燈珠錯落，繡檀回枕玉雕鎪。”

【二】荒陬：荒遠的角落。晋左思《吴都賦》：“其荒陬譎詭，則有龍穴内蒸。”

【三】靈鷲嶺：在古印度摩揭陀國王舍城之東北，梵名“耆闍崛”。山中多鷲，故名；或云山形像鷲頭而得名。如來曾在此講《法華》等經，故佛教以爲聖地，又簡稱靈山或鷲峰。

## 畫 牛

此君妙筆善畫牛，落筆輒作若干頭。或寢或遊[一]或升降，無一服力在田疇。知是穀稔【一】功成後，水甘草茂任遨遊。清時俗美無盜竊，不須監牧不須收。問渠胡爲不畫馬，太平無處用驊騮【二】。天閑【三】雖有十二乘，但備冬狩與春蒐【四】。未作畫時先得夢，夢見牛背穩於舟。造舟爲梁渡水去，説道而今是西周。【五】

◎ **校勘記**

[一]遊：原本爲“[illegible]french”，今從民族社本。

◎ **注釋**

【一】稔（rěn）：莊稼成熟。《説文》：“稔，穀熟也。”

【二】驊騮：見《猺犬》（其一）注釋【二】。

【三】天閑：皇帝養馬的地方。宋梅堯臣《傷馬》詩：“况本出天閑，因之重怊悵。”

【四】春蒐：亦作“春搜”，帝王春季的射獵。《左傳·隱公五年》：“故春蒐、夏苗、秋獮、冬狩，皆於農隙以講事也。”杜預注：“蒐，索，擇取不孕者。”唐杜甫《冬狩行》：“春蒐冬狩侯得用，使君五馬一馬驄。”

【五】“造舟”二句：《詩·大雅·大明》：“大邦有子，俔天之妹。文定厥祥，親迎於渭。造舟爲梁，不顯其光。”朱熹集傳：“文，禮；祥，吉也。言卜得吉而以納幣之禮，定其祥也。造，作；梁，橋也。作船於水，比之而加版於其上，以通行者，即今之浮橋也。傳曰：天子造舟，諸侯維舟；大夫方舟，士特舟。張子曰：造舟爲梁，文王所制，而周世遂以爲天子之禮也。”後因以“造舟”指按順序并列船。

## 五言律詩 50 首

### 對　月

獨立人如鶴，長空萬頃田。秋光清化水，夜氣白凝烟。露洗星芒【一】鋭，風磨月影圓。何當因羽化【二】，飛入廣寒【三】天。

**◎ 注釋**

【一】星芒：星的光芒。南朝宋鮑照《飛白書勢銘》：“圭角星芒，明麗爛逸。”

【二】羽化：道教稱人成仙後身長羽翼，能夠飛升。宋蘇軾《前赤壁賦》：“飄飄乎如遺世獨立，羽化而登仙。”

【三】廣寒：廣寒宫。宋楊萬里《木犀初發呈張功父》詩：“塵世何曾識桂林，花仙夜入廣寒深。”

### 夜　雨

不盡檐溜水【一】，涓涓到夜深。驚回千里夢，滴碎五更【二】心。明滅寒釭【三】影，高低遠柝[一]音。客愁寧【四】耐此，欹【五】枕[二]獨沉吟。

◎ **校勘記**

［一］柝：原本與民族社本皆誤爲“析”，今改。

［二］枕：民族社本誤爲“椅”，今據原本改。

◎ **注釋**

【一】溜水：同“霤水”，屋檐水。《淮南子·氾論訓》：“今夫霤水足以溢壺榼，而江河不能實漏巵，故人心猶是也。”

【二】五更：舊時自黄昏至拂曉一夜間，分爲甲、乙、丙、丁、戊五段，謂之五更。又稱五鼓、五夜。

【三】寒釭：寒燈。唐白居易《不睡》詩：“焰短寒釭盡，聲長曉漏遲。”

【四】寧：豈，難道。《周易·繫辭下》：“介如石焉，寧用終日，斷可識矣！”

【五】欹：同“攲”，斜、傾側。杜甫《奉先劉少府新畫山水障歌》：“滄浪水深青溟闊，欹岸側島秋毫末。”

## 夜　泊

天長波浪闊，星斗與浮沉。夜静山都睡，風生水忽吟。孤燈依岸小，短棹入江深。一片澄【一】寒影，黝然【二】印我心。

◎ **注釋**

【一】澄：水静而清。《增韻》：“澄，水静而清也。”南朝謝朓《晚登三山還望京邑》詩：“餘霞散成綺，澄江静如練。”

【二】黝（yǒu）然：幽静。明唐順之《杭中丞雙溪像贊》：“黝然者其若愚之容也，而蔚然其爲詞人之宗也。”

## 以列【一】天生橋遇雨

斷崖低撲水，壓斷水流長［一］。硐古魚龍冷，山深草木蒼。風聲摇峽動，雨氣逼人忙。助我情飛越，題詩破太荒【二】。

◎ **校勘記**

[一]水流長：民族社本誤爲“水長流”，今據原本改。

◎ **注釋**

【一】以列：據《大定府志》記載，分爲上以列和下以列，位於大定府城西。“上以列，城西九十里，虎場。”“下以列，城西七十里，牛場。”

【二】太荒：大荒，指荒遠之地。太，大。

## 秋 山

屐【一】響秋山下，人行落葉中。峰高群雁轉，徑小一樵【二】通。石骨寒來瘦，天容老去空。橋頭沽酒店，青旆【三】夕陽紅。

◎ **注釋**

【一】屐：有齒或無齒的木底鞋。李白《夢遊天姥吟留別》：“脚著謝公屐，身登青雲梯。”

【二】樵：打柴的人。柳宗元《田家》詩之三：“是時收穫竟，落日多樵牧。”

【三】青旆：酒旗。宋陸游《冬初出遊》詩之二：“青旆酒家黄葉寺，相逢俱是畫中人。”

## 秋雨山行

塗[一]程真潦倒，風景逼重陽。雁陣迷烟亂，人蹤冒雨忙。小橋流水急，老樹古苔蒼。詩思尋何處，淋[二]漓一徑荒。

◎ 校勘記

[一]塗：原本作“塗”，民族社本作“途”，可通用。

[二]淋：原本與民族社本均作“霖”，今改。

## 暴　雨

蛟龍争亂出，叱吒撼[一]山川。雨脚排鎗【一】驟，雷聲滚鼓旋。玩雲垂黑幙【二】，飛電掣金鞭。一陣風吹散，清光又皎然【三】。

◎ 校勘記

[一]撼：民族社本誤爲“憾”，今據原本改。

◎ 注釋

【一】鎗（qiāng）：同“鏘”，金石聲。《淮南子·説山訓》：“范氏之敗，有竊其鐘負而走者，鏘然有聲。”

【二】幙：古同“幕”。

【三】皎然：清晰貌，分明貌。清龔自珍《與江居士箋》：“所可喜者，中夜皎然，於本來此心，知無損已爾。”

## 暮春山行

已過清明節，春寒尚不支【一】。殘雲飛破絮，斷雨散零絲。馬上敲詩後，山中憶酒時。牧童無可問，空望杏花枝。【二】

◎ 注釋

【一】支：撑住。漢班固《東觀漢記·張堪傳》：“桑無附枝，麥穗兩歧，張君爲政，樂不可支。”

【二】“牧童”二句：化用唐代詩人杜牧《清明》詩句：“借問酒家何處有？牧童遥指杏花村。”寫詩人無人可問，空望花枝，孤寂愁苦。

## 早　行

襆被[一]匆匆去，長途匹馬經。[二]遠山殘夜月，高樹曉天星。露氣横空白，烟痕拂岫[三]青。鷄聲人未起，茅店數家扃[四]。

◎ 注釋

【一】襆（fú）被：用包袱裹束衣被，意爲整理行裝。《晋書·魏舒傳》：“入爲尚書郎。時欲沙汰郎官，非其才者罷之。舒曰：‘吾即其人也。’襆被而出。”

【二】“長途”句：意爲遥遠的路途只有單獨一人騎馬經過。匹馬，一匹馬。後常指單身一人。唐杜甫《曲江三章章五句》詩之三：“短衣匹馬隨李廣，看射猛虎終殘年。”

【三】岫（xiù）：峰巒。嵇康《憂憤詩》：“采薇山阿，散發巖岫。”

【四】扃（jiōng）：上閂、關門。明歸有光《項脊軒志》：“余扃牖而居，久之，能以足音辨人。”

## 硝　匠[一]

空際舞鞦韆，人如一紙鳶。[二]騰身超碧嶂，飛步走青天。蹤跡疑山鬼，行藏[三]類洞仙。忘形生死外，仗得是神全。

◎ 注釋

【一】硝匠：制硝的匠人。硝，礦物名；硝石，白色結晶體，可制火藥、炸藥和肥料。

【二】“空際”二句：硝匠到山洞或舊宅高處採硝，身繫繩索，因此，如“舞鞦韆”“一紙鳶”。

【三】行藏：行跡，底細，來歷。金董解元《西厢記諸宫調》卷五："那紅娘對生一一話行藏。"

## 從　軍

披甲無休息，含枚【一】夜不停。命輕如草芥，威重比雷霆。寒月摧金柝[一]【二】，悲風度馬鈴。同行雖十萬，顧影自仃零。

### ◎ 校勘記

[一]柝：原本與民族社本皆誤爲"析"，今改。

### ◎ 注釋

【一】含枚：銜枚。横銜枚於口中，以防喧嘩或叫喊。枚，形如筷子，兩端有帶，可繫於頸上。《水滸傳》第一一八回："馬摘鸞鈴，軍士銜枚，前到宋軍寨柵。"

【二】金柝：刁斗。古代軍中夜間報更用器。唐孫逖《夜到潤州》詩："城郭傳金柝，閭閻閉緑洲。"

## 川　主①

煬帝【一】荒淫主，英雄善保身。伐蛟行月令【二】，馳馬避時人。爾日【三】爲名宦，於今作福神。有功宜享祀【四】，妄誕莫誣民。

### ◎ 原注

①《方輿勝覽》：川主，隋趙昱，素與道士李旺遊。大業中，徵爲嘉州太守，江有蛟爲害，昱率七人入江斬之，已而挈家隱去。後有人見昱馳馬山中，一童子引白

犬，挾弓彈隨之，騶從如平生，以爲仙云。其説殆謂昱與旺遊，得旺之術，故能斬蛟成神，不知伐蛟見於月令，昱之斬蛟亦行王政之令耳。又諸傳記每載勇士斬蛟，是知斬蛟不必有道術也。至於挈家隱去，是時楊廣爲帝，弑父弑兄，亂倫滅紀，天下亂矣。見幾而作，君子之不俟終日也，豈飛昇哉！若夫彈弓馳馬，亦英雄潦倒，消磨壯心之慨耳，曰騶從如生平誕矣。唐明皇之封，宋張詠之禱，皆假神以罔衆者。至俗謂秦李冰之子二郎轉劫，及以爲《封神演義》之楊戩，猶鄙俚荒唐不足道。（校注者按：《方輿勝覽》，南宋祝穆編撰的地理類書籍，全書共 70 卷，主要記載南宋臨安府所轄地區的郡名、風俗、人物、題詠等內容。）

◎ **注釋**

【一】煬帝：隋煬帝楊廣。

【二】月令：農曆某個月的氣候和物候。唐庾光生《奉和劉採訪縉雲南嶺作》：“鳥訝山經傳不盡，花隨月令數仍稀。”

【三】爾日：當天，那一天。《南齊書・蕭寶寅傳》：“寶寅涕泣稱：‘爾日不知何人逼使上車。’”

【四】享祀：祭祀。《易・困》：“困於酒食，朱紱方來，利用享祀。”

## 順德夫人墓①（一）

漢將開邊釁【一】，孤孀叩九閽【二】。君王寧望報[一]，臣子但酬恩。鬼國山河改，皇華【三】驛路存。荒凉抔[二]土剩，誰與夜招魂【四】？

◎ **校勘記**

[一]報：民族社本誤爲“極”，今據原本改。

[二]抔：民族社本誤爲“杯”，今據原本改。

◎ **原注**

①夫人名奢香，貴州宣慰使靄翠妻。翠以元世官納土降明，太祖仍命襲前職。地

方四千里，勝兵四十八萬，號最强。藹翠死，奢香襲翠。在時嘗遣香入貢，既襲，遣子婦奢助代貢。帝以其恭順，且於諸夷爲强，待之甚厚。香亦懷惠，事朝廷惟謹。洪武十五年，都指揮使馬曄開普定驛欲立邊功，計激諸夷反爲兵端，使人訐香。驟檄香至，與對簿，故不直香，香不服。叱壯士褫其衣，笞其臀。香怒甚，斷所佩革帶，誓必報。而四十八部渠帥咸戞顙香軍門，誓掃境反。香曰："反非吾分，且反則彼得借天兵臨我，中彼計矣！我之報此奴者自有在也。"欲赴愬京師謀於副宣慰使女官劉瓆珠，珠曰："上之重曄者不過以其能開郵驛耳，誠能用蠻兵助上開思南、鎮遠、隴聳、羊場諸道，以通邛、蜀、滇、楚，則上方倚我之不暇，何惜此區區者？"香然其計，邀與俱至京。珠先見帝，具言所以，帝大驚，且喜曰："吾固知此奴妄，果然微若言，幾敗乃事！"遂於便殿見香，命入宫見高皇后，所以慰之者甚悉。於是召馬曄，數其開邊釁、擅辱命婦罪，論死下獄。封香爲順德夫人，賜姓安，厚賚，遣歸命，所過陳兵耀之。香歸，益感激，遂開偏橋東水以達烏蒙、烏撒及容山草堂，立龍場九驛，歲貢馬匹、廪積，以通往來。於是，西南千古險阻隔塞始通，卒爲樂土，香之功也。洪武二十九年，香卒，朝廷遣使祭之，葬大方烏龍坡，今大定府城北。

◎ 余注

（一）順德夫人墓：即今貴州省大方縣城北奢香墓，現爲全國文物保護單位之一。

◎ 注釋

【一】邊釁（xìn）：邊境上的争端。唐顧況《塞上曲》："酣戰祈成功，於焉罷邊釁。"

【二】九閽（hūn）：喻朝廷。宋曾鞏《答葛蘊》詩："春風吹我衣，暮召入九閽。"

【三】皇華：《詩・小雅》有《皇皇者華》篇，《詩序》認爲是爲君遣臣之作，後因以皇華表示使者或出使。南朝齊王融《永明十一年策秀才文》："歌《皇華》而遣使，賦膏雨而懷賓。"

【四】招魂：召唤死者的靈魂。爲死者招魂，是古代一種喪禮。《儀禮・士喪禮》"復者一人"，漢鄭玄注："復者，有司招魂復魄也。"

## 讀宋史

有國家者不幸遇强敵，惟當時圖戰守二策，宋人一概求和，且輸歲幣宜其終爲所滅也。即其盛時亦不免爲四夷所輕，元昊以區區西夏敢僭尊號者亦有以窺其底耳。

宋家青史上，誤國是求和。敵志終無厭，民財有幾多？廟堂【一】先[一]自餒【二】，邊境奈伊何。後代須爲鑑【三】，謀成早奮戈【四】。

◎ 校勘記

[一]先：民族社本誤爲“無”（形近致誤），今據原本改。

◎ 注釋

【一】廟堂：朝廷。借指以君主爲首的中央政府。明陳汝元《金蓮記・構釁》：“百姓嗷嗷苦横征，廟堂誰復問蒼生。”

【二】自餒：因失去自信而畏縮。宋曾鞏《責御史制》：“某拔於疏遠之中，服在此位，宜殫忠力，以稱所蒙，而按劾大臣既非其實，稽其分職，則自餒焉。”

【三】爲鑑：指可借鑒的往事、教訓。“鑑”，同“鑒”。

【四】奮戈：使勁揮舞干戈，謂奮勇戰鬥。三國魏曹植《責躬詩》：“甘赴江湘，奮戈吴越。”

## 喇朱卧寨

逼漢【一】群巒起，嵯峨【二】不記年。狂風吹大壑，怪石觸昏烟。岸轉千牛鬭，峰排萬騎連。長空横暮色，落日一輪圓[一]。

◎ 校勘記

[一]圓：民族社本誤爲“园”，今據原本改。

◎ **注釋**

【一】逼漢：迫近雲天，形容很高。明徐弘祖《徐霞客遊記·遊廬山日記》："惟北面之桃花峰，錚錚比肩，然昂霄逼漢，此其最矣。"

【二】嵯峨：形容山勢高峻。杜甫《江梅》："故園不可見，巫岫鬱嵯峨。"

## 三 埧(一)

一望惟衰草，寒烟漠漠【一】遮。飢鷹盤大野，飽馬滾平沙。老屋村三户，荒山路幾叉【二】。秋容間點綴，籬豆數枝花。

◎ **余注**

（一）在今貴州省大方縣瓢井區境内。

◎ **注釋**

【一】漠漠：迷蒙。唐杜甫《茅屋爲秋風所破歌》："秋天漠漠向昏黑。"

【二】路幾叉：岔路甚多。

## 過北肇(一)

一鞭經古寨，按轡【一】問前程。聚石堆殘甲，群山走亂兵。風霜摧木葉，烟雨奏蘆笙【二】。過去黔疆盡，滇雲馬首生。

◎ **余注**

（一）在今貴州省畢節縣林口區境内。

◎ **注釋**

【一】轡（pèi）：馭牲口的韁繩。《史記·魏公子列傳》："公子執轡愈恭。"

【二】蘆笙：我國苗、侗、水、彝、仡佬、拉祜等族的一種簧管樂器。一般由6

根竹管組成，每管從外側開孔，下端安置銅簧，插入一長形木斗或葫蘆內。每管一音，構成五聲音階的一組音。

## 行齊即水濱見奇景得句成詩

奔流拋亂絮，立壁峭飛帆。斷棧【一】荒藤縛，垂梁巨石嵌。葉彫[一]【二】千樹勁，水落兩涯巉【三】。空竇【四】波衝激，噌吰[二]【五】奏大咸【六】。

◎ 校勘記

[一]彫：民族社本誤爲“雕”，今據原本改。

[二]吰：民族社本誤爲“吭”，今據原本改。

◎ 注釋

【一】棧：棧道，在山岩上用竹木架成的路。謝靈運《從斤竹澗越嶺溪行》詩：“過澗既厲急，登棧亦陵緬。”

【二】彫：通“凋”，草木衰落。《論語·子罕下》：“歲寒，然後知松柏之後彫也。”

【三】巉（chán）：險峻，陡峭。《徐霞客遊記》：“循溪行山下，一帶峭壁巉崖。”

【四】空竇：洞穴。《東周列國志》第七十八回：“南山有空竇，竇有石門而無水，俗名亦呼空桑。”

【五】噌吰（chēnghóng）：多用以形容鐘鼓聲。蘇軾《石鍾山記》：“而大聲發於水上，噌吰如鐘鼓不絕。”

【六】大咸：周代“六舞”之一。相傳爲堯時的樂舞，又稱“咸池”。鄭玄注：“《大咸》《咸池》，堯樂也。”

## 聞　蟬

歲月遽如許，驚心第一聲。忽逢摇落【一】候【二】，頓起别離情。秋共斜陽老，寒從古木生。空山人獨立，萬彙[三]氣淒清。

◎ 注釋

【一】搖落：凋殘，零落。《楚辭・九辯》："悲哉秋之爲氣也！蕭瑟兮草木搖落而變衰。"

【二】候：節候，時令。唐韓偓《早玩雪梅有懷親屬》："北陸候纔變，南枝花已開。"

【三】萬彙（huì）：猶萬物，萬類。唐韓愈《祭董相公文》："五氣敘行，萬彙順成。"

## 雁

銜寒來朔漠，萬里馭長風。列陣橫秋水，飛書走太空。行蹤關塞外，心事漢霄[一]中。好把孤臣[二]信，常從异域通。

◎ 注釋

【一】漢霄：即"霄漢"，雲霄和天河，指天空，此喻朝廷。唐杜牧《書懷寄中朝往還》詩："霄漢幾多同學伴？可憐頭角盡卿材！"

【二】孤臣：孤立無助或不受重用的遠臣。唐柳宗元《入黄溪聞猿》詩："孤臣淚已盡，虛作斷腸聲。"

## 金 魚

勺水[一]淵淵[二]净，浮沉總不驚。駝峰弓一背，龍目突雙睛。戲藻寒光動，吹花[三]錦浪生。夜來疏雨過，幾顆曉星明。

◎ 注釋

【一】勺水：一勺水，指少量的水。語本《禮記・中庸》："今夫水一勺之多，及其不測，黿鼉蛟龍魚鱉生焉，貨財殖焉。”

【二】淵淵：深邃的樣子。《莊子·知北遊》：“淵淵乎其若海，巍巍乎其終則復始也。”

【三】吹花：吐花。這裏應指金魚吐水泡。

## 馴　雉【一】

園中馴野雉，久養到而今。已適安閒性，猶存耿介【二】心。池塘[一]春照影，花木夜眠陰。慣與人相狎【三】，忘機【四】得趣深。

### ◎ 校勘記

[一]塘：民族社本作“圹”（壙），今據原本改。

### ◎ 注釋

【一】馴雉：人工馴化的野鷄。《晉書·孝友傳論》：“許孜少而敏學，禮備在三。馴雉棲其梁棟。”

【二】耿介：正直不阿，廉潔自持。《楚辭·九辯》：“獨耿介而不隨兮，願慕先聖之遺教。”

【三】狎：親近而態度不莊重。《韓非子·南面》：“狎習於亂而容於治，故鄭人不能歸。”

【四】忘機：消除機巧之心，常用以指甘於淡泊，與世無爭。唐王勃《江曲孤鳧賦》：“爾乃忘機絶慮，懷聲弄影。”宋司馬光《花庵獨坐》詩：“忘機林鳥下，極目塞鴻過。爲問市朝客，紅塵深幾何？”

## 催耕鳥【一】

鳥使催耕作，殷勤春日中。深山三月雨，喬木五更風。物性隨時化，禽言與俗通。須知天帝意，所急是農功【二】。

◎ 注釋

【一】催耕鳥：杜鵑鳥。春末夏初，其聲似“布穀、布穀”或“早種包穀、早種包穀”，因而農人稱之爲催耕鳥。

【二】農功：農事。《左傳·襄公十七年》：“宋皇國父爲大宰，爲平公築臺，妨於農收。子罕請俟農功之畢，公弗許。”

## 對月悼亡姬[一]

一片樓頭月，寒光穆穆【一】生。照人如有意，對我獨無情。露冷蛩音【二】苦，風高桂影清。可憐今夜望，猶是去年明。

◎ 校勘記

[一]此詩民族社本無，今據原本補。

◎ 注釋

【一】穆穆：寧静，静默。晋陶潛《時運》：“邁邁時運，穆穆良朝。”唐胡宿《天街曉望》詩：“金波穆穆沙堤月，玉樹琤琤上苑風。”

【二】蛩音：此指蟋蟀鳴叫聲。

## 祭側室隴氏墓[一]

杯酒澆卿墓，蕪蘅憶可通。玉顏已黄土，青草又春風。錦瑟悲重絶，①【一】曇花恨乍空。②年年鵑鳥血，啼向落紅中。

◎ 校勘記

[一]此詩民族社本無，今據原本補。

◎ 原注

①“錦瑟”句：予先喪元配。

②“曇花”句：側室歸予九月而卒。

◎ **注釋**

【一】“錦瑟”句：用唐李商隱《錦瑟》詩句意：“錦瑟無端五十弦，一弦一柱思華年。”錦瑟絶，象徵感情深厚的人離去或亡故。錦瑟，古代樂器，是一種漆有織錦紋的瑟。唐杜甫《曲江對雨》詩：“何時詔此金錢會，暫醉佳人錦瑟傍。”清仇兆鰲注引《周禮樂器圖》：“飾以寶玉者曰寶瑟，繪文如錦者曰錦瑟。”

## 古　劍

古劍鋒三尺，寒譚水一泓。星分【一】騰寶氣，夜半作長鳴【二】。王者原無敵，天心【三】在好生【四】。請君毋小勇【五】，學術【六】不須成。

◎ **注釋**

【一】星分：以天上的星宿劃分地上的區域。晉左思《蜀都賦》：“九土星分，萬國錯跱。”

【二】長鳴：多喻士人施展抱負、才能。唐王勃《上武侍極啓》：“千載一時，下走得長鳴之所。”

【三】天心：君主的心意。宋梅堯臣《王龍圖知江陵》詩：“捧詔出荆州，天心寄遠憂。”

【四】好生：愛惜生靈，不嗜殺。《書·大禹謨》：“好生之德，洽於民心。”

【五】小勇：匹夫之勇。《孟子·梁惠王下》：“王請無好小勇。夫撫劍疾視，曰：‘彼惡敢當我哉？’此匹夫之勇，敵一人者也。”

【六】學術：此指學習劍術。

## 古　鏡

一片秦時月，金精【一】百煉成。歷來千萬劫，閱盡古今情。對我鬚眉老，照人肝膽【二】明。虛靈【三】原不昧【四】，色相【五】自空生。

◎ 注釋

【一】金精：借指秦國。唐李白《朱虛侯贊》："嬴氏穢德，金精摧傷。"王琦注："秦在西方，西爲金行，故曰金精。"

【二】肝膽：比喻真心誠意。《史記·淮陰侯列傳》："臣願披腹心，輸肝膽，効愚計，恐足下不能用也。"

【三】虛靈：指心靈。《朱子語類》卷一百二："况羅先生於静坐觀之，乃其思慮未萌，虛靈不昧。"

【四】不昧：不損壞，不湮滅。南朝宋謝惠連《雪賦》："玄陰凝，不昧其潔。"

【五】色相：亦作"色象"，佛教語，指萬物的形貌。清王錫《法相寺》詩："性真既已離，色相復何有！"

## ‖火　鍋‖

絶妙銷寒器，居然燮理【一】同。登【二】型餘古制，水火濟【三】元[一]功【四】。冷避几筵外，温生笑語中。夜闌更進酒，客座滿春風。

◎ 校勘記

[一]元：民族社本誤爲"無"，今據原本改。

◎ 注釋

【一】燮（xiè）理：和理，中和之道。《書·周官》："茲惟三公，論道經邦，燮理陰陽。"

【二】登：食器，形如豆而較淺。本作"登"，《詩·大雅·生民》《爾雅·釋器》皆作"登"，《儀禮·公食大夫禮》作"鐙"。

【三】濟（jì）：成就。《後漢書·荀彧傳》："故雖有困敗，而終濟大業。"

【四】元功：大功，首功。《史記·太史公自序》："維高祖元功，輔臣股肱，剖符而爵，澤流苗裔，忘其昭穆，或殺身隕國。”

## 鄉　村

離城七八里，茅屋兩三家。曲徑隨山折，柴門抱樹斜。地腴饒糯粳[一]，水煖[二]足魚蝦。客至争留宿，兒童笑語嘩。

◎ 注釋

【一】糯粳：糯米和粳米。這裏代指糧食。

【二】煖：同“暖”。

## 天際歸舟圖

天際棹歸舟，飛帆落上頭。風聲排浪起，雲影倒江流。篝火漁家夜，吹簫醉客秋。五湖烟月[一]好，西子[二]共遨遊。

◎ 注釋

【一】烟月：雲霧籠罩的月亮，朦朧的月色。唐張九齡《初發道中贈王司馬》詩：“林園事益簡，烟月賞恒餘。”

【二】西子：西施。宋蘇軾《飲湖上初晴後雨》詩：“欲把西湖比西子，淡妝濃抹總相宜。”

## 孫生誌喜[一]

行年四十七，今日喜添孫。不覺兒曹大，居然我輩尊。高堂重衍慶【一】，北闕【二】始頒恩。[①]惟冀承先澤，興宗啓蓽門【三】。

◎ **校勘記**

[一]本首民族社本無，今據原本補。

◎ **原注**

①“高堂”二句：今歲爲家慈請旌。

◎ **注釋**

【一】衍慶：綿延吉慶，常用作祝頌之詞。明吴承恩《賀松窗陳孝勇冠帶障詞》：“看它日門庭衍慶，寵光重叠。”

【二】北闕：用爲宫禁或朝廷的别稱。漢李陵《答蘇武書》：“男兒生以不成名，死則葬蠻夷中，誰復能屈身稽顙，還向北闕，使刀筆之吏弄其文墨耶？”

【三】蓽（bì）門：用竹荆編織的門，常指房屋簡陋破舊。《孔叢子·抗志》：“亟臨蓽門，其榮多矣。”唐王維《山居即事》詩：“鶴巢松樹遍，人訪蓽門稀。”此爲自謙之詞。

## 仙人掌

漢苑【一】仙人去，金莖【二】一掌存。横斜[一]蒼玉片，斑剥古銅根。露水空中接，晨辰夜半捫【三】。山翁培植好，瓊樹【四】長庭軒。

◎ **校勘記**

[一]斜：民族社本誤爲“銷”，今據原本改。

◎ **注釋**

【一】漢苑：漢代宫苑。

【二】金莖：用以擎承露盤的銅柱。唐杜甫《秋興》詩之五：“蓬萊高闕對南山，承露金莖霄漢間。”

【三】捫：撫摸。宋宋祁《學舍晝上》："捫心自問何功德，五管支離治辮人。"

【四】瓊樹：仙樹名。《漢書・司馬相如傳下》："咀噍芝英兮嘰瓊華。"顔師古注引三國魏張揖曰："瓊樹生崑崙西流沙濱，大三百圍，高萬仞。"這裏指仙人掌。

## 感詠【一】

幻跡成蒼狗【二】，敝裘【三】剩黑貂【四】。牢騷詩泄盡，壘塊【五】酒澆消。世味如嘗草，人情類剥蕉。名場偕利藪【六】，冷眼付漁樵【七】。

◎ 注釋

【一】感詠：有感而詠。

【二】蒼狗：青狗，天狗。古代以爲不祥之物。《史記・吕太后本紀》唐司馬貞述贊："諸吕用事，天下示私。大臣葅醢，支孽芟夷。禍盈斯驗，蒼狗爲菑。"

【三】敝裘：破舊的皮衣。唐岑參《聞宇文判官西使還》詩："白髮悲明鏡，青春换敝裘。"

【四】黑貂：黑貂製成的裘。清黄景仁《驟寒作》詩："去冬途中敝黑貂，今秋江上典鸘鷞。"

【五】壘塊：心中鬱結的不平之氣。南朝宋劉義慶《世説新語・任誕》："阮籍胸中壘塊，故須酒澆之。"

【六】利藪：財利的聚集處。明馮夢龍《警世通言・金令史美婢酬秀童》："那庫房舊例，一吏輪管兩季，任憑縣主隨意點的。衆吏因見是個利藪，人人思想要管。"

【七】漁樵：指隱居。南朝梁劉孝威《奉和六月壬午應令》："神心重丘壑，散步懷漁樵。"

## 石佛硐

石室何[一]年闢，雲封户口扃。不雕存老佛，無字有真經。泉瀉千尋【一】

白，山横萬古青。清風吹冷冷，頓覺宿酲[二]醒。

◎ **校勘記**

[一]何：原本誤爲“河”。

◎ **注釋**

【一】千尋：古以八尺爲一尋。“千尋”，形容極高或極長。晋左思《吴都賦》：“擢本千尋，垂蔭萬畝。”

【二】宿酲（sùchéng）：猶宿醉。宋司馬光《和留守相公寄酒與景仁》詩：“想對白衣初滿傾，執杯未飲已詩成。懷賢孤坐悄無語，不是朝來困宿酲。”

## 對　月

秋氣滿秋天，秋宵人未眠。人間三點[一]盡，天上一輪圓。玉宇[二]寒無奈，嫦娥寡可憐。願留清影在，風景共年年。

◎ **注釋**

【一】三點：舊時以更計時，一夜五更，每更分三點。唐杜甫《至日遣興寄北省舊閣老兩院故人》詩之一：“去歲茲辰捧御牀，五更三點入鵷行。”

【二】玉宇：太空。宋陸游《十月十四夜月終夜如晝》詩：“西行到峨眉，玉宇萬里寬。”

## 醉　吟

宇宙無遮礙，忘形[一]廣大鄉。清天容我醉，明月愛人狂。酒入腸生熱，詩來筆吐芒[二]。淋漓揮滿紙，曲蘖[三]有餘香。

◎ 注釋

【一】忘形：超然物外，忘了自己的形體。《莊子・讓王》："故養志者忘形，養形者忘利，致道者忘心矣。"

【二】芒：光芒。《文選・張衡・思玄賦》："揚芒熛而絳天兮。"

【三】曲糵（niè）：酒。唐杜甫《歸來》："憑誰給曲糵，細酌老江干。"

## 夜臨皮匠沱[一]

危崖三百丈，無底一深灘。夜氣壓山重，天光逼水寒。雲歸千嶂失，月落萬星攢。莫唱驚人句，蛟龍在下蟠[二]。

◎ 注釋

【一】沱（tuó）：可以停船的水灣（多用於地名）。

【二】蟠：盤旋環繞。

## 德闊屯（一）

深谷環高岸，蛇行一徑穿。側身捫黑窟，仰首矚青天。古樹秋風急，空山落日圓。殘城餘半壁，（二）寂寞鎖荒烟。

◎ 余注

（一）德闊屯：又稱德胯岩，在今貴州省畢節縣龍場營區安頂鄉境內的赤水河畔，懸崖空兀，雲霧其上，十分險峻。

（二）"殘城"句：德闊屯上有城垣殘壁，遺迹猶存，據稱係明末彝族奢氏率部至此築城。

## 下　灘

一葉拋梭【一】下，穿花出石來。濤驚飛擦耳，山倒撲投[一]懷。漫説【二】心如鐵，相看面作灰。死生争片刻，誰信濟川【三】才。

◎ **校勘記**

[一]投：民族社本作“没”，今據原本改。

◎ **注釋**

【一】拋梭：民間織布工藝的一個環節。這裏用以比喻行船之險急。

【二】漫説：别説，不要説。唐司空圖《柳》詩之一：“漫説早梅先得意，不知春力暗分張。”

【三】濟川：猶渡河。《書·説命上》：“爰立作相，王置諸其左右。命之曰：‘朝夕納誨，以輔台德。若金，用汝作礪；若濟巨川，用汝作舟楫。’”

## 夜遊深峽

扁舟撑入峽，正是夜闌【一】時。谷暗窺天小，崖高得月遲。眠龍酣未醒，夢鶴警先知。不到幽深處，何由識境奇。

◎ **注釋**

【一】夜闌：夜殘，夜將盡時。唐杜甫《羌村》詩之一：“夜闌更秉燭，相對如夢寐。”

## 畢城（一）東岡

抱郭層巒起，【一】飛甍【二】逼人清【三】。山林鍾【四】秀氣，天地老秋聲[五]。脱穎雙峰出，轟雷一水鳴。俯看城市上，萬瓦翠烟横。

◎ 余注

（一）畢城：即今貴州省畢節縣。（校注者按：今爲畢節市，全書同）

◎ 注釋

【一】“抱郭”句：意爲畢節城被層巒叠嶂環抱。

【二】飛甍（méng）：借指高樓。明夏完淳《詠懷》：“飛甍十二衢，徘徊明月皎。”

【三】太清：天空。唐高適《登積石軍多福七級浮圖》詩：“七級凌太清，千崖列蒼翠。”

【四】鍾：聚集。唐柳宗元《邕州柳中丞作馬退山茅亭記》：“蒼翠詭狀，綺綰繡錯，蓋天鍾秀於是，不限於遐裔也。”

【五】秋聲：秋天裏自然界的聲音，如風聲、落葉聲、蟲鳥聲等。北周庾信《周譙國公夫人步陸孤氏墓誌銘》：“樹樹秋聲，山山寒色。”

## 過舊遊

曾是舊遊處，重來一品題[一]。倩[二]誰磨古壁，爲我刻新詩。旅燕仍尋壘，飛鴻莫認泥。多情當日柳，相向倍依依。

◎ 注釋

【一】品題：觀賞，玩賞。唐暢當《蒲中道中》詩之二：“古刹棲柿林，緑陰覆蒼瓦。歲晏來品題，拾葉總堪寫。”

【二】倩（qìng）：使，請。宋黄庭堅《即席》詩：“不當愛一醉，倒倩路人扶。”

## 旅夜撿故人書

閉户更初[一]静，燈花[二]落酒缸。荒鷄[三]啼白屋[四]，小女話紅窗。

舊雨【五】人千里，秋風鯉一雙【六】。予懷方渺渺，流水響鏦鏦[一]【七】。

◎ **校勘記**

[一]鏦鏦：民族社本誤爲“縱縱”，今據原本改。

◎ **注釋**

【一】更初：指初更。舊時每夜分爲五個更次，晚七時至九時爲初更。宋范成大《燒火盆行》：“春前五日初更後，排門然火如晴晝。”

【二】燈花：燈心餘燼結成的花狀物。宋蘇軾《西江月・坐客見和復次韻》詞：“燈花零落酒花穠，妙語一時飛動。”

【三】荒鷄：三更前啼叫的鷄。舊以其鳴爲惡聲，主不祥。宋蘇軾《召還至都門先寄子由》詩：“荒鷄號月未三更，客夢還家得俄頃。”

【四】白屋：用茅草覆蓋的屋，亦指寒士居所。《漢書・王莽傳上》：“開門延士，下及白屋。”顔師古注：“白屋，以白茅覆屋也。”

【五】舊雨：唐杜甫《秋述》：“常時車馬之客，舊雨來，今雨不來。”後以“舊雨”作爲老友的代稱，“今雨”爲新朋友的代稱。

【六】鯉一雙：鯉，代指書信。雙鯉典故最早出自漢樂府詩《飲馬長城窟行》：“客從遠方來，遺我雙鯉魚。呼兒烹鯉魚，中有尺素書。長跪讀素書，書中竟何如？上言加餐食，下言長相憶。”古時人們多以鯉魚形狀的函套藏書信，因此不少文人也在詩文中以鯉魚代指書信。李商隱《寄令狐郎中》詩：“嵩雲秦樹久離居，雙鯉迢迢一紙書。”

【七】鏦鏦（cōngcōng）：象聲詞。形容金屬等物相撞擊聲。宋歐陽修《秋聲賦》：“至其觸於物也，鏦鏦錚錚，金鐵皆鳴。”

## 飲處士【一】家

牆東【二】高士【三】宅，門徑【四】隱松蘿【五】。緑野紅塵【六】少，清泉白石多。登堂詠猛虎，把盞愛新鵝。既醉扶童去，斜陽緩緩過。

◎ **注釋**

【一】處士：古時稱有德才而隱居不願做官的人，後亦泛指未做過官的士人。《史記·殷本紀》："或曰，伊尹處士，湯使人聘迎之，五反然後肯往從湯，言素王及九主之事。湯舉任以國政。"

【二】牆東：指隱居之地。宋黄庭堅《次韻謝公定王世弼贈答二絶句》之二："王謝風流看二妙，病夫直欲卧牆東。"

【三】高士：志行高潔之士。《墨子·兼愛下》："吾聞爲高士於天下者，必爲其友之身，若爲其身，爲其友之親，若爲其親，然後可以爲高士於天下。"

【四】門徑：當門的小路。唐岑參《高冠谷口贈鄭鄠》詩："門徑稀人跡，檐峰下鹿群。"

【五】松蘿：山林。唐王維《别輞川别業》詩："依遲動車馬，惆悵出松羅。"

【六】紅塵：佛教、道教等稱人世爲"紅塵"。明賈仲名《金安壽》第四折："你如今上丹霄，赴絳闕，步瑶臺，比紅塵中别是一重境界。"

## 家　園【一】

風景自家好，趣成日往還。白生三徑【二】月，青落一樓山。秋水同人淡，孤雲伴我閑。著書霜樹下，紅葉落珊珊【三】。

◎ **注釋**

【一】家園：私人的田園。晋潘岳《橘賦》："故成都美其家園，江陵重其千樹。"

【二】三徑：歸隱者的家園。晋陶潛《歸去來辭》："三徑就荒，松菊猶存。"

【三】珊珊：輕盈、舒緩、美好的樣子。明歸有光《項脊軒志》："三五之夜，明月半牆，桂影斑駁，風移影動，珊珊可愛。"

## 賞後園梅

侍女欣然報，園梅一夜開。後庭設斗酒，内子待予來。風自今番起，春從隔歲回。消寒看盡九，【一】農事佇【二】相催。

◎ 注釋

【一】“消寒”句：從冬至之日起，中國進入數九寒天，即從冬至日開始“數九”（俗稱“交九”），以後每 9 天爲一個單位，謂之“九”，過了 9 個“九”，剛好 81 天，即爲“出九”，那時春暖花開，故謂之“消寒”。

【二】佇：等待。唐杜甫《壯遊》：“群凶逆未定，側佇英俊翔。”

## 初冬閒居

歲晚【一】殊無事，偏於木石【二】親。秋霜能艷物，冬日最宜人。活火煎茶馥【三】，新泉灌酒醅【四】（一）。鴻儒【五】吾不慕，來往有鄉民。

◎ 余注

（一）“新泉”句：咂酒以水灌飲。

◎ 注釋

【一】歲晚：立春爲二十四節氣之首，但這個節氣有時候出現在農曆年初，有時候又出現在農曆上一年年末，凡後一種情況，即稱作“歲晚”，民間稱作“內春”。這裏指農曆九月，秋冬交替之時。宋王安石《歲晚》：“延緣久未已，歲晚惜流光。”

【二】木石：樹木和山石。《孟子・盡心上》：“舜之居深山之中，與木石居，與鹿豕遊。”唐杜甫《水會渡》詩：“霜濃木石滑，風急手足寒。”

【三】茶馥：茶香。馥，香氣。宋蘇軾《千秋歲》：“秋露重，真珠落袖沾餘馥。”

【四】酒醅（pēi）：釀成而未漉（濾過）的酒。唐劉禹錫《酬樂天晚夏閒居欲相訪先以詩見貽》：“酒醅晴易熟，藥圃夏頻薅。”

【五】鴻儒：大儒，泛指博學之士。漢王充《論衡・本性》：“自孟子以下至劉子政，鴻儒博生，聞見多矣。”

## 夜遊山寺

路入山中去，迎人月吐光。清輝懸馬首，照我到天堂。白露隨風落，沾來衣袂[一]凉。敲門僧未睡，松影滿虛廊。

### ◎ 注釋

【一】衣袂（mèi）：衣袖。《周禮·春官·司服》："其齋服，有玄端素端。"漢鄭玄注："士之衣袂，皆二尺二寸。"此處借指衣衫。宋劉過《賀新郎》詞："衣袂京塵曾染處，空有香紅尚軟。"

## 厨　人

越俎罪誠重，操刀任匪輕。[一]鹽梅[二]須得當，鼎鼐貴調成。[三]分肉如爲宰，解牛得養生。阿衡[四]同傅説[五]，千古善爲羹。

### ◎ 注釋

【一】"越俎"二句：寫厨人責任之重大，與後文"分肉如爲宰，解牛得養生"同表此意。

【二】鹽梅：鹽和梅子。鹽味咸，梅味酸，均爲調味所需。《書·説命下》："若作和羹，爾惟鹽梅。"

【三】"鼎鼐"句：化用"調和鼎鼐"典故。鼎，古代烹調食物的器具，三足兩耳；鼐，大鼎。於鼎鼐中調味，比喻處理國家大事，多指宰相職責。

【四】阿衡：伊尹。夏末商初人，因爲善於烹飪被湯王看中，曾輔佐商湯王建立商朝，被後人尊之爲中國歷史上的賢相，奉祀爲"商元聖"，這是中國歷史上第一個以負鼎俎、調五味而佐天子治理國家的杰出庖人。他創立的"五味調和説"與"火候論"，至今仍是中國烹飪的不變之規。

【五】傅説（fùyuè）：殷商王武丁的權臣——大宰相（即上三公第一位），傅説爲傅岩築牆之奴隸。武丁夢得聖人，求於野，乃於傅岩得之，舉以爲相，國大治。

## 送　別

秋水與天空，連山舞飛龍。【一】舟隨孤鶩【二】遠，影入落霞濃。波浪通千里，烟雲起萬重。一爲今日別，不識幾春冬。

◎ **注釋**

【一】“連山”句：相連的群山猶如飛龍那樣舞動，以此反襯舟行速度快。

【二】孤鶩：孤單的野鴨。唐王勃《滕王閣序》：“落霞與孤鶩齊飛，秋水共長天一色。”

**五言排律6首**

## 小河口（一）

山盡童如赭，【一】人家鑿石棲。割天分半壁，劃地納雙溪。四凸藏風燠[一]【二】，中凹聚水低。春初先畏日【三】，冬晚或垂霓。黔蜀音相异，漢夷俗不齊。貧民艱負戴，險路費攀躋【四】。

◎ **校勘記**

[一]燠：民族社本誤爲“奥”，今據原本改。

◎ **余注**

（一）在今貴州省畢節縣普尼區境内，赤水河畔川黔交界地。

◎ 注釋

【一】“山盡”句：山頭全無草木，石土裸露在外，如同赭山一般。童，山無草木。《漢書·公孫弘傳》：“山不童，澤不涸。”赭，赭山，因土石赤而得名。

【二】燠（yù）：熱、暖。《楚辭·天問》：“投之於冰上，鳥何燠之？”

【三】畏日：夏天的太陽。語本《左傳·文公七年》杜預注。此言夏日酷熱可畏，故稱。唐杜甫《過洞庭湖》詩：“破浪南風正，收帆畏日斜。”

【四】攀躋：亦作“攀隮”，猶攀登。宋陸游《宿上清宫》詩：“盤蔬采掇多靈藥，閣道攀隮出半空。”

## 荒山投宿

荒山無客店，矮屋傍崖根。潦草【一】求留宿，艱難許入門。未能圖枕席，詎敢問盤飧【二】。破釜冰猶凍，濕柴火不温。猪寒啼突壁，狗餓空窺藩。滴瀝【三】松杉樹，瀟瀟暮雪昏。

◎ 注釋

【一】潦草：草率。《朱子語類·訓門人》：“今人事無大小，皆潦草過了。”

【二】盤飧（sūn）：盤盛食物的統稱。《左傳·僖公二十三年》：“乃饋盤飧，寘璧焉。”唐杜甫《客至》詩：“盤飧市遠無兼味，樽酒家貧只舊醅。”

【三】滴瀝：象聲詞，水下滴聲。唐周徹《尚書郎上直聞春漏》詩：“滴瀝疑將絶，清泠發更新。”

## 暮行寨落索火，佃人【一】具酒詢之，乃從先祖自烏蒙（一）來者羅更氏之裔

爲求行道火，昏暮叩人門。老叟開扉問，兒童秉燭奔。殷勤施素

案[二]，恭敬設清樽。性樸風仍古，家貧禮尚存。欣欣看僕笑，款款[三]對予言。數百餘年後，烏蒙舊子孫。

◎ **余注**

（一）烏蒙：彝族首領名，後爲地名。今雲南昭通地區。

◎ **注釋**

【一】佃人：租種官府或地主田地的農民。《宋史·食貨志上一》："再期五年，如期滿無理認者，見佃人依舊承佃。"

【二】素案：一桌素菜。素，蔬菜瓜果類食品，與"葷"相對。案，古代有短脚、盛食物的木托盤。

【三】款款：誠懇，忠實。《楚辭·卜居》："吾寧悃悃款款。朴以忠乎，將送往勞來斯無窮乎？"

## 老　客

盼斷家書苦，真然[一]抵萬金。星霜[二]頻更改，魚雁[三]總浮沉。身世[四]江湖老，風塵歲月深。浮雲迷望眼，落日動歸心。晚景[五]殘年逼，頹齡[六]白髮侵。高樓魂易黯，客路莫登臨。[七]

◎ **注釋**

【一】真然：真的。元關漢卿《四春園》第一折："你可也莫因循，休遲慢，天色兒真然向晚。"

【二】星霜：星辰一年一周轉，霜每年遇寒而降，因以星霜指年歲。唐白居易《歲晚旅望》詩："朝來暮去星霜换，陰慘陽舒氣序牽。"

【三】魚雁：代稱書信。《太平廣記》卷三〇九引唐薛用弱《集异記·蔣琛》："雖魚雁不絶，而笑言久曠。"

【四】身世：一生，終身。唐韓偓《小隱》詩："借得茅齋嶽麓西，擬將身世老鋤犂。”

【五】晚景：晚年的景遇。元劉祁《歸潛志》卷二：“（麻九疇）晚景爲趙閒閒所知。”

【六】頹齡：衰年，垂暮之年。晋陶潜《九日閒居》詩：“酒能祛百慮，菊解制頹齡。”

【七】“高樓”二句：意爲高樓上容易讓人神情沮喪，遠行之人不要登山臨水。登臨，登山臨水或登高臨下，泛指游覽山水。宋陸游《過小孤山大孤山》：“南望彭澤、都昌諸山，烟雨空濛，鷗鷺滅没，極登臨之勝。”

## 行深山中

鳥道穿雲去，崎嶇勢絶倫。奇峰仙掌擘【一】，怪石鬼皮皴【二】。猴黠揶揄【三】客①，麞【四】驚叱咤人②。松毛枯秃落，梅骨【五】老嶙峋。谷底如無晝，山中自有春。行行前路盡，芳草夕陽新。

### ◎ 原注

①“猴黠”句：猴每恃險揄人。

②“麞驚”句：麞見人輒驚噴，若叱咤聲。

### ◎ 注釋

【一】擘（bò）：分開，剖裂。唐李朝威《柳毅傳》：“乃擘青天而飛去。”

【二】皴：皮膚圻裂。《字略》：“皴，皮細起也。”

【三】揶揄：戲弄。《東觀漢記·王霸傳》：“上令霸至市口募人，將以擊郎，市人皆大笑，舉手揶揄之，霸慚而去。”

【四】麞：同“獐”，野獸名。像鹿，比鹿小，頭上無角，有長牙露出嘴外。皮可以做衣服。也叫“牙獐”。

【五】梅骨：梅樹的枝幹。

## 夜遊深峽

江水溶銅片，江雲擁絮堆。【一】三更泛水上，一棹入雲隈【二】。斗折蛇行曲，【三】磨旋蟻走回。【四】風隨舟輾轉，月逐客徘徊。忽爾千盤盡，豁然四面開。秦人何處在，漁子幾時來。【五】鶴唳凌空喨[一]【六】，猿聲向曉哀。恐迷歸去路，仍趁落花回。

### ◎ 校勘記

[一]喨：民族社本作“亮”，今據原本改。

### ◎ 注釋

【一】“江水”二句：江水像一面廣大的銅鏡，江雲似棉絮簇擁在一起。《説文》：“溶，水盛也。”引申爲廣大、盛大。《後漢書・張衡傳》：“氛旄溶以天旋兮。”銅片，銅鏡。唐王建《長安別》詩：“惡心牀上銅片明，照見離人白頭髮。”

【二】雲隈（wēi）：雲深處。隈，曲深處。《莊子・徐無鬼》：“奎蹏曲隈，乳間股脚，自以爲安室利處。”

【三】“斗折”句：（水道）像北斗星一樣彎曲，像蛇一樣曲折行進。唐柳宗元《至小丘西小石潭記》：“潭西南而望，斗折蛇行，明滅可見。”

【四】“磨旋”句：典出漢揚雄《法言義疏》卷十三：“譬之於蟻行磨石之上，磨左旋而蟻右去，磨疾而蟻遲，故不得不隨磨以左回焉。”後以“蟻旋磨”比喻芸芸衆生皆由命運擺布。這裏借指行船之艱難，任憑江水折騰。

【五】“秦人”二句：典出東晋詩人陶淵明的《桃花源記》，意爲深峽僻遠，與世隔絶。

【六】喨（liàng）：（聲音）響亮。《水滸傳》第五十四：“今後早晚，祝家莊上，但有些響亮，你的莊上切不可令人來救護。

## 七言律詩 46 首

## 月下聞笛

月下聞笛，悲壯有邊聲，訪之乃赤水兵，方自葉爾羌[一]【一】來。

夜半忽聞瀣谷【二】音，聲聲都作老龍吟【三】。直將烈士一腔血，吹入詩人方寸心。白露三更邊月冷，長風萬里塞雲深。相逢俱是悲歌客，慷慨傾懷淚滿襟。

◎ **校勘記**

[一]葉爾羌：民族社本爲“爾葉羌”，今據原本改。

◎ **注釋**

【一】葉爾羌：清代新疆城名，後用作地區名，即葉爾羌辦事大臣轄區。其轄地大致相當於今中國新疆維吾爾自治區喀什地區的莎車縣、澤普縣、麥蓋提縣、葉城縣、塔什庫爾幹縣、巴楚縣一帶以及圖木舒克市、克孜勒蘇州的阿克陶縣、和田地區的皮山縣。

【二】瀣（xiè）谷：海灣。

【三】龍吟：形容聲音深沉或細碎。宋陸游《題庵壁》詩：“風來松度龍吟曲，雨過庭餘鳥跡書。”明劉基《題石末元帥扇上有陳大初畫松》詩：“永夜高風吹萬竅，商聲滿地作龍吟。”

## 李姓兵言，白蓮賊亂時，有女子，其父爲賊所殺，夜半入賊營，斬賊渠【一】頭去，蓋劍俠也，惜不記其姓名里居[一]【二】

飛來斬將萬軍中，快與探囊取物同。白氣【三】貫虹人掣電，劍光如火耳呼風。豈惟畢著【四】稱無敵，尚覺木蘭未是雄。鄉里姓名何必問，女兒妙手自空空。

◎ **校勘記**

[一]此詩民族社本無，依原本補。

◎ **注釋**

【一】渠：方言，他（他們）。《玉臺新詠・古詩爲其仲卿妻作》：“渠會永無緣。”

【二】里居：寓所，住地。明沈德符《野獲編・諧謔・賈實齋憲使》：“邑中先輩賈憲使實齋名儒，里居與趙甬江文華少保前後門相通。”

【三】白氣：白色的雲氣。古人迷信，以爲是刀兵之象。《漢書・谷永傳》：“白氣起東方，賤人將興之表也。”

【四】畢著（1622—?），女，字韜文，安徽歙縣人，昆山布衣王聖開之妻。明崇禎年間，其父任薊丘（今屬北京市）太守，畢著亦隨父居住薊丘。崇禎十五年（1642），清將阿巴泰率兵進犯薊丘城，其父出戰身亡，尸體被清軍掠去。年僅 20 歲的畢著報仇心切，説服將佐當夜率精鋭將士殺入敵營，敵果不備，著斬敵軍主將阿巴泰，奪回父尸，葬之金陵。

## 霜　葉

青娥[一]著意染斑斕，點綴烟雲縹緲間。老後文章臻化境，[二]丹成容貌轉童顔。紅堆古徑坡三折，冷落寒潭水半灣。客思悲秋尋酒店，斜陽瘦馬過空山。

◎ **注釋**

【一】青娥：青女，即天上主司霜雪的女神。明劉基《鍾山作》詩之十一：“青娥不分秋容寂，故染楓林似老人。”

【二】“老後”句：意爲深秋時節霜葉的色彩花紋臻於奇妙境界。文章，錯雜的色彩或花紋。《墨子・非樂上》：“是故子墨子之所以非樂者，非以大鐘鳴鼓琴瑟竽笙之聲以爲不樂也，非以刻鏤華文章之色以爲不美也。”《説文》：“臻，至也。”

## 時　園（一）

青山一角抱亭軒，不放春光出小園。介石【一】傲於高士骨，幽花瘦似美人魂。孤雲有意間歸岫【二】，明月多情自入門。坐享太平清静福，書成萬卷擁金樽。

◎ 余注

（一）時園，今貴州省畢節縣大屯彝族土司莊園内西花園名，爲作者故居，現列爲全國重點文物保護單位。

◎ 注釋

【一】介石：碑石。唐上官靈芝《王居士塼碑銘》："跡往名留，不刊介石，孰播徽猷。"

【二】岫：山洞。南宋辛弃疾《添字浣溪沙》："山上朝來雲出岫，隨風一去未曾回。

## 快　雨

驅魃【一】神龍用火攻，飛空巨炮走雷公【二】。岳雲【三】驟起平呑日，海氣横蒸倒吐虹。萬壑車騎鳴急雨，千山頭角動秋風。登樓試望蒼茫景，庶物【四】回蘇一瞬中。

◎ 注釋

【一】魃（bá）：傳説中能引起旱灾的鬼。《説文》："魃，旱鬼也。從鬼，犮聲。"《詩・大雅・雲漢》："旱魃爲虐，如惔如焚。"

【二】雷公：神話中管打雷的神。《楚辭・遠遊》："左雨師使徑侍兮，右雷公以爲衛。"

【三】岳雲：山雲。岳，高大的山。北宋范仲淹《岳陽樓記》："山岳潛形。"

【四】庶物：衆物，萬物。《易・乾》："保合大和，乃利貞。首出庶物，萬國咸寧。"

## 箐　口

林斷天開一徑通，溪流捲雪石蘢蓯【一】。崩崖有塹雲常赭，老樹無花葉盡紅。似甕【二】蜂房懸壁上，如盤虎跡印沙中。劃然長嘯飛笻去，谷應山鳴水涌風。【三】

### ◎ 注釋

【一】蘢蓯（lóngcōng）：聚集貌。《淮南子・俶真訓》："譬若周雲之蘢蓯，遼巢彭濞而爲雨。"高誘注："蘢蓯，聚合也。"

【二】甕：同"瓮"，陶制盛器，小口大腹。

【三】"劃然"二句：劃然，象聲形容詞。北宋蘇軾《後赤壁賦》："劃然長嘯，草木震動，山鳴谷應，風起水涌。"

## 火馬峽（一）

傳説幽崖深峽中，河魚於此值龍宮①。千年古壁黑成鐵，百丈枯槎【一】緑化銅。嵐氣【二】倏生山鬼雨，溪光時現美人虹②。晚來似有精靈出，落日蓬蓬【三】起大風。

### ◎ 原注

①龍宮：峽有龍潭，相傳河魚赴此值日，來時甚肥，去時頗瘦，按月輪班，歷歷不爽。

②美人虹：峽中瀑流噴下，日光照耀輒現虹霓。

◎ 余注

（一）火馬峽：在今貴州省畢節縣原樂都彝族鄉與左垉彝族鄉、烙烘彝族鄉分界之處。

◎ 注釋

【一】枯槎：老樹的枝杈。《宣和畫譜·山水》："（宋迪）又多喜畫松，而枯槎老枿，或高或偃，或孤或雙，以至於千株萬株，森森然殊可駭也。"

【二】嵐氣：山中霧氣。晋夏侯湛《山路吟》："冒晨朝兮入大谷，道逶迤兮嵐氣清。"

【三】蓬蓬：風吹動貌。《莊子·秋水》："今子蓬蓬然起於北海，蓬蓬然入於南海。"

## 發戛岔河（一）

萬壑群山奔赴來，巨靈伸手擘崔嵬。【一】須知造化奇思出，特把江山生面【二】開。飛瀑破天飄夏雪，怒濤裂地起冬雷。遊人莫更探深入，怕變神龍去不回。

◎ 余注

（一）發戛：彝語岩上。岔河，今川滇黔三省交界處，爲赤水河上游之一。

◎ 注釋

【一】"巨靈"句：極寫發戛岔河之奇偉狀貌。擘（bò），分開、剖裂。唐李朝威《柳毅傳》："乃擘青天而飛去。"崔嵬（cuīwéi），本指有石的土山，後泛指高山。《詩·周南·卷耳》："陟彼崔嵬，我馬虺隤。"毛傳："崔嵬，土山之戴石者。"

【二】生面：生動的面目。唐杜甫《丹青引》："凌烟功臣少顏色，將軍下筆開生面。"

## 登赤水文閣

平水波浪判疆域[一]①，閱盡興亡一閣孤。山水空留名勝跡，烟雲變盡古今圖。從來我輩宜高束[一]，信是人情[二]只下趨。好著青蓑隨浪去，茫茫一葉泛江湖。

◎ **校勘記**

[一]疆域：原本與民族社本皆誤爲“疆楀”，今改。

◎ **原注**

①“平水”句：赤水舊屬貴州，雍正中撥，河（之）南屬貴州，河（之）北屬四川。

◎ **注釋**

【一】高束：即“束之高閣”，把東西捆起來放在高高的閣樓上面，謂弃置不用。《晋書・庾翼傳》：“京兆杜乂，陳郡殷浩，并才名冠世，而翼弗之重也。每語人曰：‘此輩宜束之高閣，俟天下太平，然後議其任耳。’”

【二】人情：此指人情世故或世俗傾向。

## 行高山中作

我行渾入千尋峰，天際長風一騎衝。北向群山奔似馬，東來江水蜿如龍。飛禽到晚高心倦，久客[一]逢秋歸興濃。落日蒼茫横壙野，暮雲烟樹影重重。

◎ **注釋**

【一】久客：久居外鄉的人。宋陸游《宴西樓》詩：“萬里因循成久客，一年容易又秋風。”

## 山　亭

新晴天似病酲[一]醒，信馬垂鞭上草亭。山色日斜成淡赭，溪光雨過出深青。寒銷古木猿搔背，暖透疏籬鶴曬翎。何處悠揚吹玉笛，隨風飄落韵泠泠[一]【二】。

## ◎ 校勘記

[一]泠泠：民族社本誤爲“冷冷”，今據原本改。

## ◎ 注釋

【一】病酲（chéng）：病酒，醉酒。唐孫樵《罵僮志》：“孫樵既黜於有司，忽怳乎若病酲之未醒。”

【二】泠泠：形容聲音清越、悠揚。晉陸機《招隱詩》之二：“山溜何泠泠，飛泉漱鳴玉。”

# ‖ 溪　上 ‖

鎮日【一】春溪對翠微【二】，渚魚沙鳥共忘機。一灣芳草青迷渡，幾樹垂楊緑護磯【三】。斷塔欲隨流水去，孤雲常在亂山飛。滄浪【四】自是平生性，緑笠青蓑澹不歸。

## ◎ 注釋

【一】鎮日：整天，從早到晚。宋朱熹《邵武道中》詩：“不惜容鬢凋，鎮日長空飢。”

【二】翠微：泛指青山。唐高適《赴彭州山行之作》詩：“峭壁連崆峒，攢峰疊翠微。”

【三】磯：水邊突出的岩石或石灘。唐孟浩然《經七里灘》：“釣磯平可坐，苔磴滑難步。”

【四】滄浪：本爲古水名，有漢水、漢水之别流、漢水之下流、夏水諸説，後借指青蒼色水色或滄浪歌。北魏酈道元《水經注·夏水》：“劉澄之著《永初山川記》云：‘夏水，古文以爲滄浪，漁父所歌也。’”《孟子·離婁上》：“孺子歌曰，滄浪之水清兮，可以濯我纓，滄浪之水濁兮，可以濯我足”。《楚辭·漁父》：“漁父莞爾而笑，鼓枻（yì）而去，乃歌曰：‘滄浪之水清兮，可以濯吾纓；滄浪之水濁兮，可以濯吾足。’遂去，不復與言。”余家駒詩中的“滄浪”一詞含有隱逸之意。

## 入芒部（一）山中

橫空一徑入天長，天末長風吹袖涼。旭日直迎人面出，孤雲飛逐馬蹄忙。石如聚講爭攢集，【一】樹作排衙【二】分列行。隴佛遺碑【三】今尚在，字殘文闕草烟荒。

**◎ 余注**

（一）芒部：古彝族德施後裔首領妥芒部名，演變爲地名，今雲南省鎮雄縣。

**◎ 注釋**

【一】“石如”句：聚講，謂如佛祖講經，必衆徒群聚而聽。門徒衆廣，俯首而聽，尤顯佛祖神機。風水之聚講，即指環侍拱衛。纏繞衆多，愈顯祖山尊貴。劉基《堪輿漫興》云：“火南水北木居東，西有金星土在中，此謂五星來聚講，天壤正氣福無窮。”

【二】排衙：舊時主官升座，衙署陳設儀仗，僚屬依次參謁，分立兩旁，謂之排衙。唐白居易《雨雪放朝因懷微之》詩：“不知雨雪江陵府，今日排衙得免無？”

【三】隴佛遺碑：當指明末芒部女士官隴應祥之墓“土官墳”碑。隴應祥原爲明末芒部土知府隴來鳳妻，丈夫去世後，被朝廷建坊祠旌表。死後葬烏蒙峰山南麓，墓室壯觀。隴應祥亦被當地人敬稱爲“隴佛”。

## 永寧道（一）

山矗層霄【一】水貫虹，江山如此合稱雄。雲行樹頂橫拖白，日落灘心倒射紅。縱壑巨魚飛激浪，出林猛虎嘯生風。我來頗覺精神旺，叱馭【二】先登上碧空。

## ◎ 余注

（一）永寧道：今四川省叙永縣境。

## ◎ 注釋

【一】層霄：高空。晋庾闡《遊仙詩》之三：“層霄映紫芝，潛澗汎丹菊。”

【二】叱馭：漢琅琊王陽爲益州刺史，行至邛郲九折阪，嘆曰：“奉先人遺體，奈何數乘此險！”因折返。及王尊爲刺史，“至其阪……尊叱其馭曰：‘驅之！王陽爲孝子，王尊爲忠臣’”。（見《漢書・王尊傳》）後因以“叱馭”爲報效國家，不畏艱險之典。

# 夜　坐

虛堂生白【一】漏聲稀，亞字欄【二】疏暑氣[一]微。風動寒星摇欲墜，雲來明月走如飛。九霄河漢深秋色，萬里江山共素輝【三】。一榻花陰人[二]獨坐，滿庭香露翠沾衣。

## ◎ 校勘記

[一]暑氣：民族社本誤爲“署氣”，今據原本改。

[二]人：民族社本作“入”，今據原本改。

## ◎ 注釋

【一】虛堂生白：亦作“虛室生白”。語出《莊子・人間世》：“瞻彼闋者，虛室生白，吉祥止止。”陸德明釋文：“崔云：‘白者，日光所照也。’司馬云：‘室比喻心。心能空虛則純白獨生也。’”一説，謂産生純潔的道心。《淮南子・俶真訓》：“是故虛室生白，吉祥止也。”高誘注：“虛，心也；室，身也；白，道也。能虛其心以生於道。道性無欲，吉祥來止舍也。”

【二】亞字欄：造型像“亞”字的欄杆。清代黄婉璚《前調・秋暮》：“離愁無限砧聲急。亞字回欄人佇立。”

【三】素輝：白色的亮光。晉陸機《赴洛道中作》詩之二：“清露墜素輝，明月一何朗。”

## 崖　梯（一）

穿天曲徑繞峥嶸，人在青天縫裏行。僵瘦巉崖【一】奇鬼立，扒挐古樹老龍擎。【二】破天飛瀑疾無影，撞石奔雲怒有聲。忽地狂風吹萬竅【三】，一時都作不平鳴。

### ◎ 余注

（一）崖梯：地名，今四川叙永縣石壩區境内。

### ◎ 注釋

【一】巉崖：險峻的山崖。宋蘇轍《潁濱遺老傳下》：“熙河奏：‘夏人十萬騎壓通遠軍境上，挑掘所争崖巉，殺人三日而退……’”

【二】“扒挐”句：意爲紛亂的古樹像老龍一樣向上攀援。扒，攀援；挐（rú），紛亂；擎，向上托舉。

【三】萬竅：大地上大大小小的孔穴。《莊子•齊物論》：“夫大塊噫氣，其名爲風。是唯無作，作則萬竅怒呺。”

## 水潦高橋①

飛步馮夷【一】萬丈宫，仙橋飄緲跨虛空。人如寒雁行天上，鳥作醯鷄【二】舞甕中。雲氣横蒸山欲雨，水聲斗起壑生風。回頭驚看題崖字，龍跳凌虛筆勢雄②。

### ◎ 原注

①兩崖夾峙，一澗深流，飛橋横空，下臨不測，亦奇境也。（校注者按：水潦，

今四川叙永縣水潦彝族鄉。）

②“回頭”二句：橋爲叔祖君寵公建，飛繩題“人願天從”四大字於絶壁，見者驚爲仙書。

◎ 注釋

【一】馮夷：傳説中的黄河之神，即河伯。此泛指水神。《莊子·大宗師》：“馮夷得之，以遊大川。”成玄英疏：“姓馮名夷，弘農華陰潼鄉堤首里人也。服八石，得山仙。大川，黄河也。天帝錫馮夷爲河伯，故游處盟津大川之中也。”

【二】醯（xī）鷄：蠛蠓。孫炎《爾雅》注：“蠛蠓，蟲小於蚊。”古人以爲是酒醋上的白黴變成。《列子·天瑞》：“醯鷄生乎酒。”

## 荒　廟

廟門推破古塵封，驚起鵂鶹[一]【一】飛上松。斷碣文殘蝸有篆【二】，空梁泥落燕留蹤。老狐蹲灶寒吹火，野鬼登樓夜撞鐘。檀越【三】不來僧已去，滿堂佛祖盡飢容。

◎ 校勘記

[一]鵂鶹（xiūliú）：民族社本爲“鶖鶹”，今據原本改。

◎ 注釋

【一】鵂鶹：亦作“鵂留”，鴟鴞的一種。羽棕褐色，有横斑，尾黑褐色，腿部白色。外形和鴟鴞相似，但頭部没有角狀的羽毛。捕食鼠、兔等，對農業有益，但在古書中却常被視爲不祥之鳥。《太平御覽》卷九二七引《莊子》：“鵂鶹夜撮蚤，察毫末；晝瞑目，不見丘山，殊性也。”

【二】蝸有篆：蝸篆。蝸牛爬行時留下的涎液痕跡，屈曲如篆文，故稱。宋毛滂《玉樓春·僕前年當重九》詞：“泥銀四壁盤蝸篆，明月一庭秋滿院。”

【三】檀越：梵語音譯。施主。晉陶潛《搜神後記》卷二：“晋大司馬桓温，字元子，末年忽有一比丘尼，失其名，來自遠方，投温爲檀越。”

## 李後主【一】

歌舞風流繼後陳【二】，新裁小令妙陽春【三】。書能益智翻亡國，佛最多慈那救人。正統君王不嗜殺，南朝天子慣降臣。從來形勢惟西北，王氣金陵總少神①。

### ◎ 原注

①“王氣”句：南方形勢金陵固足據，然勢居下流，終難垂久。古人謂天下形勢，西北爲首，中原爲脊，東南爲尾，良不虛也。

### ◎ 注釋

【一】李後主：李煜（937—978），南唐最後一位國君，961～975 年在位，初名從嘉，字重光，號鍾隱、蓮峰居士。漢族，祖籍彭城（今江蘇徐州）人，爲南唐元宗李璟第六子。宋建隆二年（961）繼位，史稱李後主，與其父李璟并稱“南唐二主”，俱爲五代著名詞人。

【二】後陳：陳叔寶（553—604），字元秀，南朝陳最後一位皇帝。公元 582～589 年在位，在位時大建宮室，生活奢侈，不理朝政，日夜與妃嬪、文臣游宴，作艷詞。隋軍南下時，自恃長江天險，不以爲然。禎明三年（589），隋軍入建康，陳叔寶被俘。後在洛陽城病死，終年 52 歲，追贈大將軍、長城縣公，謚曰煬。

【三】陽春：古歌曲名，是一種比較高雅難學的曲子。漢李固《致黃瓊書》：“嶢嶢者易缺，皦皦者易汙。《陽春》之曲，和者必寡。”後用以泛指高雅的曲調。

## 禄安人①

苦節【一】堅貞勁十分，猶餘殘喘【二】建殊勳。拼將世業滄桑改，忍使遺民玉石焚【三】。大義片言銷賊黨，奇謀一舉靖妖氛。巾閨志略兼忠勇，濟美【四】坊高鎖暮雲。

## ◎ 原注

①安人，烏蒙土府禄天倫次女，曰“二禄氏”。先是鎮雄土府隴聯嵩娶大禄氏，早卒。繼娶二禄氏，無子，析居杓佐。復娶三禄氏，生子慶侯、康侯暨二女。聯嵩死，慶侯襲。雍正五年總督鄂爾泰奏請諸土司皆改土歸流，鎮雄以匿奸革襲，衆夷驚恚欲反。安人星夜赴古芒部，誡慶侯母子曰：“隴氏世著忠順，今乃氣運爲之，惟當受命，不可有他念，以忝祖德，貽害億萬生靈。”衆夷聞言，相與冰釋，同時改流。諸土司多煩天討，惟鎮雄恭順，千里土地人民安然底定。其後慶侯屢爲大獄株連，與三禄氏及康侯相繼流離死。安人收其骸歸葬，携兩女仍居杓佐。世職既革，衣食每每不周。八年，烏蒙土府禄萬福反，走書糾諸夷。鎮雄夷酋剮刀、沙約、阿戛、施額、法漏、布丈、阿長、虘虘、易租、白卜等蜂起應之。時鎮雄營兵皆調出境，存者不滿百人，人情洶洶。安人飛馳各寨泣涕諭以大義，謂：“若敢黨逆不即散，我母女當先自殺。”衆夷感泣，咸投戈戛額，誓不敢反。乃招其故部土目隴繩武、羅全仁等，授以方略，分捕剮刀、沙約等，以次就擒。事聞，誥封安人，建坊旌之曰“濟美”，言與其祖妣明隴應祥濟美也。制曰：“力排狐黨，導窮寇以知歸；志靖狼烟，戢天戈而不試。綍綸之褒榮矣哉。”又注：應祥，隴來鳳妻，以保邊功，崇正中封正議大夫資治尹，賜“世篤忠貞”四字，建坊表之。卒，御制文祭。

## ◎ 注釋

【一】苦節：《易・節》：“節，亨。苦節，不可貞。”孔穎達疏：“節須得中。爲節過苦，傷於刻薄。物所不堪，不可復正。故曰‘苦節，不可貞’也。”意謂儉約過甚。後以堅守節操、矢志不渝爲苦節。

【二】殘喘：殘生，垂危。宋蘇軾《杭州召還乞郡狀》：“臣亦覺知先帝無意殺臣，故復留殘喘，得至今日。”

【三】玉石焚：“玉石俱焚”的省略，比喻好壞同歸於盡。《書・胤征》：“火炎崐岡，玉石俱焚。”唐李德裕《論赤頭赤心健兒等狀》：“所慮玉石俱焚，善惡同弃。”

【四】濟美：在以前的基礎上使美好的東西發揚光大。語出《左傳・文公十八年》：“世濟其美，不隕其名。”杜預注：“濟，成也。”孔穎達疏：“世濟其美，後世承前世之美。”

## 秦仁堂師獲畫一幅，畫古人松下看鶴，酷肖先生，但被服不同耳

誰倩丹青【一】與寫真，點將阿睹[一]【二】妙傳神。豈惟子面如吾面，轉見今人是古人。野鶴孤雲同此日，松風明月證前身。衣冠朝代何須問，俱屬無懷【三】以上民。

◎ **校勘記**

[一]睹：原本與民族社本均誤爲“賭”，今據文義改。

◎ **注釋**

【一】丹青：此處爲畫工的代稱。三國魏曹丕《與孟達書》：“故丹青畫其形容，良史載其功勳。”

【二】阿睹：這，這個。元楊瑀《山居新話》：“顧長康書神，指眼爲阿睹中。”

【三】無懷：即“無懷氏”，傳説中的上古帝王。《管子・封禪》：“昔無懷氏封泰山。”尹知章注：“（無懷氏）古之王者，在伏羲前。”宋羅泌《路史・禪通紀三・無懷氏》：“無懷氏，帝太昊之先。”

## 榴花鳳

有靈禽小如鷦鷯，翠頰紫首，丹膺蒼腹，黄背翠尾，啄食榴蕊，未詳其名，戲呼爲“榴花鳳”。

靈雀翩然不識名，珠光一點向陽生。來從翠水琳宫【一】内，慣服丹崖若木【二】英。小使霓裳五色艷，仙人玉骨幾銖輕。珍禽多是鳳凰種，喚作榴花么鳳【三】卿。

◎ **注釋**

【一】琳宫：仙宫。亦爲道觀、殿堂之美稱。《初學記》卷廿三引《空洞靈章經》：

“衆聖集琳宫，金母命清歌。”

【二】若木：古代神話中的樹名。《山海經·大荒北經》：“大荒之中，有衡石山、九陰山、泂野之山，上有赤樹，青葉，赤華，名曰若木。”郭璞注：“生昆侖西附西極，其華光赤下照地。”一説，即扶桑（見清段玉裁《説文·木部》‘榑’字注）。

【三】么鳳：鳥名，又稱桐花鳳。羽毛五色，體型比燕子小。宋蘇軾《异鵲》詩：“家有五畝園，么鳳集桐花。”

## 蕉葉箋

天造雲藍[一]【一】紙滿庭，折來猶自帶芳馨。題成字跡浸眉緑，讀罷文光照眼青。好代竹書【二】修古史，還同貝[二]葉【三】寫金經。從今便是洛陽貴【四】，不作雨聲窗外聽。

### ◎ 校勘記

[一]藍：民族社本誤爲“蘭”，今據原本改。

[二]貝：民族社本誤爲“見”，今據原本改。

### ◎ 注釋

【一】雲藍：紙名，唐段成式在九江時自製。見段成式《寄温飛卿箋紙》詩序。宋姜夔《次韻千岩雜謡》：“道士有神傳火棗，故人無字入雲藍。”

【二】竹書：古代無紙，在竹簡上記事書寫。後人稱編綴成册的竹簡爲竹書。《晋書·束晳傳》：“太康二年，汲郡人不準盗發魏襄王墓，或言安釐王塚，得竹書數十車。”

【三】貝葉：古代印度人用以寫經的樹葉，亦借指佛經。唐玄奘《謝敕賚經序啓》：“遂使給園精舍，并入提封；貝葉靈文，咸歸册府。”

【四】洛陽貴：“洛陽紙貴”的省略。晋左思作《三都賦》，構思 10 年，賦成，不爲時人所重。及皇甫謐爲作序，張載、劉逵爲作注，張華見之，嘆爲“班張之流也”，於是豪富之家争相傳寫，洛陽紙價因之昂貴。（見《晋書·左思傳》）

後以“洛陽紙貴”稱譽别人的著作受人歡迎，廣爲流傳。這裏指“蕉葉箋”爲人們所重視。

## 欲放梅花

一枝籬外寄孤標【一】，脈脈含情耐寂寥。春懶更移詩去撽，雪頑頻借酒來澆。名花造化勞培養，清福才人得受消。欲把天心催洩漏，衝寒繞樹踏瓊瑶【二】。

### ◎ 注釋

【一】孤標：形容人品行高潔。《舊唐書·杜審權傳》：“冲粹孕靈嶽之秀，精明涵列宿之光，塵外孤標，雲間獨步。”

【二】瓊瑶：喻雪。唐白居易《西樓喜雪命宴》詩：“四郊鋪縞素，萬室甃瓊瑶。”

## 寒　食【一】

嫩晴【二】風氣扇微和，寒食家家載酒過。紅浥桃腮濃起暈，青垂柳眼媚横波。啼鶯倚翠嬌情重，宿蝶偎香好夢多。小徑尋芳人去後，弓鞋【三】淺印一行莎【四】。

### ◎ 注釋

【一】寒食：節日名。在清明前一日或兩日。相傳春秋時晋文公負其功臣介之推，推憤而隱於綿山。文公悔悟，燒山逼令出仕，推抱樹焚死。人們同情介之推的遭遇，相約於其忌日禁火冷食，以爲悼念。以後相沿成俗，謂之寒食。

【二】嫩晴：初晴。宋楊萬里《宿小沙溪》詩：“諸峰知我厭泥行，捲盡癡雲放嫩晴。”

【三】弓鞋：亦作“弓鞵”，舊時纏脚婦女所穿的鞋子。宋黄庭堅《滿庭芳·妓女》詞：“直待朱幡去後，從伊便窄襪弓鞋。”

【四】莎（suō）：草名，香附子。

## 芙蓉花

幽人【一】誰繼楚人蹤，冷艷偏於冷處逢。小巷風高霜色麗，錦城秋老露華濃。粧[一]成宫粉愁還重，舞罷霓裳態轉慵。獨立不嫌開最後，天留晚景木芙蓉。

### ◎ 校勘記

[一]粧：民族社本誤爲“椿”，今據原本改。

### ◎ 注釋

【一】幽人：指幽居之士。宋蘇軾《定惠院寓居月夜偶出》詩：“幽人無事不出門，偶逐東風轉良夜。”

## 水　村

夾岸人家壓緑波，輕舟蕩槳晚來過。風情不減沿堤柳，生意【一】常存繞砌莎【二】。春水雪消浮翠活，好山雲斂送青多。牛羊下渡釣徒集，半唱漁歌半牧歌。

### ◎ 注釋

【一】生意：生機，生命力。元宫天挺《范張鷄黍》第一折：“陰陽運，萬物紛紛，生意無窮盡。”

【二】砌莎：潮濕臺階上長的莎草。唐貫休《感懷寄盧給事二首》：“童扳鄰杏驃牆瓦，燕啄花泥落砌莎。”

## 安　鼎(一)

大谷箕張【一】納衆溪，青天釜覆可攀躋【二】。水當落澗怒横起，山到臨崖倔不低。争界群猴拼命鬥①，護巢寡鵠盡情啼。賦詩安得韓文筆，硬語盤空一品題。【三】

◎ **原注**

①“争界”句：猴群各分界，越則死鬥。

◎ **余注**

（一）安鼎：地名，爲彝語阿尼之音譯，漢意爲雀鳥聚集地，在貴州省畢節縣原龍場營區安頂鄉。

◎ **注釋**

【一】箕張：兩旁山谷伸開如簸箕之形。《魏書・尒朱榮傳》：“葛榮自鄴以北列陣數十里，箕張而進。”

【二】攀躋：亦作“攀隮”，猶攀登。三國魏劉劭《人物志・體别》：“休動磊落，業在攀躋，失在疏越。”

【三】“賦詩”二句：韓文筆，韓愈詩歌的筆法、風格。一般認爲，韓愈詩歌奇崛險怪，氣勢磅礴，如司空圖説韓詩“驅駕氣勢，若掀雷挾電，撑抉於天地之間”；葉燮説“韓愈爲唐詩之一大變，其力大，其思雄，崛起特爲鼻祖”。硬語盤空，謂遒勁有力的語言如大鳥盤旋在天空中，形容文章的氣勢雄渾，矯健有力。

## 行黔蜀間，見山甚奇，詢之無名

何年裂地起飛龍，壁上猶存爪玃(一)【一】蹤。擎空石勢怒扛鼎【二】，出谷風聲吼撞鐘。路到盡頭雲去接，崖當破處天來縫。山靈特自無名字，不受秦皇漢武封。

◎ **校勘記**

[一]玃：民族社本誤爲“獲”，今據原本改。

◎ **注釋**

【一】玃（jué）：古同“攫”，抓取。

【二】扛鼎（gāngdǐng）：舉鼎。《吴子·料敵》：“力輕扛鼎，足輕戎馬。”《文選·王融〈三月三日曲水詩序〉》：“彪搖武猛，扛鼎揭旗之士。”劉良注：“扛、揭，皆舉也。”

## 小河口（一）

鳥道迢迢通販商，貧民負戴趕鷄場①。河分地勢成三角，山隔天形作八方。灘口潮生疑雨響，峰頭燈起訝星光。怪來【一】人迫飢寒甚，土瘠於今半弃荒。

◎ **原注**

①“貧民”句：瓢兒井以酉日爲市，曰趕鷄場。

◎ **余注**

（一）小河口：在貴州省畢節縣原普尼區樂都彝族鄉境内赤水河畔。

◎ **注釋**

【一】怪來：難怪。唐韋應物《休暇日訪王侍御不遇》詩：“怪來詩思清入骨，門對寒流雪滿山。”

## 萬人塚

聞説唐朝曾覆兵，如山巨塚骨縱横【一】。魂凝碧落【二】雲常慘，血入黄泉草不生。吊古難堪千古憾，驚人最是萬人名。至今風雨凄其夜，仿佛猶聞鬼哭聲。

◎ **注釋**

【一】縱橫：雜亂貌。《孫子·地形》："將弱不嚴，教道不明，吏卒無常，陳兵縱橫，曰亂。"唐孟郊《吊國殤》詩："徒言人最靈，白骨亂縱橫。"

【二】碧落：道教語。天空、青天。唐楊炯《和輔先入昊天觀星瞻》："碧落三乾外，黄圖四海中。"

## 龍　見【一】

頭角峥嶸出九重，世人争望見神龍。山鳴谷應風生色，海立江翻天改容。飛電鞭雲騰四野，怒雷叱雨走千峰。歡聲齊作大田【二】慶，貯看【三】民間比户封【四】。

◎ **注釋**

【一】龍見（xiàn）：《易·乾》："見龍在田，利見大人。"高亨注："龍出現於田中，比喻大人活動於民間，人見之則有利。"後因以"龍見"指王者能有治績。

【二】大田：沃土。《詩·小雅·大田》："大田多稼，既種既戒，既備乃事。"鄭玄箋："大田，謂地肥美可墾耕，多爲稼，可以授民者也。"

【三】貯看：行將看到。《水滸傳》第八十二回："一封恩詔出明光，佇看梁山盡束裝。"貯，通"佇"。

【四】比户封：家家户户受到封賞。封，分封土地。宋蘇洵《六國論》："以賂秦之地，封天下之謀臣。"

## 燕

每倚門户作生涯【一】，秋去春來似戍瓜【二】。寄跡香巢芳草地，托身金屋玉人家。輕烟醉緑迷楊柳，細雨酣紅【三】鬧杏花。記得當年王謝在，呢喃

重話舊繁華。【四】

◎ **注釋**

【一】生涯：猶生計。唐沈佺期《餞高唐州詢》詩："生涯在王事，客鬢各蹉跎。"

【二】戍瓜：瓜戍。《左傳·莊公八年》："齊侯使連稱、管至父戍葵丘。瓜時而往，曰：'及瓜而代。'"原指瓜熟時往邊地戍守，後用以稱官吏赴任。此謂燕子以時而至。

【三】酣紅：因酒醉而臉上呈現的紅色。宋范成大《州宅堂前荷花》詩："凌波仙子静中芳，也帶酣紅學醉粧。"

【四】"記得"二句：化用唐劉禹錫《烏衣巷》詩："舊時王謝堂前燕，飛入尋常百姓家。"

## 雪

朔風吹地夜生光，萬里輿圖【一】銀版章【二】。分定高低平勝准①，包藏宇宙括於囊。劍鋩峰白新磨礪，玉帶水瑩初刻肪。【三】千尺不須問入否，川黔從不產飛蝗②。

◎ **原注**

①"分定"句：常時望遠，高低難定。雪中望之，高有低無，最爲平准。

②"千尺"二句：東坡遺蝗入地應千尺，蓋他省蝗遺種人土，來年復生，須雪深乃絶。川黔無之，有蚱蜢形類之而不傷稼，其所謂蝗，狀如蠶不能飛，食有界，諺所謂蝗蟲不吃過界食也。

◎ **注釋**

【一】輿圖：疆土，土地。北周庾信《齊王進白兔表》："臣聞輿圖欲遠，則玉虎晨鳴；轍跡方開，則銀麞入貢。"

【二】版章：版圖，疆域。清魏源《聖武記》卷三："故知西北周數萬里之版章，聖祖墾之，世宗耨之，高宗獲之云。"

【三】“劍鋩”二句：以博喻手法謂雪之潔白晶瑩如新磨之劍鋒（山峰），似玲瓏的玉帶和初切開的脂肪。《東坡題跋·書柳子厚詩》：“僕自東武適文登，并海行數日，道傍諸峰，真如劍鋩。誦柳子厚詩，知海山多爾耶？”

## 雪行泥潦甚憊

山程步步水泥凝，没骭[一]【一】埋腰憊不勝。積潦横開龜坼[二]【二】凍，堆沙森挺【三】馬牙冰。沾衣飛雪堅成甲，割面寒風勁有棱。路上逢人皆縮項，喉僵舌木問難應。

### ◎ 校勘記

[一]骭：民族社本誤爲“骨”，今據原本改。

[二]坼：原本與民族社本皆誤爲“圻”，今改。

### ◎ 注釋

【一】骭（gàn）：脛骨，小腿骨，亦指小腿。《説文》：“骭，骨交也。從骨，幹聲。”

【二】龜坼：形容天旱土地裂開。龜，通“皸”。宋王炎《喜雨賦》：“視衍沃而龜坼，况高田之未穟。苗已悴而半槁，懼西疇之不收。”

【三】森挺：高聳直立。《文選·遊天台山賦》：“八桂森挺以凌霜，五芝含秀而晨敷。”張銑注：“森然挺生，凌霜不凋。”

## 雪行二首

紛紛飛雪一騎衝，踏破銀裝百仞峰。白鷺【一】通身人是鶴，玉鱗生鬣【二】馬成龍。征顔不染風塵色，客思全消炎熱胸。絶勝霸橋驢背【三】上，天花萬斛助詞鋒。【四】

皚皚大地望迢遥，匹馬衝寒氣不驕。風利似刀威可畏，雪頑於鐵勢難消。堅凝面目貼銀箔，凍合鬣眉掛玉條。自顧【五】行囊真妙絶，瓊林【六】萬朶一肩挑。

◎ 注釋

【一】白氅：古代衛士穿的以白羽爲飾的披風。《新唐書・儀衛志上》："威衛青氅、黑氅，武衛鶩氅，驍衛白氅。"這裏喻人身上落滿了雪。

【二】鬣（liè）：某些哺乳動物頸上生長的又長又密的毛。《説文》："鬣，髮鬣鬣也。"《廣雅》："鬣，毛也。"

【三】霸橋驢背：又作"騎驢索句"。宋代孫光憲《北夢瑣言》卷七載："唐相國鄭綮雖有詩名，本無廊廟之望……或曰：'相國近有新詩否？'對曰：'詩思在灞橋雪中驢子上，此處何以得之？'蓋言平生苦心也"。後用爲苦吟典。

【四】"天花"句：意爲飄舞的雪花能夠激發文思筆力。天花，指雪。唐熊孺登《雪中答僧書》詩："八行銀字非常草，六出天花盡是梅。"詞鋒，犀利的文筆或口才。南朝陳徐陵《與楊僕射書》："足下素挺詞鋒，兼長理窟，匡丞相解頤之説，樂令君清耳之談，向所諮疑，誰能曉諭。"

【五】自顧：自念；自視。《東觀漢記・和熹鄧後傳》："太后臨大病，不自顧而念兆民。"

【六】瓊林：比喻披雪的樹林。唐許敬宗《奉和喜雪應制》："忽若瓊林曙，俄同李徑春。"此處作"瓊花"解纔與"萬朵"相吻合。

## ‖ 江樓醉月 ‖

如此江山如此樓，飄然人是玉京【一】遊。天凝蛋殼彈能破，月閃銀窩滉[一]【二】欲流。幾杵疏鐘烟外寺，一燈漁火水涯舟。古今淘盡無窮事，都付臨風酒半甌。

◎ 校勘記

[一]滉：民族社本爲"晃"，今據原本改。

◎ 注釋

【一】玉京：泛指仙都。宋陸游《七月一日夜坐舍北水涯戲作》詩："斥仙豈復塵中戀，便擬騎鯨返玉京。"

【二】滉（huàng）：波動，揺動。

## 書　齋

輕塵掃盡啓疏欞，四壁清虚户不扃。磨墨紫雲[一]堆石硯，插花香露溢銅瓶。生來新月三更白，分得遥山一半青。自撥金爐添艾納[二]，篆烟[三]繚繞滿床經。

◎ 注釋

【一】紫雲：借指紫石硯。唐李賀《楊生青花紫石硯歌》："端州石工巧如神，踏天磨刀割紫雲。"

【二】艾納：古松、梅等樹皮上生出的一種莓苔，有香氣。唐陸龜蒙《苔賦》："質被緑錢之美，香聞艾納之奇。"

【三】篆烟：盤香的烟縷。宋高觀國《御街行・賦簾》詞："鶯聲似隔，篆烟微度，愛横影参差滿。"

## 老人種松

白首[一]人來種小松，要看千尺長成龍。笑渠忘却春秋老，向爾還期雨露濃。恰是幼孫偏愛甚，居然晚子最情鍾。他年去作棟梁日，合把大夫貤贈封[二]。

◎ 注釋

【一】白首：猶白髮。表示年老。《史記・范睢蔡澤列傳論》："范睢、蔡澤，世所謂一切辯士，然遊説諸侯至白首無所遇者，非計策之拙，所爲説力少也。"

【二】貤（yí）贈封：古代將自己所應得的封爵、名號轉給其他親屬叫“貤封”，也稱“貤”。貤，通“移”，轉移、轉贈。《漢書·武帝紀》：“無所流貤。”

## 女　士

蘭閨【一】秀質璧[一]無瑕，棣棣【二】威儀是大家。滿院輕風吟柳絮，半簾疏雨夢梨花。玉蟾【三】研露鈔詩卷，寶鴨【四】焚香誦法華【五】。便是侍兒都莊重，秋波從不盼人斜。

### ◎ 校勘記

[一]璧：民族社本爲“壁”，今據原本改。

### ◎ 注釋

【一】蘭閨：泛指女子的居室。唐王勃《春思賦》：“自有蘭閨數十重，安知榆塞三千里。”

【二】棣棣（dìdì）：雍容閑雅貌。《詩·邶風·柏舟》：“威儀棣棣，不可選也。”毛傳：“棣棣，富而閑習也。”

【三】玉蟾：玉雕的蟾蜍。古代盛水容器，多作更漏與文具之用。《西京雜記》卷六：“（晋靈公塚）惟玉蟾蜍一枚，大如拳，腹空，容五合水，光潤如新，王取以盛書滴。”

【四】寶鴨：香爐。因似鴨形，故稱。唐孫魴《夜坐》詩：“劃多灰雜蒼虯跡，坐久烟消寶鴨香。”

【五】法華：《法華經》，佛教著名經典，是佛陀釋迦牟尼晚年所説教法，因經中宣講内容明示不分貧富貴賤，人人皆可成佛，所以《法華經》也被譽爲“經中之王”。

## 食筍蕨憶楊誠齋“但逢筍蕨堆盤日，便是山林富貴天”之詩【一】

誠齋佳句古流傳，富貴山林自有天。仙掌【二】金莖【三】方士術，佛牙【四】

玉版【五】老僧禪。至人【六】淡味甘於肉，隱者高風不費錢。便覺而翁未負腹，春來日日飽霞烟。

## ◎ 注釋

【一】楊萬里（1127—1206），字廷秀，號誠齋。吉州吉水（今江西省吉水縣黄橋鎮湴塘村）人。南宋著名愛國詩人、文學家，與陸游、尤袤、范成大并稱“南宋四大家”“中興四大詩人”。一生作詩 20000 多首，只有 4200 首留傳下來，被譽爲“一代詩宗”。楊萬里詩歌大多描寫自然景物，且以此見長，也有不少篇章反映民間疾苦，抒發愛國感情。語言淺近明白，清新自然，富有幽默情趣，稱爲“誠齋體”。“但逢筍蕨堆盤日，便是山林富貴天”二句出自楊萬里詩《初食筍蕨》。

【二】仙掌：漢武帝爲求仙，在建章宫神明臺上造銅仙人，舒掌捧銅盤玉杯，以承接天上的仙露，後稱承露金人爲仙掌。漢張衡《西京賦》：“立脩莖之仙掌，承雲表之清露。”

【三】金莖：見《仙人掌》注釋。

【四】佛牙：相傳釋迦牟尼圓寂之後，全身都變成細粒狀舍利，但牙齒完整無損，佛教徒奉爲珍寶，予以供奉，稱佛牙。《大般涅槃經後分・聖軀廓潤品》：“帝釋即開如來寶棺，欲請佛牙。”

【五】玉版：竹筍的别名。宋惠洪《冷齋夜話・東坡作偈戲慈雲長老》：“（蘇軾）嘗要劉器之同參玉版和尚……至廉泉寺燒筍而食，器之覺筍味勝，問此筍何名，東坡曰：‘即玉版也。此老師善説法，要能令人得禪悦之味。’於是器之乃悟其戲”。

【六】至人：道家指超凡脱俗、達到無我境界的人。《莊子・齊物論》：“至人神矣！大澤焚而不能熱，河漢沍而不能寒，疾雷破山、風振海而不能驚。”

## ‖ 羅漢竹① ‖

西方億萬阿羅漢【一】，化作南方功德林[一]。君子平生惟大節，高人自古是虛心。隆爲鶴膝規青銕，瘦比蜂腰削碧琳。【二】遥憶當年張博望，【三】闞河遠涉瘴烟深。

## ◎ 校勘記

[一]林：民族社本誤爲“竹”，今據原本改。

## ◎ 原注

①《鎮雄志》：羅漢竹即筇竹。按《竹譜》，筇竹實心，今羅漢竹不實心，特孔小耳。開化有釣竹，節大實心，然不可爲杖，只可作繩。

## ◎ 注釋

【一】阿羅漢：梵語 Arhat 的音譯，小乘佛教所理想的最高果位，佛教亦用其稱斷絶嗜欲、解脱煩惱、修得小乘果的人。《百喻經·入海取沉水喻》：“不如發心求聲聞果，速斷生死，作阿羅漢。”

【二】“隆爲”二句：描寫羅漢竹之形與色。意爲羅漢竹竹節隆起，似鶴的膝蓋，又如黑色的鐵；竹節間纖細瘦削，似馬蜂的細腰，又如青緑色的美玉。青銕，指鐵。鐵色黑，故稱。銕，同“鐵”。碧琳，青緑色的玉。漢司馬相如《上林賦》：“玫瑰碧琳，珊瑚叢生。”

【三】“遥憶”句：寫張騫在大夏時，忽然看到了四川的土産——筇竹杖和蜀布。他感到十分詫异，追問它們的來源。大夏人告訴他，是大夏的商人從身毒（yuāndú）（古印度）買來的，而身毒國位於大夏的東南方。回國後，張騫向漢武帝報告了這一情况，并推斷，大夏位居中國的西南，距長安 12000 里，身毒在大夏東南數千里，從身毒到長安的距離不會比大夏到長安的距離遠。四川在長安西南，身毒有蜀的産物，這證明身毒離蜀不會太遠。博望，漢張騫的封號“博望侯”的省稱。《漢書·張騫傳》：“騫以校尉從大將軍擊匈奴，知水草處，軍得以不乏，乃封騫爲博望侯。”

# 古　松

老去蒼龍【一】性不羈，山深歲久益神奇。拏雲飛起鱗皆動，沛澤歸來鬣盡垂。萬壑波濤騰變化，一天風雨作之而【二】。莫言材大難爲用，留與群芳百世師。

◎ **注釋**

【一】蒼龍：傳説中的青龍，民間認爲是祥瑞之物。《楚辭·九辯》："左朱雀之茇茇兮，右蒼龍之躍躍。"此處比喻古松。

【二】之而：鬚毛。《周禮·考工記·梓人》："深其爪，出其目，作其鱗之而。" 戴震補注："頰側上出者曰之，下垂者曰而，鬚鬣屬也。"王引之《經義述聞·周官下》："而，頰毛也；之，猶與也。作其鱗之而，謂起其鱗與頰毛也……然則之爲語詞，非實義所在矣"。與戴説不同。後人詩文中多用以形容鬚毛狀的東西或指雕刻的鳥、獸、龍等的鬚毛耆鬣。

## 喜雨

今朝忽破老龍慳，飛旆來驅旱魃頑。風勢颼颼生北岸，雷聲殷殷下南山。黑雲天際堆魚甲，白雨階前打豹斑。一陣淋漓膏澤【一】遍，青山濃滴水潺湲【二】。

◎ **注釋**

【一】膏澤：滋潤作物的雨水。三國魏曹植《贈徐幹》詩："良田無晚歲，膏澤多豐年。"

【二】潺湲（chányuán）：水慢慢流動的樣子。《楚辭·九歌·湘夫人》："慌忽兮遠望，觀流水兮潺湲。"

## 村中請新酒

七月家家請酒漿，間【一】人無事盡奔忙。剛逢西舍來牽袂，又被東鄰去舉觴。野老懵憧【二】忘歲月，村氓妄誕[一]説洪荒①。不嫌晝夜連連卜，同享豐年化日【三】長。

### ◎ 校勘記

[一]誕：民族社本作“言”，今據原本改。

### ◎ 原注

①“村氓”句：談洪水滔天事，殊誕。

### ◎ 注釋

【一】間：通“閑”，空閑。《左傳・昭公五年》：“范獻子曰：‘不可……請歸之，間而以師討焉’”。

【二】懵懂（měngchōng）：糊塗。元湯式《湘妃引・和陸進之韻》曲：“得峥嶸我怎不峥嶸？佯懵懂咱非真懵懂，要知重人越不知重。”

【三】化日：太陽光，亦借指白晝。《宋史・樂志》：“化日初長，時當暮春。蠶事方興，惟后惟嬪。”

## 五言絶句 29 首

## 題許鶴沙【一】《滇遊紀程》

萬里盡天頭【二】，先生此壯遊。車塵經過處，草木亦風流。

### ◎ 注釋

【一】許鶴沙（1627—？）：名纘曾，字孝修，號鶴沙，江蘇華亭人，清順治五年（1648）戊子舉人，六年（1649）己丑進士，官至雲南按察使。纘曾工詩，著有《寶綸堂集》五卷，《滇行紀程》（詩題中誤爲《滇遊紀程》）一卷，《東還紀程》一卷，均見四庫全書總目并傳於世。

【二】天頭：此謂天的盡頭，極言其遠。

## 畫　角【一】

古塞秋風早，邊城夜氣深。英雄無限淚，都作老龍吟【二】。

◎ 注釋

【一】畫角：古管樂器。傳自西羌，形如竹筒，本細末大，以竹木或皮革等製成，因表面有彩繪，故稱。發聲哀厲高亢，古時軍中多用以警昏曉，振士氣，肅軍容。帝王出巡，亦用以報警戒嚴。南朝梁簡文帝《折楊柳》詩：“城高短簫發，林空畫角悲。”唐陳子昂《和陸明府贈將軍重出塞》：“晚風吹畫角，春色耀飛旌。”

【二】老龍吟：古曲《滄海龍吟》。此曲又名《蒼江夜雨》，傳爲諸葛亮作。現存譜本中，最早見於明末的《伯牙心法琴譜》。樂曲描繪了水天一色、雲霧迷漫、波濤洶涌的雨夜景色。《五知齋琴譜》說它以“清冷和緩之調，寓飄忽動盪之勢”，“其音有似於龍吟”，大有蒼龍出雲入海、飛潛莫測之意境。古來形容琴音的美妙有“琴能動蒼海老龍之吟”的說法，可能是此曲命名的由來。

## 秋　夜

月落群山暗，雲來萬壑深。秋寒更漏【一】永，魂斷擣衣砧【二】。

◎ 注釋

【一】更漏：夜晚的時間。古代用滴漏計時，夜間憑漏刻傳更，故稱。唐李肇《唐國史補》卷中：“惠遠以山中不知更漏，乃取銅葉製器，狀如蓮花，置盆水之上，底孔漏水，半之則沉，每晝夜十二沉，爲行道之節，雖冬夏短長，雲陰月黑，亦無差也。”唐戎昱《長安秋夕》詩：“八月更漏長，愁人起常早。”

【二】擣衣砧：木質，形狀爲棒球棒狀，長約 30～35 公分不等，多爲楊樹木，用於洗衣。擣衣，把衣服中的水分及汙物敲打出。

## 採藥僧

大地無非【一】藥，殺人亦活人。老僧能解用【二】，萬病悉回春。

### ◎ 注釋

【一】無非：無一不是。《史記·燕召公世家》："今王言屬國於子之，而吏無非太子者，是名屬子之，而實太子用事也。"

【二】解用：中醫通過藥物間相生相剋的關係進行組合，調節藥物的功能，達到治病的功效。用，功用、功能。唐韓愈《原毀》："彼雖善事，其用不足稱也。"

## 野　廟

夜靜蝙蝠飛，月色清如許。野寺寂無人，風鈴【一】自相語。

### ◎ 注釋

【一】風鈴：殿閣塔檐的懸鈴，風吹發出響聲，故稱。唐元稹《神麴酒》詩："遥城傳漏箭，鄉寺響風鈴。"

## 落　花

花事【一】已去了，飄零滿莎草【二】。叮囑主人翁，珍重莫輕掃。

### ◎ 注釋

【一】花事：關於花的情事。春季百花盛開，故多指游春看花等事。宋楊萬里《買菊》詩："如今小寓咸陽市，有口何曾問花事。"

【二】莎草：多年生草本植物，多生於潮濕地區或河邊沙地。莖直立，三棱形。葉細長，深緑色，質硬有光澤。夏季開穗狀小花，赤褐色。地下有細長的匍匐莖，并有褐色膨大塊莖。塊莖稱"香附子"，可供藥用。唐李白《憶舊遊寄譙郡元參軍》詩："浮舟弄水簫鼓鳴，微波龍鱗莎草緑。"

## ‖ 聞　鐘 ‖

孤月照長空，夜氣清如水。忽生隔塢[一]鐘，飄落寒烟裏。

◎ 注釋

【一】塢（wù）：地勢周圍高而中央低的地方。這裏指山塢。羊士諤《山閣聞笛》：“臨風玉管吹參差，山塢春深日又遲。”

## ‖ 鷄　鳴 ‖

睡醒五更頭，虚靈[一]心不動。忽聽一聲鷄，驚破平生夢。

◎ 注釋

【一】虚靈：空靈。宋張世南《遊宦紀聞》卷九：“心之虚靈，無有限量。如六合之外，思之則至，前乎千百世之已往，後乎千萬世之未來，皆在目前。”

## ‖ 以啞窩① ‖

崖遮半壁天，天漏[一]終年雨。山鬼[二]晝欺人，空中聞笑語。

◎ 原注

①夷地名，在發戞。

◎ 注釋

【一】天漏：雨量過多。唐杜甫《九日寄岑參》詩：“安得誅雲師，疇能補天漏。”

【二】山鬼：泛指山中鬼魅。唐杜甫《奉酬薛十二丈判官見贈》詩：“卧病識山鬼，爲農知地形。”

## 撻龍洞[①]

神龍一向眠，激之使怒起。霹靂【一】震九天【二】，滂沱雨不止。

◎ **原注**

①每大旱，土人祀以少牢，長竿縛羊頭納洞中，覺有物與抵觸，拔竿疾走，大雨立至。

◎ **注釋**

【一】霹靂：響雷，震雷。唐韓愈《送高閑上人序》：“日月列星，風雨水火，雷霆霹靂。”

【二】九天：天的最高處，形容極高。傳説古代天有九重。也作“九重天”“九霄”。

## 寄　衣

持剪欲裁衣，剪聲和淚落。珍重【一】親手縫，寄郎身上著。

◎ **注釋**

【一】珍重：鄭重，慎重。宋劉正翚《兼道携古墨來感之爲作此詩》：“錦囊珍重出玄圭，雙虬刻作蜿蜒態。”

## 園中二首

嬌鳥啼呼客，文魚【一】出聽詩。間將一斗酒，坐向好花枝。

花香濃似酒，風氣暖於綿。未飲心先醉，風來我欲眠。

◎ **注釋**

【一】文魚：有斑彩的魚，金魚。《山海經・中山經》："荆山之首曰景山……雎水山焉，東南流注於江，其中多丹粟，多文魚"。郭璞注："有斑采也。"

## 詠物三首

### 傀　儡【一】

抬向當場去，鬚眉竟儼然【二】。衣冠雖覺好，其奈【三】聽人牽。

### 假　面

面目登時【四】變，猙獰氣概殊。未曾能駭鬼，可自厚顔無【五】。

### 爆　竹

小小幺麽物【六】，猶來最熱中【七】。拼命一聲響，轉眼便成空。

◎ **注釋**

【一】傀儡：木偶戲裏的木偶。亦喻不能自主、受人操縱的人或組織。唐吴兢《貞觀政要・慎所好》："貞觀七年，工部尚書段綸進巧人楊思齊至，太宗令試，綸遣造傀儡戲具。"

【二】儼然：齊整有序的樣子。晋陶潛《桃花源記》："土地平曠，屋舍儼然。"

【三】其奈：亦作"其那"，怎奈、無奈。唐劉禹錫《遥和韓睦州元相公二君子》詩："其奈無成空老去，每臨明鏡若爲情？"

【四】登時：立即，立刻。晉葛洪《抱朴子·釋滯》：“又中惡急疾，但吞三九之炁，亦登時差也。”

【五】厚顔無：“厚顔無耻”的省略，指人臉皮厚、不知羞耻。

【六】么麽：見《楊鬍子》注釋【三】。

【七】熱中：原謂内心躁急，後多指急切追逐名利權勢。《孟子·萬章上》：“仕則慕君，不得於君則熱中。”朱熹集注：“熱中，躁急心熱也。”

## 李少青作《時園八景》同賦八首

### 林花繡春

桃李如名士，瓊林【一】第一品。春風得意歸，園林被晝錦。【二】

### 嶺樹妍秋

天心【三】重晚節，著意麗秋容。譬如齒德【四】人，重重紫誥【五】封。

### 新緑摇波

萬緑嬌新雨，收入一泓水。新造嫩乾坤，晃蕩玉壺裏。【六】

### 艷紅媚雪

梅雪湊成春，紅情抱素節【七】。嫣然鶴氅仙【八】，欲把天心説。

## 疏廊伫月

明月出俳徊，寒光穆穆【九】度。更闌【一〇】人不知，香透一身露。

## 層樓攬山

入園不見山，令人色不喜。登樓手一招，群峰争躍起。

## 虯藤走壁

題壁王右軍，醉草枯藤格。【一一】通神【一二】跳飛龍，捉摸不可得。

## 皺石皴雲

石濕生雲寒，雲寒皴【一三】石皺。醉來抱石眠，寒雲出衣袖。

◎ 注釋

【一】瓊林：宋皇家苑名。宋乾德二年（964）置，在汴京（今河南省開封市）城西。徽宗政和二年（1112）前，於此宴新及第的進士，後多用以指考中進士。《瓊林曲》：“幾隊霓裳行簇簇，瓊林苑裏春波緑。”

【二】“春風”二句：極寫林花迎春而放之盛景。被，覆蓋。晝錦，本爲“衣錦晝行”的省語，此處指秀麗景色如錦緞般漂亮。錦，有彩色花紋的絲織品。

【三】天心：天意。《書·咸有一德》：“克享天心，受天明命。”

【四】齒德：年高德劭。明瞿佑《歸田詩話·鍾馗圖》：“予視先生猶大父行，而先生不以齒德自居。”

【五】紫誥：詔書。古時詔書盛以錦囊，以紫泥封口，上面蓋印，故稱。唐杜甫《贈翰林張四學士垍》詩：“紫誥仍兼綰，黄麻似六經。”

【六】“新造”二句：意爲初春山色天光，倒映在時園小池之中，如同在玉壺中摇晃一般。乾坤，天地。

【七】素節：清白的操守。唐喬知之《羸駿篇》：“丹心素節本無求，長鳴向君君不留。”

【八】鶴氅（chǎng）仙：穿著羽裘的仙人。鶴氅，鳥羽製成的裘，用作外套。南朝宋劉義慶《世説新語・企羡》：“孟昶未達時，家在京口，嘗見王恭乘高輿，被鶴氅裘。”

【九】穆穆：寧静，静默。唐胡宿《天街曉望》詩：“金波穆穆沙堤月，玉樹琤琤上苑風。”

【一〇】更闌：更深夜殘。唐方干《元日》詩：“晨鷄兩遍報更闌，刁斗無聲曉露乾。”

【一一】“題壁”二句：意爲牆壁上盤旋交錯的虯藤，似王羲之酒醉後寫下的草書。王右軍，即王羲之，字逸少，東晋時期著名書法家，有“書聖”之稱。醉草，草書。

【一二】通神：此處比喻虬藤如王右軍書法那樣遒勁瘦硬，通於神靈。唐杜甫《李潮八分小篆歌》：“苦縣光和尚骨立，書貴瘦硬方通神。”

【一三】皴（cūn）：打皺，皺縮。此處比喻怪石如皮膚因受凍或受風吹而乾裂褶皺。

## 破　壁

小隙漏星疏【一】，大隙嵌天碧。錯落大小珠，篩光透明月。

◎ 注釋

【一】星疏：稀疏的星星。

## 偶抄陸、楊二家詩題卷

借問宋陸楊[一]，兩人孰賢否？要知此二君，皆爲朱子友。[二]

◎ 注釋

【一】陸楊：宋代詩人陸游與楊萬里。此處暗指本地陸、楊二家皆爲名門之後。

【二】“要知”二句：謂陸游與楊萬里都是朱熹的好朋友。朱子，後人對朱熹的尊稱。南宋歷史上，朱熹、楊萬里、陸游都是著名理學家、詩人。朱熹的理學造詣更高，掩蓋了他的詩名，楊萬里、陸游的詩名則掩蓋了他們在理學方面的影響。他們憑藉對生活的豐富體驗和高度的理學思想修養，寫下了許多“有理趣而無理障”（劉熙載《藝概》）的代表詩作。由於思想和詩歌有共通性的一面，故而余昭在詩中稱陸、楊爲朱的朋友。

## 漁家三首

習習清風生，鱗鱗細浪起。忽聽一聲篙，撑出蘆花裏。

浪蹴如湯沸，波明似汞[一]溶。孤舟艤[二]古岸，霜樹夕陽濃。

漁翁慣打魚，漁婆慣釀酒。魚肥酒味醇，上岸邀鄰叟。

◎ 注釋

【一】汞：一種金屬元素，通常是銀白色液體，俗稱“水銀”。

【二】艤（yǐ）：使船靠岸。

## 今體七言絶句 97 首

### 漁二首[一]

水鄉風味不須歸，獨理絲綸[一]坐釣磯[二]。夜静月明光萬頃，浪花雲影滿蓑衣。

東下長江月色寒，古今淘盡水波瀾。周郎[三]霸業蘇髯[四]賦，輸與漁翁一釣竿。

◎ **校勘記**

［一］余家駒有同題《漁》《樵》《耕》《牧》各二首，因體式相同，今彙集一處。下同。

◎ **注釋**

【一】絲綸：釣絲。唐無名氏《漁父》詞："料理絲綸欲放船，江頭明月向人圓。"

【二】釣磯：釣魚時坐的岩石。北周明帝《貽韋居士詩》："坐石窺仙洞，乘槎下釣磯。"

【三】周郎：三國吴將周瑜。因其年少，故稱。《三國志・吴志・周瑜傳》："瑜時年二十四，吴中皆呼爲周郎 。"

【四】蘇髯：蘇東坡。乾隆詩："風流蘇髯仙，遥年此繫艇，遺跡至今傳，以人不以境"。

### 樵二首

等閑[一]誤入洞中天，砍得靈根[二]荷兩肩。一曲清歌摇曳去，通身繚繞盡雲烟。

崎嶇一徑入烟蘿[一]【三】，摇曳餘音嶺外歌。落葉紛紛人不見，深山幽谷白雲多。

◎ **校勘記**

[一]蘿：民族社本誤爲“夢”，今據文義改。

◎ **注釋**

【一】等閑：無端，平白。唐劉禹錫《竹枝詞》：“長恨人心不如水，等閑平地起波瀾。”

【二】靈根：植物根苗的美稱。唐柳宗元《種术》詩：“戒徒斵靈根，封植閟天和。”

【三】烟蘿：草樹茂密，烟聚蘿纏，謂之“烟蘿”。唐李端《寄廬山真上人》詩：“更説謝公南座好，烟蘿到地幾重陰。”

## 耕二首

乾坤堯舜歲羲黄，雨若暘時【一】日月長。漠漠緑雲連大野，風來萬頃稻花香。

子規【二】啼破萬山烟，人在東阡又北阡。正是一年農事急，微風細雨插秧天。

◎ **注釋**

【一】雨若暘（yáng）時：即“雨暘時若”。語本《書·洪範》：“曰肅，時雨若；曰乂，時暘若。”後用“雨暘時若”謂晴雨適時，氣候調和。元馬致遠《薦福碑》第二折：“雨暘時若在仁君，鼎鼐調和有大臣。”

【二】子規：杜鵑鳥的别名。傳説爲蜀杜宇的魂魄所化。常夜鳴，聲音凄切，故藉以抒悲苦哀怨之情。唐杜甫《子規》詩：“兩邊山木合，終日子規啼。”

## 牧二首

早起揮肱牧野來，朝暾[一]燦爛彩雲堆。騎牛直入深山去，紫氣紅光拂面開。

從無世事到心頭，早放青山向晚收。若遇齊桓休扣角，[二]怕將相位辱吾牛。

### ◎ 注釋

【一】朝暾（tūn）：初升的太陽，亦指早晨的陽光。《隋書・音樂志下》："扶木上朝暾，嵫山沉暮景。"

【二】"若遇"句：春秋時期，寒士寧戚很想謁見齊桓公求官職。一天，齊桓公出城迎客，寧戚故意在車下喂牛，并敲擊牛角唱歌，齊桓公聽到後稱贊他爲"非常人"，遂拜其爲上卿。後來寧戚爲齊桓公成就霸業作出了很大的貢獻。見《吕氏春秋・舉難》《晏子春秋・問下二》，漢劉向《説苑・尊賢》亦載此事。後以"牛角之歌""牛下歌"爲窮士自求之典。這裏反用其意。

## 客有遊安南[一]者賦贈二首

行遍中華自等閒，安南猶是海中間。壯遊好盡天窮處，遠過鴉飛不到山。

富良江[二]水浪溶溶，路入壟城山萬重。聞説欽州古洞上，猶存銅柱鎮蠻封。[三]

### ◎ 注釋

【一】安南：越南古稱。

【二】富良江：今越南紅河。北宋熙寧九年（1076），宋軍曾於此擊敗交趾軍。

【三】“猶存”句：東漢光武帝建武十六年（40）二月，交趾地區（時屬中國版圖，位於今越南北部）爆發了徵側、徵貳姐妹領導的“二徵起義”，得到交趾、九真、日南、合浦等郡越人、俚人的響應，并一度擊敗漢軍，奪取 65 座城池。後東漢朝廷派馬援率軍鎮壓了這次起義。戰事結束後，馬援在交趾立銅柱爲漢之極南界，其柱銘文曰：“銅柱折，交趾滅。”見《後漢書·馬援傳》“嶠南悉平”條李賢注引晋顧微《廣州記》。後因以“馬援銅柱”“馬援柱”“馬柱”爲典。

## 梅

滿樹寒香徹骨清，連宵相對到天明。孤蹤不是學和靖，【一】我與梅花一命生。

◎ **注釋**

【一】“孤蹤”句：孤蹤，孤獨的蹤跡、前人遺跡。明王世貞《鳴鳳記·林遇夏舟》：“黄沙邊地，孤蹤久淹滯，霜徑秋容老。”明屠隆《綵毫記·汾陽報恩》：“寂寞遥天戰玉龍，板扉人不到，掩寒松。路迷樵徑斷孤蹤，修竹裏，一縷炊烟濃。”此處有孤芳自賞之意。和靖，即林逋（967—1024），字君復，北宋杭州孤山人，著名詞人，有《林和靖先生詩集》。因其終生不娶，膝下無子，遂以梅花爲妻鶴爲子，故而有“梅妻鶴子”的雅號。

## 賞牡丹

春日獨步占繁華，臺閣文章是大家。【一】領取東皇【二】真富貴，金樽玉盞對名花。

◎ **注釋**

【一】“臺閣”句：意爲吟賞牡丹的多爲達官貴人。臺閣文章，指明代初期臺閣體詩歌。代表作者楊榮、楊溥、楊士奇均爲當時臺閣重臣，其詩影響很大很久，故名。

【二】東皇：司春之神。唐戴叔倫《暮春感懷》詩：“東皇去後韶華在，老圃寒香別有秋。”

## 燒燭賞牡丹

夜遊秉燭照花開，燭影紅搖百寶臺。絶似五更金殿上，庭燎[一]光映聖人來。

◎ **注釋**

【一】庭燎：古代庭中照明的火炬。《詩・小雅・庭燎》：“夜如何其，夜未央，庭燎之光。”

## 白牡丹

十分雅淡十分妍，占盡春光二月天。似此風流兼有福，花中富貴亦神仙。

## 紅　梅

庶物[一]蠢然在夢中，開荒[二]先覺破春風。乾坤閉塞[一]無顔色，首出群芳一朵紅。

◎ **校勘記**

[一]塞：民族社本誤爲“盡”，今據原本改。

◎ **注釋**

【一】庶物：衆物，萬物。《易・乾》：“保合大和，乃利貞。首出庶物，萬國咸寧。”

【二】開荒：猶言最早出現，如開墾荒地。梅花早春開放，故名。

## 照水梅【一】

浣紗西子媚含颦，無語低頭脈脈春。好把冰心和玉骨，照來水月【二】見精神。

◎ **注釋**

【一】照水梅：梅花品種之一。樹體高大，枝繁葉茂，花型優雅，果實可食用。

【二】水月：水中月影，常形容明净。唐太宗《大唐三藏聖教序》：“松風水月，未足比其清華；仙露明珠，詎能方其朗潤！”

## 白桃花

仙子飛瓊【一】喜淡粧，瑶池【二】一宴幾滄桑。蟠桃經過三千歲，開得花來滿鬢霜。【三】

◎ **注釋**

【一】飛瓊：許飛瓊，傳説中的仙女，是西王母身邊的侍女。後泛指仙女。《漢武帝内傳》：“王母乃命諸侍女……許飛瓊鼓震靈之簧”。唐顧況《梁廣畫花歌》：“王母欲過劉徹家，飛瓊夜入雲輧車。”

【二】瑶池：古代傳説中昆侖山上的池名，西王母所居處。《史記・大宛列傳論》："崑崙其高二千五百餘里，日月所相避隱爲光明也。其上有醴泉、瑶池。"

【三】"蟠桃"二句：相傳每年三月三日爲西王母誕辰，以蟠桃爲主食宴請衆仙，衆仙前來祝壽，稱爲蟠桃會。傳説蟠桃三千年開花，三千年結果，三千年成熟。髩（bìn）霜：形容鬢髮斑白如霜。髩，古同"鬢"。清查慎行《秋感》詩："幾見白頭翁，髩霜復如漆。"

## 杏 花

得意春風出色姿，恰逢新點狀元時。【一】長揚奏罷閑相對，第一人才第一枝。【二】

◎ 注釋

【一】"得意"二句：以初放的杏花爲喻，寫被皇帝新點狀元的春風得意。

【二】"長揚"二句：寫皇帝殿試，欽點三甲，狀元脱穎而出，猶如杏花中的佼佼者。"第一人才"當指狀元。長揚，通常作"長楊"，秦漢時期長楊宫的省稱（此處假借爲殿試之處）。漢代四大賦家之一的揚雄曾作《長楊賦》，影響甚廣。

## 木筆花【一】

開成錦繡占春華，天上書仙自一家。絶妙淩雲大手筆，毫端【二】彩色燦生花。

◎ 注釋

【一】木筆花：辛夷花。其花未開時，苞有毛，尖長如筆，因以名之。唐白居易《營閑事》詩："暖變牆衣色，晴催木筆花。"

【二】毫端：猶言筆底、筆下。宋王安石《贈李士雲》詩："毫端出窈窕，心手初不著。"

## 月季花

深紅嫣紫歷四時，新花開續舊花枝。原渠滿腹皆春意，[一]人世炎凉總不知。

◎ **注釋**

**【一】**“原渠”句：意爲原以爲她（他）滿腹都是春意。渠，方言，指他、她、他們。《玉臺新詠·古詩爲焦仲卿妻作》：“渠會永無緣。”

## 荷　花

南塘露墜浪浮香，花氣空濛夜氣凉。明月曉風嬌欲語，伊人宛在水中央。[一]

◎ **注釋**

**【一】**“伊人”句：化用《詩經·蒹葭》首章句意：“蒹葭蒼蒼，白露爲霜。所謂伊人，在水一方。溯洄從之，道阻且長。溯游從之，宛在水中央。”

## 救軍糧①

曾濟當年庚癸呼[一]，秋風丹老幾千株。空山莫道貧如磬，萬斛[二]陳紅[三]萬斛珠。

◎ **原注**

①《鎮雄志》：“一名貧婆果。”《香蘇山館詩鈔》：“一名小珊瑚。”相傳昔軍士無糧，食此以濟。

◎ **注釋**

【一】庚癸呼：古代軍中隱語，謂告貸糧食。典出《左傳·哀公十三年》："吳申叔儀乞糧於公孫有山氏……對曰：'粱則無矣，麤則有之。若登首山以呼，曰"庚癸乎"，則諾'"。杜預注："軍中不得出糧，故爲私隱。庚，西方，主穀；癸，北方，主水。"後稱向人告貸爲"庚癸之呼"，又稱同意告貸爲"庚癸諾"。唐柳宗元《安南都護張公志》："儲偫委積，師旅無庚癸之呼。"

【二】萬斛：極言容量之多。古代以十斗爲一斛，南宋末年改爲五斗。唐杜甫《夔州歌》之七："蜀麻吳鹽自古通，萬斛之舟行若風。"

【三】陳紅：《漢書·賈捐之傳》："太倉之粟紅腐而不可食。"顏師古注："粟久腐壞，則色紅赤也。"後因以"陳紅"指陳年的穀類。宋程俱《和翁秘監彥深喜》："即看新綠歸千畝，還見陳紅積九年。"

## 海　棠[一]

《金城記》："黎舉嘗欲以梅花聘海棠，但恨不同時耳。"吾鄉氣候，海棠開時，晚梅猶芳，喜其同時，并植亭前，以補黎氏之恨云。

《金城記》裏意中緣，此日重爲補恨天【一】。命婦【二】狀元成兩美，一家眷屬是神仙。

◎ **校勘記**

[一]原本以詩序爲標題，民族社本改爲原注，另改標題爲《海棠》，今標題從民族社本。

◎ **注釋**

【一】補恨天：明清世情小説中稱癡男怨女消解愛恨情仇的地方。清秦子忱《續紅樓夢》第三十回《警幻女增修補恨天 悼紅軒總結紅樓夢》："抬頭看時，只見匾上大書著'補恨天'三個大字。寶玉見了喜的拍手笑道：林妹妹你看，'離恨天'竟改成'補恨天'了。"

【二】命婦：封建時代受封號的婦人。宫廷中的妃嬪等稱爲内命婦，宫廷外，臣下之母妻稱爲外命婦。《禮記·禮器》："卿大夫從君，命婦從夫人。" 這裏以"命婦""狀元"喻"梅花""海棠"。

## 紫　薇①

名字星垣【一】是一家，紫荆誤唤老僧差。年來休道無皮過，草詔絲綸閣下花。【二】

### ◎ 原注

①題注：紫薇，人多誤呼紫荆。按《群芳譜》："紫薇無皮，一名百日紅，一名怕癢花，六七月開。紫荆有皮，一名滿條紅，二月開。"《老學庵筆記》載，有僧行持詩云："大樹大皮裹，小樹小皮纏。庭前紫荆樹，無皮也過年"是誤認，以薇爲荆，宋時已然矣。

### ◎ 注釋

【一】星垣：我國古天文學的星空分區，指太微垣、紫微垣和天市垣三垣。唐王勃《晚秋遊武擔山寺序》："引星垣於邏嶂，下布金沙；棲日觀於長崖，傍臨石鏡。"

【二】"草詔"句：化用白居易詩《直中書省》："絲綸閣下文章静，鐘鼓樓中刻漏長。獨坐黄昏誰是伴，紫薇花對紫薇郎。"草詔，擬寫詔書。絲綸閣，指替皇帝撰擬詔書的閣樓。紫薇郎，唐代官名，紫薇侍郎的簡稱，即中書侍郎。

## 自題畫蘭二首

平生臭味【一】是蘭花，淡墨描成幾撇斜。解識個中心契【二】處，《離騷》佳句正而葩【三】。

無多筆墨惹春風，落落疏疏露一叢。恰似美人遺世立，深山幽谷自空空。

◎ 注釋

【一】臭味：氣味，比喻志趣。漢蔡邕《玄文先生李休碑》：“凡其親昭朋徒，臭味相與，大會而葬之。”

【二】心契：志同道合。宋張滋《送趙季言知撫州》詩：“同寅心契每難忘，林野投閒話最長。”《宋史・劉清之傳》：“吕伯恭張栻皆神交心契。”

【三】正而葩：義理端正，辭采華艷。

## 鷺

棲烟宿霧水爲家，白石清流步淺沙。最愛風標【一】雪客【二】好，一生消受碧蓮花。

◎ 注釋

【一】風標：風度，品格。白居易《題王處士郊居》詩：“寒松縱老風標在，野鶴雖飢飲啄閑。”

【二】雪客：鷺鷥的代稱。宋郭若虚《圖畫見聞志・五客圖》：“鷺鷥曰雪客。”

## 舟中聞鳥

不如歸去【一】一聲春，驚醒離鄉久別人。何事牽連歸未得，滿蓬風雨泊沙濱。

◎ 注釋

【一】不如歸去：杜鵑鳥的叫聲很像“不如歸去”。舊時常用以作思歸或催人歸去之辭；也表示消極求退。宋梅堯臣《杜鵑》詩：“不如歸去語，亦自古來傳。”

## 漁舟思酒不得

一天秋景在漁舠[一]，獨坐臨風詠楚騷[二]。安得長江化作酒，我爲巨鼇納波濤。

◎ **注釋**

【一】漁舠：一種刀形的小漁船。唐陸龜蒙《秋賦有期因寄襲美》詩："烟霞鹿弁聊懸著，鄰里漁舠暫解還。"

【二】楚騷：本指戰國楚屈原所作《離騷》，後泛指楚辭。清沈德潛《古詩源序》："茲復溯隋陳而上，極乎黄軒，凡'三百篇'、楚騷而外，自郊廟樂章訖童謡里諺，無不備采。"

## 客舍聞鐘二首

旅館蕭條近梵宫[一]，月明露冷動微風。鐘聲吹落遊人耳，驚起淒然百感中。

文字難消未了緣，詩成又是落花天。一心擔盡人間恨，惆悵蹉跎已廿年。

◎ **注釋**

【一】梵宫：原指梵天的宫殿，後多指佛寺。唐王勃《梓州郪縣兜率寺浮圖碑》："梵宫霞積，香閣星浮。"

## 月二首

人生幾見月當頭，[一]明月一年幾度秋。應有離人遠相憶，倚欄對月不勝愁。

不知明月出山頭，先照誰家近水樓。雲路空馳無限想，夢隨清影落汀洲[二]。

◎ 注釋

【一】“人生”句：意爲一年當中能看到多少次明月掛在高空，即指人生苦短。何良俊《四友齋叢説》：“明福王楹帖：上聯，萬事不如杯在手；下聯，一年幾見月當頭。”

【二】汀洲：水中小洲。《楚辭・九歌・湘夫人》：“搴汀洲兮杜若，將以遺兮遠者。”

## 宋玉言風有雌雄[一]，戲作貧富二風二首

冷突[二]烟寒夜未炊，茅檐積雪壓難支。朔風大是無良[三]物，專向貧家破壁吹。

春到十分花滿枝，樓臺生暖日遲遲[四]。東風也解憐紅艷，故意悠揚不忍吹。[五]

◎ 注釋

【一】宋玉言風有雌雄：語出宋玉《風賦》，宋玉對曰：“故其風中人狀，直憯悽惏栗，清涼增欷。清清泠泠，愈病析酲，發明耳目，寧體便人。此所謂大王之雄風也。”“故其風中人狀，直憞溷鬱邑，毆温致濕，中心慘怛，生病造熱。中脣爲胗，得目爲篾，啗齰嗽獲，死生不卒。此所謂庶人之雌風也。”作者生動、形象、逼真地描述了“雄風”與“雌風”的截然不同，反映了帝王與貧民生活的天壤之别。前者驕奢淫逸，後者凄慘悲涼。賦作寓諷刺於描述之中，意在言外。

【二】冷突：不生火的烟囪。明楊慎《普市》詩：“倦客落日投主人，冷突無烟炊濕薪。”

【三】無良：不善，不好。《書・泰誓下》："受克予，非朕文考有罪，惟予小子無良。"

【四】遲遲：陽光温暖、光綫充足的樣子。《詩・豳風・七月》："春日遲遲，采蘩祁祁。"朱熹集傳："遲遲，日長而暄也。"

【五】"東風"二句：言春風惜花，不忍勁吹，悠揚而善解人意。

## 女　寵[一]

牝鷄自古忌司晨，[二]褒妲[三]何嘗异賈陳①[四]。但是女戎[五]都禍國，傾城不必定佳人。

### ◎ 原注

①賈陳：晋賈后閶、陳金鳳皆陋。

### ◎ 注釋

【一】女寵：帝王寵愛的女子。《漢書・杜周傳》："惟陛下正后妾，抑女寵，防奢泰。"

【二】"牝鷄"句：母鷄代公鷄司晨，比喻婦人專權。牝，雌。司，掌管。語本《書・牧誓》："牝鷄無晨，牝鷄之晨，惟家之索。"孔傳："喻婦人知外事。雌代雄鳴則家盡，婦奪夫政則國亡。"

【三】褒妲：褒姒、妲己的并稱。唐白居易《古塚狐》詩："何况褒妲之色善蠱惑，能喪人家覆人國。"

【四】賈陳：賈，指晋賈南風，當皇后後廢弑楊太后，荒淫放恣，與太醫令程據等亂。陳，指閩惠宗王延鈞皇后獨攬朝政，廣納男寵。二人皆因亂政而留下惡名。

【五】女戎：猶女禍。《國語・晋語一》："史蘇告大夫曰：'有男戎必有女戎。'"韋昭注："戎，兵也。女兵，言其禍由姬也。"《國語・晋語一》："亂必自女戎。"《新唐書・長孫無忌等傳贊》："天以女戎間唐而興，雖義士仁人抗之以死，决不可支。"

## 烟柳水心樓二首

烟柳深樓[一]五月寒，浪花雲影護欄杆。疏欞四面皆空洞，留把鬚眉照水看。

清風五柳【一】自高孤，人是冰心在玉壺。【二】一色澄鮮【三】空徹底，天光如水水如無。

◎ **校勘記**

[一]樓：民族社本爲“柳”，今據原本改。

◎ **注釋**

【一】五柳：“五柳先生”之省稱，晉陶潛的别號，後亦泛指志趣高尚的隱士。唐雍陶《和孫明府懷舊山》詩：“五柳先生本在此，偶然爲客落人間。”

【二】“人是”句：冰在玉壺之中，比喻人的清廉正直。語出唐王昌齡《芙蓉樓送辛漸》：“寒雨連江夜入吴，平明送客楚山孤。洛陽親友如相問，一片冰心在玉壺。”

【三】澄鮮：清新。南朝宋謝靈運《登江中孤嶼》詩：“雲日相輝映，空水共澄鮮。”

## 鄉　村

紅桃緑柳醉春烟，寂寞鄉村别有天。最愛山家風味好，耕雲鋤雨自年年。

## 有　人

朝廷養士【一】費栽培，究竟誰爲濟世才【二】。見説海疆剛報警，有人謝病【三】賦歸【四】來。

◎ **注釋**

【一】養士：收羅、供養賢才。漢趙曄《吴越春秋·勾踐陰謀外傳》："幸蒙諸大夫之策，得返國修政，富民養士。"

【二】濟世才：能夠拯救時世、治理國家的人才。唐杜甫《待嚴大夫詩》："殊方又喜故人來，重鎮還須濟世才。"

【三】謝病：托病引退或謝絕賓客。《戰國策·秦策三》："應侯因謝病，請歸相印。"

【四】賦歸：《論語·公冶長》："子在陳曰：'歸與，歸與！'"後因以"賦歸"表示告歸，辭官歸里。

## 浣花夫人【一】

蛾眉山下美人兵，錦帳蛾眉保錦城。一自浣花傳勝事，至今錦水【二】尚風情。

◎ **注釋**

【一】浣花夫人：蜀郡成都（今四川成都市）人，姓任，喜弓馬，善騎射，後嫁崔旰。唐大曆二年（767），崔旰繼任劍南西川節度使。次年崔旰入朝奏事，留其弟崔寬鎮蜀。瀘州刺史楊子琳趁機攻打成都，崔旰夫人任氏英勇出戰，擊潰楊子琳，保全成都。朝廷加封崔旰爲冀國公，賜名崔寧，并封任氏爲冀國夫人。相傳她居住浣花溪時，爲一老僧深遠洗僧衣，當僧衣入水濯洗，水中立時呈現無數蓮花，五彩繽紛，此後人稱洗衣處爲"百花潭"，稱小河爲"浣衣溪"，稱任氏爲"浣花夫人"。

【二】錦水：錦江。唐杜甫《短歌行贈王郎司直》："西得諸侯棹錦水，欲向何門趿珠履。"

## 杜　宇①

每歲春殘漏五更，蜀魂夜夜斷腸鳴。不知當日緣何事，直到而今恨未平。

### ◎ 原注

①《寰宇記》：蜀帝杜宇時，蜀被水灾，帝不能治，荆人鱉靈死，屍逆流而上，至汶江復生。帝以爲相，治水除蜀灾。已而宇淫於鱉靈妻，讓國於靈，入於山中，化爲子規。蜀人每聞鳥啼，輒悲曰：我帝魂也。夫治水除灾賢者也，舉賢讓國賢君也。安有賢君而淫臣妻，賢臣而使妻淫於君者。淫而讓焉，胡至獨死深山？雖然屍能逆江，而生人竟入山化鳥？荒唐之甚。蓋好事所爲，存而不論可也。

## 昭　君[一]

世傳昭君琵琶出塞，有才不遇之士藉以發抒腷[二]臆，然據漢史陳湯斬郅支單于，呼韓邪單于震恐來朝，帝喜，賜以“後宫良家子”。是時胡方畏漢，漢非不得已也。昭君在胡，呼韓邪死，復爲其子雕陶莫皋妻。元始二年，王莽徵昭君女須卜居次，云入侍太后，是昭君未必有怨也。至云“琵琶乃石崇作《明君辭》【一】，謂昔漢公主嫁烏孫[三]，令琵琶馬上作樂，以慰其遠行之思，明妃之嫁亦應爾也”，是季倫想當然語，非實事也。

美女紅顔多薄命，賢才高調寡知音。只因一曲琵琶怨，惹得詩人哭到今。

### ◎ 校勘記

[一]原本以詩序爲標題，太長，民族社本改爲原注，并加標題《昭君》，今標題從民族社本。

[二]腷：民族社本誤爲“隔”，今據原本改。

[三]烏孫：民族社本誤爲“鳥孫”，今據原本改。

### ◎ 注釋

【一】《明君辭》：作者有若干人，如漢代章帝（《南齊書·樂志》），晋代富豪石崇，南朝梁簡文帝蕭綱，北朝文學家庾信，隋代詩人薛道衡等。這些作者從不同角度涉及了王昭君遠嫁匈奴的原因和景遇，且説法不一致。例如，石崇《明君辭》稱："父子見陵辱，對之慚且驚。殺身良不易，默默以苟生。"司馬光从正史的角度記載："竟寧元年春正月，匈奴呼韓邪單于來朝，自言願婿漢氏以自親。帝以後宫良家子王嬙字昭君賜單于。單于上書：'願保塞上谷以西至敦煌，傳之無窮。請罷邊備塞吏卒，以休天子人民。'"（《資治通鑒·漢記》）

## 吴三桂【一】二首

安阜園①荒剩夕暉，吴王小像松花衣。②當時一怒衝冠去，【二】贏得圓圓破璧[一]歸。③

千金費盡屬他人，辜負南昌自苦辛。八面觀音并四面，可憐到底爲誰春。④

### ◎ 校勘記

[一]璧：民族社本作"壁"，今據原本改。

### ◎ 原注

① 安阜園：三桂在滇築安阜園於西郊。

②"吴王"句：三桂自塑像於報恩寺，將巾錦邊，松花色衣。

③"贏得"句：李自成陷京師，三桂欲赴降，道遇家人，聞其父驤被執，笑曰："欲脅我耳。"復問："陳姬無恙否？"姬名沅，字圓圓，美而善歌，爲賊劉宗敏所掠。家人具以告。三桂大怒，揮衆還，乃乞降於我朝。

④"八面"二句：故明宗伯南昌李明睿，聲妓極一時之盛。八面觀音爲冠，四面觀音次之，爲三桂所得，與圓圓并寵。後賊亡，八面歸將軍蔡毓榮，四面歸將軍穆占。

### ◎ 注釋

【一】吴三桂（1612—1678），字長伯，一字月所，遼東人，祖籍江南高郵（今江蘇高郵市），明末清初將領，錦州總兵吴襄之子，以父蔭襲軍官。明崇禎時爲寧遠總兵，退守山海關，封平西伯，後封漢中王、濟王。1644 年降清，引清軍入關，封平西王，淪爲漢奸。1661 年，殺南明永曆帝。1673 年，發動三藩之亂。1678 年 3 月 23 日，吴三桂在衡州（今湖南衡陽市）稱帝，國號大周，建元昭武，改衡州爲"應天府"。

1678年病逝，其孫吴世璠繼皇帝位。

【二】“當時”句：清吴偉業《圓圓曲》：“慟哭六軍俱縞素，衝冠一怒爲紅顔。”

## 題獻賊坑儒事【一】二首

天狗【二】西來肆噬哮，殺人嫌少笑黄巢【三】。百年養士無人念，妄欲新朝【四】去拔茅【五】。

老子宫中殺豎儒【六】，如山筆硯血模糊。諸生當日操觚【七】下，可憶綱常【八】二字無。

### ◎ 注釋

【一】獻賊坑儒事：1644年張獻忠入川，9月成都淪陷，張獻忠稱帝，隨即在成都平原進行了四川有史以來最殘酷的大屠殺。他以科舉爲名，騙進士、舉人、貢生17000人於青羊宫中，盡數殺戮。《荒書》記載：“獻賊入城後先殺衛所指揮千、百户，後殺僧人、道士、匠作、醫士，皆令州縣解入成都。殺則投南門外大橋下。”

【二】天狗：見《秦良玉遺劍》注釋【一】。

【三】黄巢（835—884）：唐末曹州冤句人。祖上三代以販賣私鹽爲業，曾多次進京趕考，皆因當時科舉弊政名落孫山。後繼祖業成爲鹽幫首領，874年王仙芝起義，黄巢及兄弟子侄8人率衆3000回應。王仙芝死後餘部歸附黄巢。877年於亳州稱王，自號“衝天大將軍”，後因詐降受副節度使之職，不久又殺節度使而叛亂，轉戰江浙閔粤桂等省。因屠殺廣州20萬阿拉伯商人，得嶺南而聚斂大量財富。後破都城長安建國號“大齊”，年號“金統”。正史稱黄巢之亂。

【四】新朝：西漢之後出現的朝代，爲西漢外戚王莽所建立。公元8年12月，王莽廢西漢最後一位君主孺子嬰（劉嬰）爲安定公，改國號爲“新”（取自於其最初受封的新都侯）。又因爲新朝爲建興帝王莽所建，故世稱“新莽”，建都長安（今西安市），并更名爲“常安”。

【五】拔茅：“拔茅連茹”的省略，比喻互相推薦，用一個人連帶、引進許多人。《周易・泰》：“拔茅茹以其匯。”

【六】豎儒：對儒生的鄙稱。豎，同“竪”。《史記·酈生陸賈列傳》：“沛公罵曰：‘豎儒！夫天下同苦秦久矣，故諸侯相率而攻秦，何謂助秦攻諸侯乎？’”

【七】操觚（gū）：寫文章。《文選·陸機〈文賦〉》：“或操觚以率爾，或含毫而邈然。”李善注：“觚，木之方者，古人用之以書，猶今之簡也。”

【八】綱常：“三綱五常”的簡稱。封建時代以“君爲臣綱、父爲子綱、夫爲妻綱”爲“三綱”，以“仁、義、禮、智、信”爲“五常”。

## 七星關【一】

一帶長橋鎖碧流，蕭蕭明月荻蘆洲。漢家疆土今何在？古木夕陽祀武侯【二】。

### ◎ 注釋

【一】七星關：位於貴州省西北部，西與雲南省鎮雄縣交界，北與四川省古藺、叙永兩縣毗鄰。因七星關面對的七座山峰形如北斗七星，故名。亦傳因當年諸葛亮南征時經過這裏，面對滔滔江水和險要雄關，在這裏點七星燈拜祭而得名。

【二】武侯：諸葛亮（181—234），字孔明，號卧龍（也作伏龍），琅琊陽都人，三國時期蜀漢杰出的政治家、軍事家。官至丞相，在世時被封爲武鄉侯，死後追謚忠武侯。傳言南征時曾過七星關。

## 陸龍安宣慰【一】墓

千年爵土【二】五朝功，剩有殘碑蔓草中。百廿裔孫多富貴①，無人點酒灑西風。

### ◎ 原注

①“百廿”句：安氏四十八部、百二十禑裔、千一百一十奕續，子孫甚繁。

◎ **注釋**

【一】安宣慰：元末以來貴州宣慰史靄翠（明英宗賜其後裔“安”姓）家族。《明史》：（水西安氏）世有土於水西，宣慰使靄翠其裔也，後爲安氏。”

【二】爵土：官爵和封地。《新唐書・封常清傳贊》：“常清乃驅市人數萬以嬰賊鋒，一戰不勝，即奪爵土。”水西安氏自蜀漢時期起襲爵千餘年，故曰“千年爵士”。

## 西梁烟瘴二首[一]

相傳雲南邊外有地曰西梁，烟瘴亘古不開。謡云：“要得西梁開，除非道光來。”今上登極，烟瘴全消，地極肥饒，民貪其利，多弃本土遷之。

極邊烟瘴有西梁，萬載全無日月光。盤古開天力不到，至今猶未破洪荒【一】。

聞説開時待道光，聖人出世妖氛藏。太平處處皆豐樂【二】，何事貪心弃故鄉。

◎ **校勘記**

[一]原作以詩序爲題，民族社本將其改爲自注，并命題爲《西凉烟瘴》，今從之，且將自注改爲詩序。

◎ **注釋**

【一】洪荒：混沌、蒙昧的狀態。南朝陳徐陵《在北齊與楊僕射書》：“凡自洪荒，終乎幽厲。”

【二】豐樂：歲豐熟，民安樂，謂富饒安樂。《詩・大雅・旱麓》：“瞻彼旱麓，榛楛濟濟。”漢鄭玄箋：“喻周邦之民獨豐樂者，被其君德教。”

## 凉　山

凉山高近昆侖墟【一】，叠嶂層崖萬仞餘。亙古春風吹不到，千年積雪腐生蛆。

◎ 注釋

【一】昆侖墟：昆侖山的基部，亦指昆侖山。南朝宋顏延之《赭白馬賦》："覲王母於崑墟，要帝臺於宣岳。"

## 月亮山①

黔山遥望蜀山穿，明月一輪終古【一】懸。只有陰晴無晦缺【二】，嫦娥應羡爾長圓[一]。

◎ 校勘記

[一]圓：民族社本誤爲"園"，今據原本改。

◎ 原注

①在黔之畢節鎮西，每天氣晴明，遥望蜀叙永水腦穿山洞，狀如滿月。

◎ 注釋

【一】終古：自古以來。《楚辭・九章・哀郢》："去終古之所居兮，今逍遥而來東。"

【二】晦缺：農曆月終月亮不出現的天文現象。元劉清叟《醉月亭》詩："望圓晦缺秋復春，古時明月今時人。"

## 冬上鎮雄大關二首

匹馬衝寒關上頭，揮鞭遥指望雄州。烏通積雪凌空起①，突兀夏雲一朵浮。

此日人烟盡版圖，當年戢亂一忠孤②。我來已是升平世【一】，猶見雄關扼虎【二】區。

◎ 原注

①“烏通”句：近城諸山，惟烏通山最高。

② 一忠孤：禄安人。

◎ 注釋

【一】升平世：太平之世。

【二】扼虎：即“扼虎救親”，也作“扼虎救父”。《二十四孝》中的第十九則故事：“楊香，年十四，隨父豐往田中獲粟。父爲虎曳去。時香手無寸鐵，惟知有父，而不知有身。踴躍向前，持虎頸，虎磨牙而逝。父因得免於害。”

## 螞蟻硐①

混沌爲嫌儵[一]忽功，塞將靈竅返鴻濛。【一】丸泥隔斷仙凡界，劉阮【二】再來路不通。

◎ 校勘記

[一]儵：原本與民族社本皆誤爲“儦”，今改。

◎ 原注

①螞蟻硐：在法戛岔河高巖上，闊可數丈，幽深莫測。相傳其蟻大如豚，采硝者每入其中輒逢，不若而猶冒死以往，蟻自以泥封其洞，凡四十餘年而塞。余少時見其方封也。

◎ 注釋

【一】“混沌”二句：語出《莊子·應帝王》：“南海之帝爲儵（shū），北海之帝爲忽，中央之帝爲渾沌。儵與忽時相與遇於渾沌之地，渾沌待之甚善。儵與忽謀報渾沌之德，曰：‘人皆有七竅，以視、聽、食、息，此獨無有，嘗試鑿之。’日鑿一竅，七日而渾沌死。”此處喻蟻封洞不僅没有獲得功勞，反而回到了最初的狀態。鴻蒙，宇宙形成前的混沌狀態。

【二】劉阮：東漢劉晨和阮肇的并稱。相傳永平年間，劉、阮至天台山采藥迷路，遇二仙女，蹉跎半年始歸。時已入晋，子孫已過七代。後復入天台山尋訪，舊蹤渺然。（見南朝宋劉義慶《幽明録》）

## 過舊遊

風風雨雨滿江秋，過客重來憶舊遊。問訊故人多不在，寒潮嗚咽自東流。

## 春溪雜詠四首

雨後斜陽天氣和，溪流新漲半篙波。魚罾【一】打向桃花下，收得落紅一斛多。

一灣桃樹近人家，倩女臨流坐浣紗。風動水紋生細細，湘裙【二】影底漾紅花。

空濛細雨晝霏霏，霧鎖遥山翠不飛。流水一灣橋獨木，罷漁人荷釣竿歸。

春潮新漲水溶溶，渡入桃花浪幾重。冒雨漁娃身透濕，香腮紅滴髩雲【三】鬆。

### ◎ 注釋

【一】魚罾（zēng）：魚網。唐杜甫《寄劉峽州伯華使君》詩：“林居看蟻穴，野食待魚罾。”

【二】湘裙：湘地絲織品製成的女裙。元王實甫《西厢記》第一本第三折：“彈香袖以無言，垂湘裙而不語。”

【二】髩（bìn）雲：泛指頭髮。髩，古同“鬢”。

## 秋江絶句三首

醉倒蘆花兩岸秋，醒來明月滿汀洲。一聲欸乃【一】敲蘭楫，山自青青水自流。

幾叠烟波幾叠嵐，嵐光【二】如水水如藍[一]。鱸魚秋後正肥美，曾否有人憶江南？

蘆花淺水泊漁船，萬簌無聲月滿天。不放鸕鷀不放釣，輕舟空載一江烟。

### ◎ 校勘記

[一]藍：民族社本誤爲“蘭”，今據原本改。

### ◎ 注釋

【一】欸（ǎi）乃：擬聲，摇櫓聲。柳宗元《漁翁》詩：“烟銷日出不見人，欸乃一聲山水緑。”

【二】嵐光：山間霧氣經日光照射而發出的光彩。唐李紳《若耶溪》詩：“嵐光花影繞山陰，山轉花稀到碧潯。”

## 雁　字

字跡生來倉頡【一】前，鴻濛【二】擘畫【三】破先天。化工【四】有意明文教，特筆【五】春秋歲歲編。

### ◎ 注釋

【一】倉頡：古代傳説中的漢字創造者。《史記》據《世本》以爲是黄帝時的史官。《荀子・解蔽》：“好書者衆矣，而倉頡獨傳者壹也。”

【二】鴻濛：亦作“鴻蒙”，宇宙形成前的混沌狀態。《莊子・在宥》：“雲將東遊，過扶摇之枝，而適遭鴻蒙。”成玄英疏：“鴻蒙，元氣也。”

【三】擘畫：亦作“擘劃”，籌畫、安排。《淮南子・要略》：“《齊俗》者，所以一群生之短脩，同九夷之風氣，通古今之論，貫萬物之理，財制禮義之宜，擘畫人事之終始者也。”

【四】化工：自然的造化者。語本漢賈誼《鵩鳥賦》：“且夫天地爲鑪兮，造化爲工。”

【五】特筆：獨特的筆法。宋羅大經《鶴林玉露》卷五：“魯史舊文，必著隱公攝位之實，去攝而書公，乃仲尼之特筆。”

## 絡　緯【一】

寒蟲楚楚不堪聆，似向窗前訴苦心。今夜月明風露冷，有人獨坐數秋深【二】。

### ◎ 注釋

【一】絡緯：蟲名，即莎鶏，俗稱絡絲娘、紡織娘。夏秋夜間振羽作聲，聲如紡綫，故名。漢無名氏《古八變歌》：“枯桑鳴中林，絡緯響空堦。”

【二】秋深：深秋，指晚秋時節。南朝陳陳叔齊《籟紀》：“擣衣者，秋深治衣之聲也。”

## 蛩【一】

叨叨切切近床前，聽爾哀吟我恨牽。孤館一燈人不寐，酸風【二】苦雨入秋天。

### ◎ 注釋

【一】蛩（qióng）：蟋蟀。

【二】酸風：刺人的寒風。唐李賀《金銅仙人辭漢歌》："魏官牽車指千里，東關酸風射眸子。"

## 小河（一）氣候偏熱，秋蟲經冬不死，初春有鳴者

這裹草蟲忒不情【一】，方春先已作秋聲。愁人正是傷春客，添起秋唫白髮生。

### ◎ 余注

（一）小河：在今畢節縣普尼鄉赤水河畔。

### ◎ 注釋

【一】不情：不近人情，不合情理。三國魏嵇康《與山巨源絶交書》："欲降心順俗，則詭故不情。"

## 張炯然自制扇面，刷以黑烟，囑予墨畫松鶴於上并題

鴻蒙未判樹誰栽？人世重逢幾劫灰【一】。星斗一天都落盡，千年元鶴夜歸來。

### ◎ 注釋

【一】劫灰：亦作"刦灰""刼灰"，本謂劫火的餘灰。南朝梁慧皎《高僧傳·譯經上·竺法蘭》："昔漢武穿昆明池底，得黑灰，問方朔。朔云：'不知，可問西域胡人。'後法蘭既至，衆人追以問之，蘭云：'世界終盡，劫火洞燒，此灰是也。'"後因謂戰亂或大火毀壞後的殘跡或灰燼。宋陸游《數年不至城府丁巳火後始見》詩："陳跡關心已自悲，劫灰滿眼更增欷。"

## 山中道士

道人坐石讀南華[一]，綠髩朱顏服絳霞。夜靜一聲元鶴[二]唳，滿天雲影落松花。

◎ 注釋

【一】南華：《南華真經》的省稱，即《莊子》的别名。唐賈島《病起》詩："燈下《南華》卷，祛愁當酒盃。"

【二】元鶴：古人對鶴的稱呼。元，通"玄"。《古今注》："鶴千歲則變蒼，子二千歲則變黑，所謂元鶴也"。

## 苗　人

古箐深山别有天，茹毛飲血[一]不知年。終朝射獵爲生計，夜向崖頭抱虎眠。

◎ 注釋

【一】茹毛飲血：描繪原始人不會用火，連毛帶血地生吃禽獸的生活。《禮記·禮運》："未有火化，食草木之食，鳥獸之肉，飲其血，茹其毛，未有麻絲，衣其羽皮。"茹，吃。

## 丐　者

潦倒乾坤剩一身，江湖踏遍老風塵。歌殘四季蓮花落[一]，不受嗟來[二]向世人。

◎ 注釋

【一】蓮花落：亦稱"蓮華樂"，民間曲藝的一種。舊時本爲乞丐所唱，後出現專業演員，演唱者一二人，僅用竹板按拍。《五燈會元·臨濟宗·金陵俞道婆》："一日，聞丐者唱蓮華樂云：'不因柳毅傳書信，何緣得到洞庭湖。'忽大悟。"

【二】嗟來："嗟來之食"的略語。原指憫人飢餓，呼其來食，後多指侮辱性的施捨。《禮記·檀弓下》："齊大饑，黔敖爲食於路，以待餓者而食之。有餓者蒙袂輯屨，貿貿然來。黔敖左奉食，右執飲，曰：'嗟！來食。'揚其目而視之曰：'予唯不食嗟來之食，以至於斯也！'從而謝焉，終不食而死。"

## 指路碑并序

多岐亡羊，楊朱所悲。茫茫世途，前程似漆，誰爲指迷哉？條條是道，認清岔路，各自努[一]力向前耳。

迷途指破快加鞭，要出人頭須奮先。若遇艱難休打頓，遲留一步隔天淵【一】。

◎ **校勘記**

[一]努：原本誤爲"弩"，今據民族社本改。

◎ **注釋**

【一】天淵：比喻相隔極遠，差別極大。宋張耒《超然臺賦》："何善惡之足較兮，固天淵之异區。"

## 戲答客問

年少不耕專事讀，後爲半讀半耕人。而今耕讀皆抛却，日日惟酣麯米春【一】。

◎ 注釋

【一】麯（qū）米春：酒名。唐杜甫《撥悶》詩："聞道雲安麴米春，纔傾一盞即醺人。"麯，同"麴"。

## 紙　帳【一】

青燈有味夢魂清，滿簞梅花落影輕。妙絶最宜人獨卧，白雲凉向枕邊生。

◎ 注釋

【一】紙帳：以藤皮繭紙縫製的帳子。據明高濂《遵生八箋》卷八記載，其製法爲："用藤皮繭紙纏於木上，以索纏緊，勒作皺紋，不用糊，以綫折縫縫之。頂不用紙，以稀布爲頂，取其透氣。"宋蘇軾《自金山放船至焦山》詩："困眠得就紙帳暖，飽食未厭山蔬甘。"

## 賞雪二首

積雪朝來燦不銷，小樓煮酒醉瓊瑶【一】。紅梅慣會泄春信，衝破寒心一朵嬌。

堆來滿地是天花【二】，圓璧[一]方珪半月牙。分付兒童休踏碎，完他一片玉無瑕。

◎ 校勘記

[一]圓璧：民族社本誤爲"園壁"，今據原本改。

◎ 注釋

【一】瓊瑶：喻雪。唐白居易《西樓喜雪命宴》詩："四郊鋪縞素，萬室甃瓊瑶。"

【二】天花：指雪。唐熊孺登《雪中答僧書》詩："八行銀字非常草，六出天花盡是梅。"

## 懷 舊

青山依舊鎖寒流，楓葉蘆花幾度秋。寄語故人猶憶否？蕭蕭【一】明月滿汀洲。

### ◎ 注釋

【一】蕭蕭：形容凄清、寒冷。晋陶潛《祭程氏妹文》："黯黯高雲，蕭蕭冬月。"

## 作嚴子陵【一】詩者，每以翻新相尚，謂其有心釣名【二】，何异揚[一]子雲【三】不信人間有許由【四】，夏蟲烏足語冰哉【五】二首

本無心事動星辰，偶把羊裘【六】著上身。夢裏不知天子貴，記得同眠是故人。【七】

惟真隱士動星辰，也似帝王自有真。莫逞新奇翻議論，小人心事忖高人。①

### ◎ 校勘記

[一]揚：原本與民族社本均誤爲"楊"，今改。

### ◎ 原注

①"莫逞"二句：客星非應子陵，昔人曾辨之，然處士有星少微是也。

◎ **注釋**

【一】嚴子陵：名嚴光，字子陵，生卒年不詳，東漢著名高士（隱士），浙江會稽余姚（今寧波余姚市）人。陵少負才氣，與劉秀是同窗好友。劉後來登基做了皇帝，回憶起少年時期的往事，想起嚴子陵，便多次徵召其爲諫議大臣。嚴子陵婉拒之并隱居富春江一帶，終老於林泉間，被時人及後世傳頌爲不慕權貴的榜樣。

【二】釣名：作僞以求虚名。《管子·法法》："釣名之士，無賢士焉。"

【三】揚子雲：揚雄，西漢蜀郡成都（今四川成都郫縣）人，西漢後期著名學者及辭賦家。

【四】許由：亦作"許繇"，傳説中的隱士。相傳堯讓以天下，不受，遁居於潁水之陽箕山之下。堯又召爲九州長，由不願聞，洗耳於潁水之濱，被人稱作"洗耳翁"。事見《莊子·逍遥遊》《史記·伯夷列傳》。

【五】"夏蟲"句：出自《莊子·外篇·秋水》："井蛙不可以語於海者，拘於虚也；夏蟲不可以語於冰者，篤於時也。"後遂用"夏蟲不可以語冰"喻人囿於見聞，知識短淺。

【六】羊裘：漢嚴光少有高名，與劉秀同游學，後劉秀即帝位，光變名隱身，披羊裘釣澤中。見《後漢書·逸民傳·嚴光》。後因以"羊裘"指隱者或隱居生活。宋陸游《寓嘆》詩："人怪羊裘忘富貴，我從牛僧得賢豪。"

【七】"夢裹"二句：《後漢書·逸民傳·嚴光》："復引光入，論道舊故，相對累日。帝從容問光曰：'朕何如昔時？'對曰：'陛下差增於往。'因共偃卧，光以足加帝腹上。明日，太史奏客星犯御座甚急。帝笑曰：'朕故人嚴子陵共卧耳。'"

## ‖春　日‖

二月春風出色新，花如錦繡草如茵。酒闌【一】客散長亭晚，楊柳依依欲送人。

### ◎ 注釋

【一】酒闌：謂酒筵將盡。《史記·高祖本紀》："酒闌，呂公因目固留高祖。"裴駰集解引文穎曰："闌言希也。謂飲酒者半罷半在，謂之闌。"唐杜甫《魏將軍歌》："吾爲子起歌《都護》，酒闌插劍肝膽露。"

## 春郊二首

漠漠平疇【一】曲水邊，夕陽人語隔溪烟。春風吹綠沿堤柳，半拂清流半蔭田。

橫笛人家晚放牛，鋤犁歸趁夕陽收。凉風吹散明霞【二】影，紅遍松灣古渡頭。

### ◎ 注釋

【一】平疇：平坦的田野。晋陶潜《癸卯歲始春懷古田舍》詩之二："平疇交遠風，良苗亦懷新。"

【二】明霞：燦爛的雲霞。唐盧照鄰《駙馬都尉喬君集序》："明霞曉挹，終登不死之庭；甘露秋團，儻踐無生之岸。"

## 漁者二首

鹽豉【一】調和自煮鮮，一杯濁釀醉江天。晚來釣罷渾無事，敲火灘頭坐吸烟。

香餌空垂不肯吞，江天暮色近黄昏。漁翁躑躅臨磯上，睇看青苔喫[一]口痕①。

### ◎ 校勘記

[一]喫：民族社本誤爲"契"，今據原本改。

◎ **原注**

①喫口痕：魚唼（shà）石上有痕斑然，曰“喫口”。

◎ **注釋**

**【一】** 鹽豉：食品名，即豆豉。用黄豆煮熟熏制而成，常用以調味。《史記・淮南衡山列傳》：“臣請處蜀郡嚴道邛郵，遣其子母從居，縣爲築蓋家室，皆廪食給薪菜鹽豉炊食器席蓐。”

## 武鄉侯[一]

武侯南征，建興三年三月出師，五月渡瀘（今大渡河），七月入滇地（今雲南府）班師，爲期不久，所歷可考。今云貴處處稱武侯遺跡，而土人相傳多謂上古夷中名王异人遺跡。

攻心勳業【一】冠千秋，處處相傳故[二]跡留。夷獠另談上古事，漢人争作武鄉侯。

◎ **校勘記**

[一]原本以詩序爲題，民族社本改爲原注，并加標題《武鄉侯》，今標題從民族社本。

[二]故：民族社本爲“古”，今據原本改。

◎ **注釋**

**【一】** 攻心勳業：諸葛亮七擒七縱孟獲攻心之術産生的重大影響。

## 邊　詞

東風新入古江山，應把春吹出漢關【一】。此夜夢中聞雁唳，可曾有信帶來還。

### ◎ 注釋

【一】漢關：漢代的邊關，亦泛指邊關。唐嚴武《軍城早秋》詩："昨夜秋風入漢關，朔雲邊雪滿西山。"

## 上南關

西風吹我上南關，深入紅霞夕照間。勒馬關頭回首望，白雲莽莽萬重山。

## 糙米菊

誰糶陳紅[一]米出倉，餐英[二]處士足秋糧。不嫌施與空林去，煮向禪僧折足鐺[三]。

### ◎ 注釋

【一】糶（tiào）：《説文》："出穀也。"陳紅：見《救軍糧》注釋。

【二】餐英：亦作"飡英"。《楚辭・離騷》："朝飲木蘭之墜露兮，夕餐秋菊之落英。"後世詠菊時遂用"餐英"爲典，隱寓高潔之意。

【三】折足鐺：斷脚鍋。唐段成式《酉陽雜俎・雷》："瞔然墜地，變成熨斗、折刀、小折脚鐺焉。"清黃宗羲《顧玉書墓誌銘》："憔悴江湖，紅米折鐺。"

## 豌豆花

正月豌巢[①]滿放花，碧龍鬚引白飛鴉。【一】香風陣陣來阡陌，春在茅檐草舍家。

**◎ 原注**

①豌巢：放翁詩："便覺此身如在蜀，一盤龍餅足豌巢。"

**◎ 注釋**

【一】"碧龍"句：豌豆藤蔓繚繞如龍鬚，一朵朵白花如飛鴻之態。

## 菰　筍【一】

水鄉風味足蒲菰，正苦空盤對酒壺。剥得一彎西子臂，教人不覺憶江湖。

**◎ 注釋**

【一】菰（gū）筍：也稱"茭白"，生長在水中，葉子很像蒲葦。春末、秋仲時白如筍，可生吃、熟吃。

## 種　松

荷鋤籬畔立西風，願學樊遲作圃翁【一】。好味多從暮景得，歲闌【二】生意晚栽松。

**◎ 注釋**

【一】樊遲作圃翁：《論語·子路》："樊遲請學稼，子曰：'吾不如老農。'請學爲圃，曰：'吾不如老圃。'樊遲出，子曰：'小人哉，樊須也！上好禮，則民莫敢不敬；上好義，則民莫敢不服；上好信，則民莫敢不用情。夫如是，則四方之民繈負其子

而至矣，焉用稼？'

【二】歲闌：歲暮，一年將盡的時候。唐司空圖《有感》詩："歲闌悲物我，同是冒霜螢。"

## 聞唱蓮花落【一】

烟鎖長堤柳暗青，落蓮歌唱晝冥冥。凄風冷雨聽敲板，人在孤亭酒半醒。

### ◎ 注釋

【一】蓮花落：亦稱"蓮華樂"，民間曲藝的一種。舊時本爲乞丐所唱。後出現專業演員，演唱者一二人，僅用竹板按拍。《五燈會元・臨濟宗・金陵俞道婆》："一日，聞丐者唱蓮華樂云：'不因柳毅傳書信，何緣得到洞庭湖。'忽大悟。"

## 猿

冷烟殘月夜凄凄，烟際孤猿對月啼。聽到三聲腸斷後，【一】烟銷天外月沉西。

### ◎ 注釋

【一】"聽到"句：北朝北魏地理學家酈道元《水經注・三峽》："故漁者歌曰：'巴東三峽巫峽長，猿鳴三聲淚沾裳。'"

## 送　別

掛樹啼猿聲最悲，淚添送別酒三巵。山長水遠情無限，正是烟斜月落時。

## ‖ 果 然[①] ‖

深山歲月幾回添，夜飲寒泉吸玉蟾[一]。洞古不知身世老，雲中高坐理長髯。

◎ **原注**

①猴類，有髯。

◎ **注釋**

【一】玉蟾：即“玉蟾蜍”，月亮的別名。唐褚載《月詩》逸句：“星斗離披烟靄收，玉蟾蜍耀海東頭。”

## ‖ 野 渡 ‖

立馬江頭喚渡船，野船人去繫江邊。呼人不應山空應，細雨濛濛欲暮天。

## ‖ 夜 步 ‖

後有清風前有月，筇竹[一]一枝涉還歇。行行步入山村中，野薔薇落堆香雪。

◎ **注釋**

【一】筇竹：又叫羅漢竹，屬禾本科竹亞科筇竹屬植物，中型混生竹種，是西南地區特有的竹種。

## 六言古體詩 2 首

### 閑　吟

掃地焚香靜坐，烹茶洗硯題詩。案頭《周易》【一】一卷，瓶内寒梅兩枝。

◎ 注釋

【一】周易：又稱《易經》，簡稱《易》，儒家重要經典之一。“易”有變易（究其事物變化）、簡易（執簡馭繁）、不易（永恒不變）三義，相傳係周人所作，故名。内容包括《經》和《傳》兩部分。

### 蟾蜍硯【一】

惜墨恒如金貴，論交只有石深。一滴蟾蜍淚顆，千秋才子心血。

◎ 注釋

【一】蟾蜍硯：形似蟾蜍的硯滴或硯臺。《西京雜記》卷六：“唯玉蟾蜍一枚，大如拳，腹空，容五合水，光潤如新，王取以盛書滴。”

## 雜體詩 35 首

### 竹枝詞【一】三首

曲水洄沱灣復灣，咿呀打槳浪花間。垂髫【二】小女船頭坐，賣得魚來沽酒還。

白蘋[三]風起雁橫飛，郎向中流撥棹歸。妾在灘頭剛曬網，匆匆相見復相違[四]。

晚霞一片映江紅，郎向江邊收釣筒。青笠緑蓑雙赤足，是他漁子素家風。

◎ **注釋**

【一】竹枝詞：樂府《近代曲》名，本爲巴渝（今重慶）一帶民歌。唐代詩人劉禹錫任夔州刺史時，根據民歌改作新詞，歌詠三峽風光和男女戀情，但也曲折地流露出他遭貶謫後的心情，盛行於世。此後各代詩人寫《竹枝詞》的很多，也多詠當地風俗和男女戀情。形式都是七言絶句。語言通俗，音調輕快。

【二】垂髫（tiáo）：亦作“垂齠”，指兒童或童年。髫，兒童垂下的頭髮。《三國志・魏志・毛玠傳》：“臣垂齠執簡，累勤取官。”晋陶潛《桃花源記》：“黄髮垂髫，并怡然自樂。”

【三】白蘋：亦作“白萍”，水中浮草。南朝宋鮑照《送別王宣城》詩：“既逢青春獻，復值白蘋生。”

【四】相違：互相避開。《左傳・成公十六年》：“有淖於前，乃皆左右相違於淖。”這裏指匆匆相聚又分離。

## ‖ 楊柳枝詞[一]三首 ‖

幾樹長亭宿暮鴉，纖腰狂舞亂欹斜[二]。行人躑躅向岐路，楊柳青青正憶家。

故人寥落似晨星，黄鳥聲音隔葉聽。借問多情沿岸柳，別來幾樹眼垂青[三]？

長條折盡影垂垂，都與行人贈別離。剩得滿街飛似雪，勾欄[四]譜入笛中吹。

◎ **注釋**

【一】楊柳枝詞：又稱《柳枝》，樂府《近代曲》名。傳世者以白居易、劉禹錫之作較著名。白居易謂：“《楊柳枝》，洛下新聲也。洛之小妓有善歌之者，詞章音韻，聽可動人。”（《楊柳枝二十韻》題注）後配以舞蹈。此本古曲，名《折楊柳》或《折柳枝》，至唐名《楊柳枝》，開元時已入教坊，白居易時蓋又翻爲新聲，故白、劉詩中皆稱爲“新翻《楊柳枝》”。其體制爲七言四句，沿用詞牌。敦煌曲子詞及《花間集》中，有於七言每句後各加三字或四、五字句者，將添聲填爲實字，亦稱《添聲楊柳枝》。雖成長短句，其主體仍屬七言詩。

【二】欹斜：歪斜。漢陸賈《新語・懷慮》：“管仲相桓公，詘節事君，專心一意，身無境外之交，心無欹斜之慮，正其國如制天下。”

【三】垂青：以青眼相看，表示重視。古人稱黑眼珠爲青眼。元谷子敬《城南柳》第一折：“爲甚麼桃臉破紅顔，柳眼垂青顧，認得俺東君是主。”

【四】勾欄：也作“构肆”，宋、元時雜劇和各種伎藝演出的場所。勾欄内有戲臺、戲房（後臺）、神樓、腰棚（看席）等。有的亦以“棚”爲名。宋孟元老《東京夢華録・東角樓街巷》：“街南桑家瓦子，近北則中瓦，次裹瓦，其中大小勾欄五十餘座。内中瓦子蓮花棚、牡丹棚、裹瓦子夜叉棚，象棚最大，可容數千人。”

## 宮詞①二首

旭日重輪【一】耀尚方【二】，紅雲繚繞聖垂裳【三】。侍臣文物衣冠【四】盛，齊指岡[一]陵祝壽長。

至尊身在紫宸【五】宫，俯視如傷廑聖衷。【六】丹詔【七】方從金闕【八】下，普天赤子沐春風。

### ◎ 校勘記

[一]岡：民族社本誤爲“崗”，今據原本改。

### ◎ 原注

①宫詞：王建、花蕊夫人、宋徽宗各擅其長，而世之作者輒爲宫怨。予以盛世内無怨女，别爲頌揚體。

### ◎ 注釋

【一】重輪：日、月周圍光綫經雲層冰晶的折射而形成的光圈。古代以爲祥瑞之象。《隋書·音樂志中》："烟雲同五色，日月並重輪。"

【二】尚方：古代製造帝王所用器物的官署。秦置，屬少府。漢末分中、左、右三尚方。唐稱"尚署"。元惟置中尚監，明廢。《史記·絳侯周勃世家》："條侯子爲父買工官尚方甲楯五百被可以葬者。"司馬貞索隱："工官即尚方之工，所作物屬尚方，故云工官尚方。"

【三】垂裳：即"垂衣裳"，謂定衣服之制，示天下以禮，後用以稱頌帝王無爲而治。《易·繫辭下》："黄帝、堯、舜垂衣裳而天下治，蓋取諸乾坤。"韓康伯注："垂衣裳以辨貴賤，乾尊坤卑之義也。"漢王逸《機賦》："帝軒龍躍，庶業是昌。俯覃聖恩，仰覽三光。爰制布帛，始垂衣裳。"

【四】文物衣冠：比喻文人和文化。《隋書·百官志》："於時三川定鼎，萬國朝宗，衣冠文物，足爲壯觀。"

【五】紫宸：宫殿名，天子所居。唐宋時爲接見群臣及外國使者朝見慶賀的内朝正殿，在大明宫内。唐杜甫《冬至》詩："杖藜雪後臨丹壑，鳴玉朝來散紫宸。"

【六】"俯視"句：意爲君王勤政，關心百姓疾苦。俯視如傷，即"視民如傷"。看待人民就像看待自己身上的傷痛一樣。或解釋爲把百姓當作有傷病的人一樣照顧，只可撫慰，不可驚動。廑（qín），同"勤"。聖衷，天子的心意。

【七】丹詔：帝王的詔書。以朱筆書寫，故稱。唐韓翃《送王光輔歸青州兼寄儲侍御》詩："身著紫衣趨闕下，口銜丹詔出關東。"

【八】金闕：天子所居的宫闕。北齊顔之推《觀我生賦》："指金闕以長鎩，向王路而蹶張。"

## 玉人【一】曲

花氣襲人人欲醉，嬌鳥一聲花陰碎。清風吹暖度花香，香霧濛濛飛空翠。玉人門掩湘雲緑，錦帳香濃春睡熟。金猊[一]篆冷【二】未全灰，玉案棋殘猶剩局。門前一雙白燕子，飛來飛去穿花裏。有時梁上語呢喃，似説玉人睡未起。分付待兒好珍重【三】，捲簾莫觸金鈎動。生怕觸動響丁當[二]，驚醒玉人好香夢。

◎ **校勘記**

[一]猊：民族社本誤爲“貌”，今據原本改。

[二]丁當：民族社本作“叮凼”，今據原本改。

◎ **注釋**

【一】玉人：容貌美麗的人。《晋書·衛玠傳》：“（玠）年五歲，風神秀异……總角乘羊車入市，見者皆以爲玉人，觀之者傾都”。

【二】金猊篆冷：意爲香爐中的盤香已燃盡。金猊，香爐的一種。爐蓋作狻猊形，空腹。焚香時，烟從口出。前蜀花蕊夫人《宫詞》之五二：“夜色樓臺月數層，金猊烟穗繞觚稜。”篆冷，盤香燃盡。宋惠洪《寄彭景醇奉議》詩：“《楞嚴》初讀罷，篆冷空窗几。”

【三】珍重：鄭重，慎重。宋劉正鞏《兼道携古墨來感之爲作此詩》：“錦囊珍重出玄圭，雙虬刻作蜿蜒態。”

## 遠離别

君去矣，妾奈何。留無計，淚滂沱[一]。臨岐[二]依依携君手，君乎君乎去莫久。

◎ **注釋**

【一】滂沱：形容淚或血等流得多。《詩·陳風·澤陂》：“寤寐無爲，涕泗滂沱。”

【二】臨歧：本爲面臨歧路，後亦用爲贈别之辭。《文選·鮑照〈舞鶴賦〉》：“指會規翔，臨岐矩步。”李善注：“岐，岐路也。”

## 宫　怨

咫尺艱天步[一]，玉階生秋草。只今獲譴多，爲先專寵[二]早。不怨恩易衰，但怨顔易老。

◎ **注釋**

【一】天步：天之行步。這裏指時運。《詩・小雅・白華》："天步艱難，之子不猶。"朱熹集傳："步，行也。天步，猶言時運也。"

【二】專寵：獨占寵愛。《漢書・五行志中之下》："其後趙蜚燕得幸，立爲皇后，弟爲昭儀，姊妹專寵。"

## 七　促[一]

昭公翁言："少時曾見烏蒙亂時被掠爲人奴者二人，年皆八十餘。每牧牛相遇，相向痛哭，詛威寧大化里土弁七促。訊之云：莫莫等雖不願歸流，然不敢反，七促欲其反以爲利，乃嗾之反，且使其甥黑夸助之。黑夸名阿格，廣化里土目，萬人勇也。賊以爲可恃，遂反。七促即投官兵爲嚮導，鄂文端易其名曰安疆，授以官職，予以叛産。七促富貴，烏蒙遺民玉石俱焚焉。"

牧牛老人相向哭，哭呼蒼天咒七促。嗾【一】成人反以[二]爲功，致令岡炎焚石玉。【二】國破家亡被擄身，無邊冤苦訴誰人。日落牛羊芳草路，雙鵑啼血【三】斷送春。蠢爾【四】叛逆罪當死，那堪陰謀竟有此。聊將翁語付新詩，寄與後人入野史。

◎ **校勘記**

[一]有我軒本以詩序爲題，民族社本改爲自注，今標題從民族社本。

[二]以：原本與民族社本皆誤爲"已"，今改。

◎ **注釋**

【一】嗾（sǒu）：教唆，指使。《聊齋志异》："豪嗾家奴亂捶之。"

【二】"致令"句：此句化用"玉石俱焚"的典故，比喻好壞不分，同歸於盡。典出《尚書・胤征》："火炎昆崗，玉石俱焚。天吏逸德，烈於猛火。"

【三】雙鵑啼血：化用杜鵑啼血典故。傳説杜鵑鳥啼叫時，嘴裏會流出血來。白居易《琵琶行》："其間旦暮聞何物？杜鵑啼血猿哀鳴。"

【四】蠢爾：無知蠢動貌。《詩・小雅・采芑》："蠢爾蠻荆，大邦爲讎。"朱熹集傳："蠢者，動而無知之貌。"

## 謝浪子[一]

乾隆中，有謝浪子者落魄滇黔間，既而打騾馬厰致富歸，驢馬馱銀，聯絡於道。先是昭通太守羡其富，招爲義子，過辭守，守宴之。守有女及笄，隔簾問訊："乾哥去耶？"浪子即下銀一馱，爲乾妹賠奩云。

歸囊百萬馬驢馱，浪子風流得意多。真個千金小姐貴，一馱金唤[二]一聲哥[三]。

◎ 校勘記

[一]原作以詩序爲標題，民族社本改爲自注，今標題從民族社本。

[二]唤：民族社本誤爲"銀"，今據原本改。

[三]哥：民族社本誤爲"歌"，今據原本改。

## 猼[一]民勾二[二]

叙永廳平二甲猼民勾二，挾百金出遊，罄囊而歸，問之曰："於青山學歌三年矣。"

猼俗好歌，里中父老具酒使歌，乃慷慨悲歌三日三夜，聲凄金石，聞者無不下淚，里中爲之忘舉火云。

三載囊空學始成，炊烟斷盡斷腸聲。勸君莫向秋風唱，怕有愁人要捨生。

◎ **校勘記**

[一]猼：民族社本爲“倂”，今據原本改。

[二]原作以詩序爲標題，民族社本改爲自注，今標題從民族社本。

## 猼[一]女[二]

王生言，其祖授徒於叙永廳養馬司，有猼女曰綠花、吴三妹、金銀二普提四人，美而善歌，與諸生飲酒調笑野田草露間，酒酣以往。宛轉清歌，穿雲裂石。其歌皆勸人勤學，非考列前茅者不與交好。於是諸生各自憤，多入泮者。

一曲新歌百囀【一】鶯，勸歡努力向雲程【二】。野花枝上芹香發，欲海瀾頭泮水【三】生。才子方能真好色，佳人到底不傾城。從今風月添新韻，又是多情又雅情。

◎ **校勘記**

[一]猼：民族社本爲“倂”，今據原本改。

[二]原作以詩序爲標題，民族社本改爲自注，今標題從民族社本。

◎ **注釋**

**【一】**百囀：鳴聲婉轉多樣。南朝梁劉孝綽《詠百舌》：“孤鳴若無時，百囀似群吟。”

**【二】**雲程：喻遠大的前程。此指得意的仕途。宋陸游《答發解進士啓》：“將鴻漸於天廷，姑龍驤於學海。……萬里搏風，莫測雲程之遠；一第溷子，行聞桂籍之傳”。

**【三】**泮水（pànshuǐ）：古代學宫前的水池，形狀如半月。《詩・魯頌・泮水》：“思樂泮水，薄采其芹。”毛傳：“泮水，泮宫之水也。”鄭玄箋：“泮之言半也。半水者，蓋東西門以南通水，北無也。”後多指代學宫。

# 猺[一]歌[二]

嘉慶初，楚南黄昌鰲客小河黄果樹猺寨，猺俗好歌，黄爲歌數十首教猺女歌之。今猺民皆遷，歌亦不傳，有羅成鳳者，尚記其三首云："郎住米花田（在小河北山頂），妾住黄果樹（在小河南岸）。月出猴子溝（在黄果樹山頂），照見郎來路。連宵河水漲，隔郎路不通。今朝河水退，暗暗謝天公。夜半停針綫，含情坐小窗。忽聞黄犬吠，小鹿心頭撞。"

顧曲周郎【一】大有情，新翻調譜教雲英【二】。而今流水空蕭瑟，無復人歌子夜聲。

◎ **校勘記**

[一] 猺：民族社本爲"傜"，今據原本改。

[二] 原作以詩序爲標題，民族社本改爲自注，今標題從民族社本。

◎ **注釋**

【一】顧曲周郎：借指通曉或愛好音樂、戲曲的人。典出晋陳壽《三國志・吴書・周瑜傳》："瑜少精意於音樂，雖三爵之後，其有闕誤，瑜必知之，知之必顧，故時有人謡曰：'曲有誤，周郎顧。'"

【二】雲英：唐代神話故事中的仙女名。傳説裴航過藍橋驛，以玉杵臼爲聘禮，娶雲英爲妻。後夫婦俱入玉峰成仙。宋蘇軾《南歌子・寓意》詞："藍橋何處覓雲英。只有多情流水、伴人行。"

# 畢節龍場營穿山硐有掠官崖，相傳昔有酷吏經此，派民抬轎，民不堪其虐，投之崖下。聞雲南亦有掠官崖

劍鋩山岃【一】陣雲排，道此曾抛酷吏骸。寄語宦途休仗勢，民間盡有掠官崖。

◎ 注釋

【一】岃（lì）：山峰高峻貌。元貢師泰《題顔輝山》詩：“蒼龍渡海成叠嶂，岃崱西來勢何壯！”

## 蠻　王

金甲盤龍光燦爛，高騎白象凌天半。蠻王結束【一】奇且雄，到處行人皆驚竄。蠻兵簇擁下山來，象鼻如龍道路開。長槍毒弩四圍合，瞬時熊虎殺成堆。蠻兵慶賀王賜酒，鮮血霖[一]淋紅滿口。園中醉擁僰【二】姬歌，摇動金鈴大垂手【三】。年年高卧莽乾坤，父子君臣一片恩。三皇五帝是何物？政教禮樂不須論。

◎ 校勘記

[一]霖：民族社本作“淋”，今據原本改。

◎ 注釋

【一】結束：裝束，打扮。《雜事秘辛》：“姁告瑩曰：‘官家重禮，借是朽落。緩此結束，當加鞠翟耳。’”

【二】僰（bó）：中國古代稱西南地區的某一少數民族。

【三】大垂手：古舞名，又爲樂府雜曲歌辭名。《樂府詩集·雜曲歌辭十六·大垂手》宋郭茂倩題解：“《樂府解題》曰：‘《大垂手》《小垂手》，皆言舞而垂其手也。’”

## 演《桃花扇》【一】劇

媚香樓【二】緲[一]知[二]何處？剩水殘山【三】桃葉渡【四】。香君當日别侯郎，粉褪香銷樓上住。佳人不願配天子，一心甘爲才子死。不惜玉容濺血鮮，桃花紅染扇頭紙。雲雨【五】夢殘二百年，金粉陳跡已如烟。雲亭山人【六】裁月手【七】，兒女英雄一例傳。今日上場重演出，興亡戲劇都一局。人生何必南面王【八】，能死美人心亦足。

## ◎ 校勘記

［一］緲：民族社本作“渺”，今據原本改。

［二］知：原本無此字，民族社本補，今從所補。

## ◎ 注釋

【一】《桃花扇》：清初著名戲劇作家孔尚任經十餘年苦心創作、三易其稿寫出的一部傳奇劇本。近代戲劇家歐陽予倩對《桃花扇》情有獨鍾，曾分別在話劇、京劇、電影等領域涉獵過這一悲劇題材。劇情叙寫明代才子侯方域來江南創“復社”時邂逅秦淮歌妓李香君，兩人陷入愛河。閹黨魏忠賢的親信阮大鋮收買復社文人不成，遂陷害侯方域，并强將李香君許配他人。李香君不從，撞頭欲自盡，血濺詩扇。侯方域的好友楊龍友巧妙利用血點在扇中畫出一樹桃花。歷盡艱難，侯、李二人終於在栖霞山相遇，經張瑶星道長點化，雙雙入道。

【二】媚香樓：李香君故居或李香君樓，爲紀念李香君而建。此樓坐落於南京市夫子廟鈔庫街 38 號秦淮河畔來燕橋南端，係三進兩院式宅院。

【三】剩水殘山：語本唐杜甫《陪鄭廣文遊何將軍山林》詩之五：“剩水滄江破，殘山碣石開。”剩水，指人工池塘；殘山，指假山。後多以“剩水殘山”指山河殘破的景象。宋辛弃疾《賀新郎》詞：“剩水殘山無態度，被疏梅，料理成風月。”

【四】桃葉渡：渡口名。在今江蘇省南京市秦淮河畔。相傳因晋王獻之在此送其愛妾桃葉而得名。宋辛弃疾《祝英臺近·晚春》詞：“寶釵分，桃葉渡，烟柳暗南浦。”

【五】雲雨：因漢王粲《贈蔡子篤詩》有“風流雲散，一別如雨”句，遂用“雲雨”比喻分離、永別。南朝宋鮑照《登雲陽九里埭》詩：“既成雲雨人，悲緒終不一。”

【六】雲亭山人：孔尚任（1648—1718），字聘之，又字季重，號東塘，别號岸堂，自稱雲亭山人。山東曲阜人，孔子第 64 代孫，清初詩人、戲曲家。他繼承了儒家的思想與學術傳統，自幼即留意禮、樂、兵、農等學問，還考證過樂律，爲以後的戲曲創作打下了知識基礎。世人將他與《長生殿》作者洪昇并論，稱“南洪北孔”。

【七】裁月手：剪裁明月的手，比喻詩文中辭藻潤飾和景物描繪新巧。清汪琬《〈綺裹詩選〉序》："裁月鏤雲，未足與言新也。"

【八】南面王：泛指王侯，謂最高統治者。《莊子·至樂》："雖南面王樂，不能過也。"

## 偶 題

文章自古是無靈，當世阿誰眼獨青【一】。好把高山流水【二】曲，温存彈與美人聽。

◎ **注釋**

【一】眼獨青：語出《世説新語·簡傲》："嵇康與吕安善"。劉孝標注引《晋百官名》："嵇喜字公穆，歷揚州刺史，康兄也。阮籍遭喪，往吊之。籍能爲青白眼，見凡俗之士，以白眼對之。及喜往，籍不哭，見其白眼，喜不懌而退。康聞之，乃齎酒挾琴而造之，遂相與善。"後因以"青白眼"表示對人的尊敬和輕視兩種截然不同的態度。

【二】高山流水：《列子·湯問》："伯牙善鼓琴，鍾子期善聽。伯牙鼓琴，志在高山。鍾子期曰：'善哉！峩峩兮若泰山！'志在流水。鍾子期曰：'善哉！洋洋兮若江河！'"後以"高山流水"爲知音相賞或知音難遇之典，或比喻樂曲高妙。

## 思歸曲

爲客莫思家，在家莫思客。思客客不歸，思家歸不得。

## 春 怨

人去樓空燕無主，寂寞梨花濕春雨。誰偷寧王【一】玉笛吹，似把衷情替儂數。那堪風風雨雨辰，落紅成陣最傷神。花前莫奏斷腸曲，别有倚欄極目人。

◎ 注釋

【一】寧王：李憲（679—742），原名成器，唐朝宗室，睿宗李旦長子，母爲睿宗原配肅明劉皇后。本爲太子，後讓與其弟李隆基。能詩歌，通曉音律，尤善擊羯鼓、吹笛。歷任太子太師、太尉，後封寧王。又恭謹自守，不妄交結，不預朝政，爲玄宗所重，追謚爲讓皇帝。

## 心中人

心中人，夢中緣，癡心常戀夢常牽。幾回飛夢到天邊，夢回枕上淚漣漣。絡緯[一]泣殘芳草露，蛛絲結滿臨邛路。燈前錦字書[二]無數，魚沉雁渺[三]落何處。

◎ 注釋

【一】絡緯：見《絡緯》注釋【一】。

【二】錦字書：前秦蘇蕙寄給丈夫的織錦回文詩。《晋書·列女傳·竇滔妻蘇氏》："竇滔妻蘇氏，始平人也，名蕙，字若蘭，善屬文。滔苻堅時爲秦州刺史，被徙流沙，蘇氏思之，織錦爲迴文旋圖詩以贈滔。宛轉循環以讀之，詞甚悽惋。"

【三】魚沉雁渺：比喻書信不通，音信斷絶。清魏秀仁《花月痕》第四十二回："謖如蒿目時艱，空自拊髀，兼之寶山僻在海隅，文報不通，迢遞并雲，魚沉雁渺，十分懊惱。"

## 閨 情

今夕人何在，天涯憾不窮。半窗孤漏盡[一]，一點小缸[二]紅。入耳敲春雨，驚眠攪夜風。殘魂銷已盡，無夢剩來通。

◎ 注釋

【一】漏盡：刻漏已盡，謂夜深或天將曉。漢蔡邕《獨斷》卷下：“夜漏盡，鼓鳴則起；晝漏盡，鐘鳴則息也。”

【二】缸：同“釭”，油燈。

## 勾欄【一】怨

殘紅銷盡春如掃，萋萋連天迷芳草。遊春人去鳥呼風，高樓一片斜陽老。霧閣雲窗【二】幽夢渺，蝶慘蜂悽燕煩惱。柳衰無寵花不嬌，斷送勾欄人多少。不是東風忒薄情，天公故把人顛倒。

◎ 注釋

【一】勾欄：欄杆。唐張鷟《朝野僉載》卷五：“趙州石橋甚工，磨礲密緻如削焉。望之如初日出雲，長虹飲澗，上有勾欄，皆石也。”

【二】霧閣雲窗：雲霧籠罩的樓閣門窗，指高樓。宋向子諲《七娘子》詞：“霧閣雲窗，風亭月户，分明携手同行處。”

## 閨怨二首

魂長斷，淚長流。空買千金賦【一】，難銷萬斛愁。薄情照影無如月，虐令逼人最是秋。

憾愁無了無休，紅凝淚，白滿頭。征人遠塞，少婦高樓。影孤憎見月，病重怯逢秋。音書頻寄莫覆，夢魂乍到難留。若使衰顔能轉盛，應教東水亦西流。

◎ **注釋**

【一】千金賦：《昭明文選》卷十六引司馬長卿（司馬相如）《長門賦•序》："孝武皇帝陳皇后，時得幸，頗妒。別在長門宮，愁悶悲思。聞蜀郡成都司馬相如天下工爲文，奉黃金百斤爲相如文君取酒，因於解悲愁之辭。而相如爲文以悟主上，陳皇后復得親幸。"後以"千金賦"指司馬相如《長門賦》，亦喻作品很有價值。

## 阿榼公主【一】

妾是雁門一片雲，郎是滇海一輪月。押不蘆花【二】空自開，可憐人死那能活。好是孔雀屏，毒是孔雀膽【三】。阿奴情太癡，阿翁心太慘。嗟彼梁王，處南之荒。①鷄馬【四】無恙，唇齒俱亡。

◎ **原注**

①"嗟彼"二句：用王褒迎金馬碧鷄神文。

◎ **注釋**

【一】阿榼（kē）公主：元朝派駐雲南的梁王帖木兒不花之女，因丈夫被梁王害死而殉情自盡。

【二】押不蘆花：亦稱"押不盧"，草名，產自西方，有毒，亦具有催眠麻醉作用，傳說能起死回生。

【三】孔雀膽：傳說中的毒藥。

【四】鷄馬：指金馬碧鷄的傳說。史料記載，漢武帝聽信方士的說法，認爲雲嶺之南有神鷄，毛羽青翠，能破石淩空飛翔，光彩奪目，其聲悠長。漢宣帝封王褒爲諫議大夫前往雲南求取。王褒因故没有到達，還寫《移金馬碧鷄頌》以祭之。《漢書•郊祀志》曰："或言益州有金馬碧鷄之神，可醮祭而致，於是遣諫大夫王褒使持節而求之。"同書《王褒傳》也說："方士言益州有金馬碧鷄之寶，可祭致也，宣帝使褒往祭焉，褒於道病死。上閔惜之。"

## 有屬員治上司公廨【一】厠極華麗

道在人間屎溺中①，【二】一星天屎列蒼穹②。遷官要向屎祈福③，定許功名到上公④。

### ◎ 原注

①“道在”句：見《莊子》。

②“一星”句：星經，天屎一星。

③“遷官”句：《紀聞》：刁緬見厠神如大猪，遍體皆眼，祀之祈福，遷伊州刺史，歷至翰林左將軍。

④“定許”句：《晋書》：陶侃入厠，見朱衣人報許，後作上公。

### ◎ 注釋

【一】公廨：官署。北魏酈道元《水經注・淇水》：“漢光武建武二年，西河鮮于冀爲清河太守，作公廨未就而亡。”

【二】“道在”句：出自《莊子・知北遊》，比喻道之無所不在，即使是在最低賤的事物中都有“道”的存在。

## 水潦堡【一】觀音龕

北岸蜀地齊江盡，峭壁深臨百丈淵。南岸黔山對面起，層巒高出九重天。江山流峙何其壯，黔蜀開闢不記年。三尺佛龕燈普照，一泓秋水月長圓。

### ◎ 注釋

【一】水潦堡：位於叙永縣境西南部，南與貴州省、雲南省隔赤水河相望，西與雲南省接壤，素有“鷄鳴三省”之稱。

## 大　豕

孟子有垂訓【一】，於物愛弗仁。异哉釋氏教【二】，民物同一親。甚乃捨鷹虎，不仁於其身。【三】其徒演其説，駭世托鬼神。云是人殺生，罪不容於死。照向孽鏡臺，冤冤報無已。網罟與犧牲，制[一]自伏羲始。信如釋氏言，伏羲罪大矣。南方有巨猪，土産種大者。亦猶北槖駝，非是腫背馬。【四】邑令見之驚，以爲是神也。捐廉【五】付屠兒，買向寺中捨。一時闔邑民，額手頌父母。頑畜且被恩，民應沐[二]膏雨。及至官遷日，猪適終天年。寺僧對人言，此是前生緣。

◎ **校勘記**

[一]制：民族社本誤爲“裂”，今據原本改。

[二]沐：民族社本作“沭”，今據原本改。

◎ **注釋**

【一】垂訓：垂示教訓。《文選·夏侯湛〈東方朔畫贊〉》：“傲世不可以垂訓也，故正諫以明節。”

【二】釋氏教：佛教。南朝梁沈約《均聖論》：“外典所禁，無待釋教。”

【三】“甚乃”二句：語出《賢愚經》佛祖割肉喂鷹及摩訶薩青捨身飼虎的故事。

【四】“亦猶”二句：語出漢朝牟融《牟子》：“少所見，多所怪，睹槖駝，謂馬腫背。”槖駝，駱駝。

【五】捐廉：舊謂官吏捐獻除正俸之外的養廉銀。《清史稿·高宗紀二》：“（十四年）二月乙酉，唐綏祖請率屬捐廉助餉。”後多指個人捐款。

## 村女二首

相邀女伴踏春陽【一】，布服麻裙淡薄妝。行到隴頭人意倦，散金滿地菜花黄。

沾來花露濕衣裳，故向東風坐曝陽。一個遊蜂揮不去，裙邊衣角嗅餘香。

◎ **注釋**

【一】春陽：春天的陽光。漢荀悦《申鑒・雜言上》："喜如春陽，怒如秋霜。"

## 閨　怨

城上夜啼烏鵲，城中夜擊木柝[一]。解衣獨自上床，轉眠反眠不著。斜月窺人窗前，多情照我孤眠。空幃心小常怯，薄被影寒自憐。何況鄰家砧急，又是階前蛩[二]泣。同是一段離情，都來湊在今夕。烏啼啞啞夜半，柝聲高下月暗。閨中我自魂消，天涯君亦腸斷。喔喔荒鷄[三]鳴早，欲眠不眠難曉。數盡長宵五更，傷心一夜人老。

◎ **注釋**

【一】木柝：古代打更用的梆子。《樂府詩集・木蘭詩》："朔氣傳金柝。"

【二】蛩：見《蛩》注釋【一】。

【三】荒鷄：見《旅夜撿故人書》注釋【三】。

## 祭　詩

詩是心血費嘔吐，不祭無乃負心苦。羅列肴核[一]奠酒漿[二]，祭詩先遣詩人嘗。案頭横陳詩一卷，卷中似有鬼神現。他人祭神祭古人，我之祭神祭我身。安知後人不古我，我先祭我胡不可。我生自有面目存，效顰何苦傍人門。祭詩醉枕詩卷卧，夢中忽見青天破。五雲焕彩天門開，中有神人下降來。向我吟詩復飲酒，一斗酒成詩百首。自言非仙非佛亦非儒，萬古無雙一酒徒。

## ◎ 注釋

【一】肴核：肉類和果類食品。晉左思《蜀都賦》："金罍中坐，肴核四陳。"

【二】酒漿：泛指酒類。《詩・小雅・大東》："維北有斗，不可以挹酒漿。"

# 參考文獻

[1]（漢）司馬遷. 史記[M]. 北京：中華書局，2000.

[2]（漢）班固. 漢書[M]. 北京：中華書局，2000.

[3]（劉宋）范曄. 後漢書[M]. 北京：中華書局，2000.

[4]（晋）陳壽. 三國志[M]. 北京：中華書局，2000.

[5]（晋）常璩. 華陽國志[M]. 濟南：齊魯書社，2010.

[6]（唐）房玄齡，等. 晋書[M]. 北京：中華書局，2000.

[7]（梁）沈約. 宋書[M]. 北京：中華書局，2000.

[8]（梁）蕭子顯. 南齊書[M]. 北京：中華書局，2000.

[9]（唐）姚思廉. 梁書[M]. 北京：中華書局，2000.

[10]（唐）姚思廉. 陳書[M]. 北京：中華書局，2000.

[11]（北齊）魏收. 魏書[M]. 北京：中華書局，2000.

[12]（唐）李百藥. 北齊書[M]. 北京：中華書局，2000.

[13]（唐）令狐德棻，等. 周書[M]. 北京：中華書局，2000.

[14]（唐）魏徵，等. 隋書[M]. 北京：中華書局，2000.

[15]（唐）李延壽. 南史[M]. 北京：中華書局，2000.

[16]（唐）李延壽. 北史[M]. 北京：中華書局，2000.

[17]（晋）劉昫. 舊唐書[M]. 北京：中華書局，2000.

[18]（宋）歐陽修，宋祁. 新唐書[M]. 北京：中華書局，2000.

[19]（宋）薛居正，等. 舊五代史[M]. 北京：中華書局，2000.

[20]（宋）歐陽修. 新五代史[M]. 北京：中華書局，2000.

[21]（宋）司馬光. 資治通鑒[M]. 北京：中華書局，2011.

[22]（宋）李燾. 續資治通鑒長編[M]. 北京：中華書局 2004.

[23]（元）脱脱，等. 宋史[M]. 北京：中華書局，2000.

[24]（清）張廷玉，等. 明史[M]. 北京：中華書局，2000.

[25]（清）趙爾巽，等. 清史稿[M]. 北京：中華書局，1977.

[26]（清）黄宅中. 大定府志[M]. 北京：中華書局，2000.

[27]（清）余家駒. 時園詩草[M]. 光緒辛巳有我軒刻本.

[28]（清）余家駒，余珍. 時園詩草　四餘詩草（合集）[M]. 貴陽：貴州民族出版社，1993.

[29] 康健，王冶新，何積全. 彝族古代文藝理論叢書[Z]. 貴陽：貴州人民出版社，1990.

[30] 黄永堂. 貴州通志[M]. 貴陽：貴州人民出版社，1989.

[31] 方國瑜. 彝族史稿[M]. 成都：四川民族出版社，1983.

[32] 王鍾翰. 中國民族史（增訂本）[M]. 北京：中國社會科學出版社，1994.

[33] 畢節地區彝文翻譯組. 西南彝志[M]. 貴陽：貴州民族出版社，1988.

[34] 畢節地區彝文翻譯組. 彝族源流[M]. 貴陽：貴州民族出版社，1989.

[35] 王天璽，張鑫昌. 中國彝族通史[M]. 昆明：雲南人民出版社，2012.

[36] 彭定求. 全唐詩[Z]. 北京：中華書局，1960.

[37] 唐圭璋. 全宋詞[Z]. 北京：中華書局，1960.

[38] 逯欽立. 先秦漢魏南北朝詩[Z]. 北京：中華書局，1983.

[39] 趙敏俐，吴思敬. 中國詩歌史[M]. 北京：人民文學出版社，2012.

[40] 余家駒，余昭，余若瑔，余宏模. 通雍余氏宗譜[Z]. 東京：日本學習院大學東洋文化研究所，1999.

[41] 辭源（修訂本）[Z]. 北京：商務印書館，2011.

[42] 辭海（縮印本）[Z]. 上海：上海辭書出版社，1980.

# 附　　録

## 前　　言①

清代康、雍之世，毗鄰滇川黔三省的彝族地區，普遍進行改土歸流。伴隨流官政治統治的鞏固，移民屯墾促進了社會經濟的發展，儒學科舉亦在民族地區推廣開來。在先進漢文化的熏陶下，一批彝族知識分子也在成長，其中如余家駒、余珍、安家元、安履泰、安履貞等，都有詩集文集傳世。在當時貴州詩壇上具有一定影響和地位的，首推余家駒及其《時園詩草》。

余家駒，字白菴，小字石哥，貴州省畢節縣大屯彝族鄉人，其先世係四川永寧宣撫使。自明末天啓、崇禎年間奢崇明失敗，其子奢震改姓名爲余化龍，隱居川黔邊境，家駒即其第七世孫也。

清嘉慶辛酉年（1801）十一月十六日，余家駒誕生於大屯故里，歿於清道光庚戌年（1850）八月十九日，享年五十歲，子余珍營葬之於大屯中寨。他的一生十分平凡，幼而穎异，爲祖父所鍾愛，年十二失怙，慈母安氏撫養成人，爲貢生即不事進取，奉養林下，隱於詩酒，於學無所不窺。其曾著詩《甘隱篇》以言志："世人趨名利，所學在干禄。及至登仕途，患得失榮辱。時刻攖其心，戚戚復碌碌。喜怒不自由，行止受人束。趙孟貴賤之，禍福同轉燭。所以托沉冥，於焉在空谷。如魚求深淵，如鳥擇高木。抱道全天真，清心寡嗜欲。尚友古之人，悠然靡不足。"

平生著述甚富，未剞刻而遭兵燹，惟遺《時園詩草》行世，論者謂似太白、東坡。善畫，尤工潑墨山水，亦奔放如詩。敘永孝廉李少青先生與交最深，曾志行略云："公爲人風流瀟灑，而皆秉乎天真，少喜讀書而非以求名，故能不汩於俗，學而淹貫乎古今。兼善爲詩，常不雕琢而成，故其詞亦豪亦仙，而悠然暢其胸襟。尤喜飲酒，凡杯與勺無時不擎，雖樂在醉鄉而神明皎然獨醒，蓋酒中之聖賢，而不儕乎舉世之醉醺。"

性尤友愛，弟中菴卒，携侄余昭課讀，授以家學，一如己出。昭亦工詩，著《大

① 此文爲貴州民族出版社 1993 年版（民族社本）《時園詩草》前言。

山詩草》三卷，《叙永廳縣志》有傳。曾爲《時園詩草》作跋稱："伯父白菴公，以貢生不出應試，奉我祖母孝養終身，居家勉勵兒輩，大率以爲朝廷廣醇風，爲祖宗綿世德，爲末俗挽哀弊，經濟皆當於讀書中求之。至於功名富貴，聽其自然，莫習奔競，至今言猶在耳也。公性情曠逸，與人和平，識與不識，皆稱之曰白菴先生。不立崖岸，而見者肅然自起。愛敬生平，不干外事，常手一編，長吟短詠；隨絜一壺，自斟自飲，機趣橫生，終身陶然。工畫山水，奔放如詩。尤喜種花，時園中一草一木，皆手澤所植。……所遺詩草二卷，皆家海山兄鈔集而存者也，謹以付梓。時家務殷繁，未暇校刊，字多錯落，不勝悚惕。當再刻并添注師友題識，稍盡孺慕"。

余家駒的《時園詩草》，係其子余珍平時抄集存録，并於道光年間經叙永李少青先生爲之校次訂正，使各體以類相附，而囑余珍另書藏之。於光緒辛巳歲（1881）新鐫板刻，印贈親友，傳世不多，迄今已逾百年，人世滄桑，佚失殆盡。能知余家駒爲清代貴州彝族詩人，并能得閱其《時園詩草》全稿者鮮矣！

《時園詩草》上卷，共録詩計分：五言古體二十六首、七言古體三十六首、五言律詩三十六首、七言律詩二十六首、五言絶句一十六首、七言絶句七十六首、六言詩二首、雜體詩二十首，合計二百三十八首。

《時園詩草》下卷，共録詩計分：五言古體二十九首、七言古體三十四首、五言律詩十四首、五言排律六首、五言絶句十四首、七言律詩二十首、七言絶句二十一首、雜體詩十五首，合計一百五十三首。

爲便利付梓，這次出版的《時園詩草》不再分成上下兩集，各體以類相附，整理合成一集，共計選入三百七十五首。

清道光丁未（1847）立夏後二日，叙永孝廉李少青懷蓮先生，對《時園詩草》編次訂正，并爲作序，給予評價，較爲中肯，稱："牂牁、夜郎之間，萬山突兀，其天地之靈氣，自開闢以來，閟（閎）而不發。明入版圖，雖代有詩人，然草昧初開，厥道未廣。先生西南世家，其胸襟之闊大，宜與尋常文士不類，又能特立風塵之外，以養其高標。故爲詩沉雄浩蕩，不名一家，當其上下千古，絶所依傍。奇情快論，破空而出，山川景物，無不別開生面。其氣魄固足雄壓一切，而語帶烟霞，不染塵氛，又如姑射仙人，遺世獨立，尤飄飄乎有凌雲之氣，而非山澤之癯所可望也。性靈所發，方不屑爲清才，又何能測其爲仙與雄哉！"李懷蓮先生用"其秀雋者爲清才，其磊落者爲雄才，其超軼者爲仙才”的標準，來“三者隨其性之所近，而品概以分”，推崇備至。

作者的家鄉畢節縣位於貴州西部高原烏蒙山區的東部，北與四川叙永、古藺接壤，急流湍瀉、奔騰洶涌的赤水河，成了川黔兩省的天然分界綫。其東、南、西三面分别與貴州境内的金沙、大方、納雍、赫章和雲南鎮雄縣等相鄰。歷史上彝族人民曾經在毗鄰三省的這帶建立過烏撒、芒部、扯勒、阿哲（水西）等地方政權，世代聚居於此，創造和發展著民族的傳統文化。作者世居并長期生活在滇川黔三省毗鄰地區，這裏是萬山聳峙，突兀峻拔，危崖峭壁，澗奇谷深，飛流湍瀉，激浪驚濤，自然景觀氣象萬千的邊遠山區。他熱愛自己家鄉的山山水水，或登高望遠，叱咤風雲；或中流擊水，急浪飛舟；或臨澗觀瀑，白練千尺；或古洞探幽，鍾乳萬象。山區的各種自然景觀，無不觸景生情，發乎吟詠，爲之贊賞，録入《時園詩草》者近百首之多。因此，山水詩是余家駒詩作中的一大特色，而他的山水詩又具有明顯的烏蒙山水雄渾險奇、氣勢磅礴的特點，如《青濃山》、《登鷹坐山》、《入芒部山中》、《崖梯》、《高山絶頂》、《登最高山》、《早行山中》、《上以開河山》、《登虎廠坪高峰》、《水腦河》、《發戛岔河》、《發戛大灣漲瀑》、《瀑布》、《仙人岩》、《探乳洞》、《灘心石》、《登高望雲海》等，可稱作者濃抹重彩，描繪烏蒙山水特色的傑出詩篇。

滇川黔毗鄰的烏蒙山區，自古以來就是彝族人民生息繁衍之地。彝族人民開發建設了山區，也創造發展了傳統的民族文化。這一地區的彝族民間仍保存着古樸濃郁的民俗，流傳著優美神奇的傳説，珍藏著彝文書寫的典籍，風雨斑駁的碑刻。和彝族人民長期友好相處的還有苗族等兄弟民族，在封建王朝的壓迫剥削下，山區的各族人民一直生活在貧困境地、飢寒交迫之中。

余家駒的《時園詩草》中，有相當部分詩作，反映了當時的民族、民間文化，也描述了當時各族勞動人民的貧困生活，并寄予了同情，對酷吏苛政，也給予一定的揭露鞭撻。可以説，具有濃郁民族色彩的民俗詩，也是作者詩作的又一特色，如《落太赫山》、《蠻刀》、《聽吹木葉》、《聞口琴》、《硝匠》、《撻龍洞》、《苗人》、《聽讀夷書》、《樂隆山》、《村中請新酒》、《掠官崖》、《道傍翁》、《小河口》、《荒山投宿》、《雪行泥潦甚憊》等，即可略窺豹斑。

作者飽學經史，工詩善畫。在其詩集中，存録不少詠史評畫之作，他借古喻今，詠物言志；憑吊逝者，緬懷業績；世態人物，亦多所刻畫。詠史之作有《讀史醉占》、

《觀風波亭戲》、《萬人塚》、《武鄉侯》、《奢夫人》、《忠烈南公》、《順德夫人墓》、《登赤水文閣》、《李後主》、《杜宇》、《王昭君》、《吴三桂》、《六龍安宣慰墓》；其評畫之作如《堪輿圖》、《千竿圖》、《畫墨葡萄於佛寺》、《火筆山水》、《蘇小像》、《竹石》、《八駿圖》、《畫馬》、《畫虎》、《畫松》、《畫牛》、《天際歸舟圖》等；其對現實人物的刻畫入詩者如《硝匠》、《厨人》、《漁家》、《漁者》、《女士》、《村女》、《番僧》、《道人贈紫拂》、《老人行》、《山中道士》、《丐者》、《蠻王》、《漁》、《樵》、《耕》、《牧》等，廣泛涉及社會的各個階層。

縱覽《時園詩草》，其中不乏佳作。作者植根山區生活，充滿山鄉氣息，詠吟發乎其真性情，豪無矯揉做作之態，詩作樸實無華。氣勢雄渾磅礴，瀟灑飄逸勁健，大有太白、東坡遺風。

作者的詩集末尾，存録《祭詩》一首："詩是心血費嘔吐，不祭無乃負心苦。羅列肴核奠酒漿，祭詩先遣詩人嘗。案頭横陳詩一卷，卷中似有鬼神現。他人祭神祭古人，我之祭神祭我身。安知後人不古我，我先祭我胡不可。我生自有面目存，效顰何苦傍人門。祭詩醉枕詩卷卧，夢中忽見青天破。五雲焕彩天門開，中有神人下降來。向我吟詩復飲酒，一斗酒成詩百首。自言非仙非佛亦非儒，萬古無雙一酒徒。"

此《祭詩》中，"我生自有面目存，效顰何苦傍人門"兩句，我以爲正是作者余家駒人品個性及其《時園詩草》詩品風格的如實反映。

余宏模

# 序

詩者，乾坤之靈氣也。天地有風雲物態，靈奇變化，造物何嘗一一安排？而出奇無窮，迥非思議可及。詩人泄造化之所欲泄，必自性靈流露而後可傳。然性靈亦各有不同，其秀雋者爲清才，其磊落者爲雄才，其超軼者爲仙才。三者隨其性之所近而品概以分，不得仙才，得雄才也可，得清才亦可也。

予自束髮受書，持此管見，而今獨心折於白菴先生。先生自少天姿卓犖，於書無所不讀，獨不溺没於舉子業。其學已迥出流俗，至於興之所至，悠然自得，尤能擺脱一切，獨往獨來。其抒發皆任乎天機，而不自知其所以然。

丙午，予館其家，見壁上詩讀而异之，因索其全集，而令嗣名珍字子儒者，出《時園詩草》二卷見示。予遍讀之而後嘆其才之獨邁也。牂牁、夜郎之間，萬山突兀，其天地之靈氣，自開闢以來，閟而不發。明入版圖，雖代有詩人，然草昧初開，厥道未廣。先生西南世家，其胸襟之闊大，宜與尋常文士不類，又能特立風塵之外，以養其高標。故爲詩沉雄浩蕩，不名一家，當其上下千古，絶所依傍。奇情快論，破空而出，山川景物，無不另開生面。其氣魄固足雄壓一切，而語帶烟霞，不染塵氛，又如姑射仙人，遺世獨立，尤飄飄乎有凌雲之氣，而非山澤之癯所可望也。性靈所發，方不屑爲清才，又何能測其爲仙與雄哉！

第白菴不自收拾，此二卷乃子儒所手掇而存者。其編次無年月可識，而古近體又復雜糅。予乃爲之較（校）次訂正，使各體以類相附，而囑子儒另書而藏之。异時有讀是編者，知是方開闢之氣，得先生之發揮而始暢，則仙才雄才必有定論，而亦證予管見之爲不謬云。

道光丁未夏立夏後二日翠田李懷蓮撰

# 跋

伯父白菴公，以貢生不出應試，奉我祖母，孝養終身。居家勉勵兒輩，大率以爲朝廷廣醇風，爲祖宗綿世德，爲末俗挽衰弊，經濟皆當於讀書中求之。至於功名富貴，聽其自然，莫習奔競，至今言猶在耳也。

公性情曠逸，與人和平。識與不識，皆稱之曰白菴先生，不立崖岸而見者肅然自起。愛敬生平，不干外事。常手一編，長吟短詠；隨絜一壺，自斟自飲，機趣橫生，終身陶然。工畫山水，奔放如詩。尤喜種花，時園中一草一木，皆手澤所植。

猶憶戊申之歲，冬寒擁爐，昭侍酌半夜。談及古今，竭忱以對，蒙呼“可兒”曰：“將來可以傳我衣缽矣。”噫！昭今已年逾半百，碌碌無成，有負老人多矣。所遺詩草二卷，皆家海山兄鈔集而存者也。謹以付梓，時家務殷繁，未暇校刊。字多錯落，不勝悚惕。行當再刻，并添注師友題識，稍盡孺慕。

侄昭謹誌

# 《四餘詩草》校注

【清】 余 珍 著
黄瑜華 校注

# 前言

余珍（1825—1864），字子孺，號寶齋、海山、坡生，彝名龍灼，清朝貴州畢節大屯人。彝族詩人，世襲大屯九世土司，生於清道光乙酉年（1825）十二月十八日丑時，歿於同治甲子年（1864）八月二十九日亥時，享年40歲。早年因社會動蕩，改文習武，被授予都司，因堅壁清野有功，誥授武翼都尉，戴藍翎，并任大屯土千總。

余珍自幼受其父余家駒影響，文才出衆，有《四餘詩草》傳世。又擅長書法繪畫，其名聲聞於黔、川、滇三省。書法楷字宗顔真卿，草書學懷素，喜作擘窠大字，龍騰虎躍，甚有氣勢。畫以山水爲主，得倪雲林心傳，蕭疏淡遠，與字之雄强恰成對比。至於花卉、蟲鳥、人物，莫不悉心研習，皆有可觀。余珍還廣博收藏，蓄有古今名印300餘枚，古硯50餘方，金石碑版、名人字畫乃至古玩花木，搜羅甚富。所遺《四餘詩草》1卷，共録詩96首，生前已“自題其稿曰《四餘》”。咸豐年間李懷蓮（少青）曾爲其撰文作序，至於編輯鎸刻，則是歿後由其族弟余昭所主持，以後又散見於地方志書。

余珍是余氏家族中的第二代詩人，他和余昭同在父親余家駒門下受業學習，深受余家駒影響，但他更多地繼承了余家駒詩歌中的蕭散閑適風格。

## 一

余珍詩歌清朗疏淡、閑適寧静，或寄情山水，或詠史懷古，充分體現了其“四餘”之意——居家處事之餘、讀書作畫之餘、栽花養魚之餘、縱談游覽之餘。

《四餘詩草》中有很多詩歌表現詩人閑適寧静、恬然自得的田園生活，如這首《閒適吟》：

銀床静對小窗幽，四壁雲山足夢遊。團繞膝前教認字，一兒高過一兒頭。

這是一幅多麼純樸而有趣的生活畫卷：詩人在自己的狹小天地中夢游，醒後教孩子們圍繞膝下認字學習；歲月漸逝，孩子們一天天長高。詩人以自然閑散的筆調寫出自己的悠然心情，寫意清淡，文字通俗曉暢。快意而閑適的生活，也體現了余氏家族的文化品味。

余珍的閑適生活，主要内容是讀書、寫詩、品題和飲酒：

明月一樽酒，清風一卷詩。酒或有不飲，詩吟無已時。然係任自然，非有一定規。有如讀既竟，再讀神已疲。此時惟飲酒，得與思相宜。又或飲既醉，可已則已而。時復强中之，不將日昏迷。所以取詩來，一一又品題。（《閑適咏》）

他在明月清風中怡然自得，於酒酣耳熱之際吟詠、品題詩歌，神情恍惚，如癡如醉，頗有魏晋竹林七賢風度。他甚至對這種渾渾噩噩的日子感到不滿，於是作《禽言詩》六首以自嘲：

提葫蘆，提葫蘆，終日昏昏一事無。算來只有睡功夫，人間何處賣胡塗，提葫蘆。

春去了，春去了，近日梳妝太草草。萬斛愁塵盈不掃，落紅如雨催人老，春去了。

……

得過且過，得過且過，茅庵竹榻日高卧。蔬菜飲水又則個，从今知足便罷罷，得過且過。

他本來是要做一個清貧之士的，無奈仕途不暢，只好得過且過：“儒素家風不諱貧，山間林下自棲身。詩書味好無逾古，花木情多别有春。何事聲名留宇宙，漫因富貴走風塵。謀生我本原來拙，輸與當門織屨人。”（《詠懷》）

## 二

余珍詩歌色調爛漫，柔中見剛。由於余珍書畫造詣深厚，藝術思維的共通性啓迪了他的詩歌靈感。正如余宏模先生所言，余珍詩歌中反映了“黔山蜀水的自然風情和民俗古跡；加之作者除擅長詩詞外，又精於書畫，有的詩詞如同書畫，讀之往往能喚起人們對書畫美感的聯想，體現了作者筆下將詩、書、畫不同的藝術表現形式有機地聯繫融會，具有中國藝術立體感的特色。”[①]在其詩歌中，題畫詩有 11 首，今日雖不見其畫作，但仍然能從一首首題畫詩中想像其風采，如這首《畫蘭贈康炳堂并題》：

春風石背泊輕寒，小吐紅芽玉一竿。爲愛生成無俗韻，素心寫得寄君看。

古來畫蘭者衆多，詩人畫的是在乍暖還寒的春風中微微吐出幾點紅芽的素心蘭送給摯友，畫中素心蘭因花莖、花萼、花瓣爲同一顔色，且無其他色的條紋、斑點而被稱爲素心。何爲“素心”？《辭海》的詮釋是“心地純樸”。清代大儒紀曉嵐給“素心”下的定義是：“心如枯井，波瀾不生，富貴亦不睹，飢寒亦不知，利害亦不計，此爲素心者也。”（《閱微草堂筆記》）詩人畫素心蘭，就是想向摯友表明，自己就是那不爲塵世所累，傾盡一生之愛化作一朵山間幽蘭，波瀾、富貴、飢寒、利害都不爲所動的素心之人。余珍題畫詩題材廣泛，梅蘭竹菊，山水詠懷皆可入詩入畫。

詩人在自己的莊園中栽花養魚，自得其樂，雖沉醉其間，却依然具有“大丈夫當跨海出塞，以立功名，如漢之張博望、班定遠，方不虛此生。何肯埋頭故紙以求生活耶！”[②]的萬丈豪情，如這首《園中諸菊玉玲瓏高與檐齊》：

幾經晴雨費栽培，玉立亭亭覆緑苔。知是不甘籬下寄，要和紅杏日邊開。

詩人在時園内精心栽培多年的菊花盛放，潔白晶瑩的花朵亭亭玉立，因主人愛惜，竟長得枝葉紛披，生氣勃勃。也許，這淡泊寧静、隱逸超塵的菊花，也要如紅杏一般苦苦争春？這象徵著詩人雖隱居黔山蜀水之間，却依然有志於功名。正當余珍文經武緯、蒸蒸日上之時，却溘然病逝，不能不説是極大的遺憾。

余珍生性豪爽，喜廣交天下朋友，喜縱談游覽。這既開闊了視野，又激發了寫作靈感，如《花朝遊小河》：

① 余宏模：《四餘詩草·前言》，貴陽：貴州民族出版社，1993 年。
② 余昭：《四餘詩草·跋》，清光緒辛巳亦園刻本，1881 年。

桃花灘上泊輕舟，細雨如烟淡不收。聞道前村春酒熟，安排再典鷫鸘裘。

花朝之日，詩人乘一葉輕舟，泛舟小河。初春的細雨空濛迷茫，如烟似霧，小舟停靠在桃花灘。聽説前面村子裏新釀的春酒熟了，爲了這新熟的春酒，貴重的鷫鸘裘也可以典當，正所謂“自古陰晴誰料得，莫辭連夜典鸘裘”。

《感懷偶作》最能體現作者“大丈夫”的至剛情懷：

丈夫不虛生，虛生不丈夫。造物大無情，累我此詩書。毛錐焉殺賊，不如一狗屠。從此欲弃之，十年曾勤劬。謂書能有用，視若懷中珠。我已不負書，書其負我無？光陰一擲梭，老大留髭鬚。藉取博功名，何處詎頭顱？烟水通吴楚，扁舟泛五湖。

古人讀書，寄希望於將來能夠在官場上一顯效用，所謂“學而優則仕”是也。一旦讀了書而不受重用，便覺得英雄無用武之地，于是走向江湖，走進林下。余珍也萌發過“扁舟泛五湖”的幻想。

## 三

余珍詩歌情景交融，意境創造獨具特色。情景交融是我國古典文學中的重要文藝理論，以情景交融手法構成的意境是古代文學作品成爲上乘佳作的重要因素。王國維説：“文學中有二元質焉：曰情，曰景。”（《文學小言》）所謂“情”，指感情、情緒、思想等作者的主觀内蘊，是作品主旨的生成要素；而“景”則指由人所遇、所想、所見的人、事、物、景所構成的社會生活圖景，它是一種客觀存在，是承載主旨的外在形象。

有時作者所描繪的生活圖景與主觀情志水乳交融，如《層臺驛》：

白雲溪上野人家，流水橋通石徑斜。客路正嫌秋冷落，小園瞥見一枝花。

近乎原始生活狀態下的山民人家竟然詩意地棲居在“白雲溪上”，門前小橋流水，石徑橫斜。正覺凄清冷落之時，忽見小園中一支鮮花奪目而出。這般情景，這般畫意，這般流風玄想，堪與葉紹翁的《遊園不值》异曲同工！

有時，余珍詩歌的情景交融充滿一種滄桑感。讀這首《大方城懷古》就有這種感覺：

高登北郭望茫茫，十里城闉萬瓦霜。丞相曾聞招濟火，生民猶是説奢香。西南半壁天常漏，井鬼分星夜有芒。把取酒杯憑吊唁，一林斜月映昏黄。

井、鬼二星分野下的大方城本爲大定府治所，凄清冷落景象本不該出現，但是作者筆下的大方城却陰森可怖：十里之城被籠罩在秋霜之中，有時淫雨霏霏。也許是政局的動蕩使老百姓想起了卓越的政治家、貴州宣慰府的執政者奢香。“一林斜月映昏黄”是畫面的唯一亮色，又是情感的唯一亮色，它隱約透露出一綫希望。

縱觀余珍詩歌，正如其友人李懷蓮所言：“居家處事，可以悉作詩之理。讀書作畫，可以博作詩之趣，栽花養魚，可以活作詩之興。縱談遊覽，可以暢作詩之致。情以景生，景隨時寓，活潑潑地，獨見性靈。”（《四餘詩草序》光緒辛巳亦園刻本）這看似與讀書無關的“四餘”閑暇時光，都爲余珍寫詩作文作了最好的鋪墊。

## 四

余珍在不惑之年離開人世，他留下的詩歌在《四餘詩草》中也不足百首，但是并不説明他在文化史上毫無影響或微不足道。

首先，余珍是余氏家族中文武兼備、詩藝兼擅的人。他曾壯志凌雲，投筆從戎，以都司身份組織圍剿反清勢力。他的書法、繪畫水準是這個家族中首屈一指的，甚至有不少慕名而來向他索要書畫作品的外省人（見《秦蜀滇黔求書畫者，日踵其門》）。在余氏家族中，詩、書、畫、印四者兼通者，只有余珍，他爲這個家族增添了情趣盎然的藝術品質，使土司莊園的文化氛圍愈加濃厚。

其次，余珍的詩歌創作成就雖然稍遜於之前的余家駒和同時的余昭，以及之後的余達父，但在全國少數民族漢語古詩創作中仍占有一席地位。左玉堂《彝族文學史》

第四編第三節專門介紹了余珍及其《四餘詩草》[①]；李立主編的《彝族文學史》第十二章第四節也專門介紹了余珍和《四餘詩草》；何仁仲主編的《貴州通史》中《清代貴州文學》部分第一節提到余珍的詩歌創作；黄萬機《貴州漢文學發展史》第二章第三節介紹的余氏家族四位詩人，其中之一便是余珍。[②]

《四餘詩草》的現存版本有兩個：其一爲清光緒辛巳（1881）亦園刻本，後爲貴州省立圖書館收藏；其二爲余宏模編注、貴州民族出版社 1993 年版（與余家駒《時園詩草》合集）。今《四餘詩草》即主要根據光緒辛巳（1881）亦園刻本，并參照 1993 年版同名詩集校注。

① 左玉堂：《彝族文學史》，昆明：雲南民族出版社，2006 年，第 852—853 頁。
② 余宏模：《赤水河畔扯勒彝》，香港：天馬圖書有限公司，2003 年，第 170、175、176、180 頁。

# 凡　例

一、余珍《四餘詩草》現存版本有兩個：其一爲清光緒辛巳（1881）亦園刻本（本校注稱“亦園本”，作者自注稱“原注”），後爲貴州省立圖書館收藏；其二爲余宏模編注、貴州民族出版社1993年版（本校注稱“民族社本”，注釋稱“余注”）。

二、鑒於余珍現存詩歌數量不多（《四餘詩草》中爲96首），而余家駒則有384首，余宏模編注、貴州民族出版社1993年版《時園詩草》《四餘詩草》爲合集。本校注仍將二人詩集編爲合集，便於翻檢，且便於印刷。

三、本校注以“亦園本”爲底本，以“民族社本”爲參校本，用“校勘記”分别注明兩個版本文字和編排上的差异并勘誤。

四、關於校注符號和順序。在“[ ]”内標示校勘記序號，在“○”内標示原注序號，在“（）”内標示余注（余宏模注《四餘詩草》）序號，在“【 】”内標示今注序號。多項并舉時，校勘記序號列於前，原注、余注、注釋（今注）序號依次列於後。

五、原則上只注釋生僻詞語、典故、相關地名及史實。若非特殊需要，一般不重複注釋。

六、极少數通俗易懂的詩歌無需注釋，爲保持版本完整性，僅收録原文。

七、《四餘詩草》詩歌不多，未分卷，校注本基本上按照原本順序編排，根據現行古籍整理和出版規定，將二書原有的前言、序跋和題詞移至正文之後。

## 感懷偶作

丈夫不虛生，虛生不丈夫。造物大無情，累我此詩書。毛錐[一]焉殺賊，不如一狗屠[二]。從此欲弃之，十年曾勤劬[三]。謂書能有用，視若懷中珠。我已不負書，書其負我無？光陰一擲梭[四]，老大留髭鬚。藉取博功名，何處詎頭顱？烟水通吴楚，扁舟泛五湖。

◎ **注釋**

【一】毛錐：毛筆的别稱。宋陸游《醉中作行草數紙》詩："驛書馳報兒單于，直用毛錐驚殺汝。"

【二】狗屠：以屠狗爲業者，亦泛指從事卑賤職業者。《戰國策・韓策二》："臣有老母，家貧，客遊以爲狗屠，可旦夕得甘脆以養親。"

【三】勤劬（qú）：辛勤勞累。漢王逸《九思・逢尤》："望舊邦兮路逶隨，憂心悄兮志勤劬。"

【四】擲梭：喻時光迅疾。清汪曰楨《〈小螺庵病榻憶語〉題詞》："擲梭歲月感駸駸，早見墳頭宿草深。"

## 水西（一）道中

萬里牂牁[一]路，西南半壁分。朝天（二）雙節婦，助漢一將軍（三）。烟火千村接，弦歌到處聞。升平人樂業，不必慕風雲。

◎ **余注**

（一）水西：指今貴州省鴨池河以西黔西、大方、畢節、納雍、赫章等縣境，明代水西宣慰司管轄故地。

（二）朝天：指明朝洪武年間奢香、劉贖珠赴京朝見朱元璋事。

（三）指三國時助諸葛亮南征的濟火，彝名妥阿哲，爲水西安氏遠祖。

◎ **注釋**

【一】牂牁：古地名，西南地區古夜郎國、夜郎郡的前身之名。晋常璩《華陽國志·南中志》：“周之季世，楚威王遣將軍莊蹻，泝沅水出且蘭以伐夜郎，植牂柯繫舡……因名且蘭爲牂牁國”。

## 清明日作

花朝【一】過了又清明，爲釀群花總不晴。幽鳥也知春意軟，海棠枝上試新聲。

◎ **注釋**

【一】花朝：舊俗以農曆二月十五日爲“百花生日”，故稱此日爲“花朝節”。宋吴自牧《夢粱録·二月望》：“仲春十五日爲花朝節，浙間風俗，以爲春序正中，百花争放之時，最堪遊賞。”

## 題　畫

三兩漁舟泛晚潮，白門【一】疏柳日蕭蕭。蓼花低護洄灘轉，千里鱸鄉【二】入望遥。

◎ **注釋**

【一】白門：江蘇省南京市的别名。清趙翼《金陵》詩：“不到金陵廿六年，白門烟柳故依然。”

【二】鱸鄉：吴江雅稱爲“鱸鄉”。北宋陳堯佐：“扁舟繫岸不忍去，秋風斜日鱸魚鄉。”

## 遊卧泥河(一)玉皇觀

穿崖古道走羊腸，隱隱殘鐘定夕陽。行到寺門清一味，山僧煮飯菜根香。

### ◎ 余注

（一）卧泥河：彝語原意“藍色的河”，在今畢節縣原龍場營區安頂鄉，注入赤水河。(校注者按：余注中凡爲“畢節縣”者，因政區更名，今應全部爲“畢節市”，下同。)

## 爲張亮輔畫扇并題

殘陽蒸影上天紅，極目江干面面【一】空。除却人家三兩户，一行沙鳥半帆風。

### ◎ 注釋

【一】面面：每一方面；每個地方。宋范成大《詠吴中二燈·琉璃球》：“迭暈重重見，分光面面呈。”

## 題　畫

情懷烟月憾難消，楚尾吴頭【一】客路遥。一片孤帆天外豎，萬山倒影抱春潮。

◎ **注釋**

【一】楚尾吴頭：古豫章一帶位於楚地下游、吴地上游，似首尾相銜接，故稱“楚尾吴頭”。此處泛指長江中下游一帶。宋朱熹《鉛山立春》詩：“雪擁山腰洞口，春回楚尾吴頭。”

## 秋日江上

天光斜破嶺頭雲，江上秋思淡夕曛。移棹欲隨流水去，前溪楓葉落紛紛。

## 寄子懋弟（一）

一紙書來無限情，打窗風急峭寒【一】生。時園近事君知否，心上梅花入夢清。

◎ **余注**

（一）子懋：余昭之號也，爲余珍族弟，家住四川叙永水潦，有《大山詩草》傳世。

◎ **注釋**

【一】峭寒：料峭的寒意，形容微寒。宋徐積《楊柳枝》詩：“清明前後峭寒時，好把香綿閑抖擻。”

## 花朝遊小河（一）

桃花灘上泊輕舟，細雨如烟淡不收。間道前村春酒熟，安排再典鷫鸘裘【一】。

◎ 余注

（一）小河：地名，今畢節縣普尼鄉境内，村落傍有河，流入赤水河。

◎ 注釋

【一】鷫鷞（sùshuāng）裘：晋張華《禽經注》：“鷫鷞，鳥名，其羽可爲裘以辟寒。”羅願《爾雅翼》云：“鷫鷞，水鳥，雁屬也。似雁而長頸，綠色，皮可爲裘，霜時乃來就暖。”

## 清明節遇雨

落花逐雨打窗輕，小院春寒破宿酲【一】。記得年來三二月，多從雨裏過清明。

◎ 注釋

【一】酲（chéng）：喝醉了神志不清。

## 春　閨【一】

紗窗睡足雨初晴，春夢沉沉記不清。小妹無知争捉起【二】，綠楊蔭裏聽啼鶯。

◎ 注釋

【一】春閨：女子的閨房，亦指閨中的女子。南朝梁簡文帝《和湘東王名士悦傾城》：“非憐江浦珮，羞使春閨空。”

【二】捉起：捉迷藏之類游戲。

## 爲秦百川畫扇并題

白鷗江上水烟低，白石亭邊日向西。一葉扁舟無定所，青山紅樹影離迷。

## 中秋日壽鄒梧山

也無牽掛也無愁，泛泛身如不繫舟。五十年來圓覺【一】早，阿儂【二】生日是中秋。

◎ **注釋**

【一】圓覺：佛教語，指佛家修成圓滿正果的靈覺之道。南朝梁元帝《揚州梁安寺碑序》："旃檀散馥，無復圓覺之風。"

【二】阿儂：稱對方。《南齊書・東昏侯紀》："何世天子無要人，但阿儂貨主惡耳。"

## 秋　月

誰從海底鑄成毬，長向人間照別愁。白兔搗霜【一】清欲滴，此時此際不勝秋。

◎ **注釋**

【一】白兔搗霜：霜天。白兔，即嫦娥的化身玉兔。相傳月亮之中的這隻白兔拿著玉杵跪地搗藥，久而久之，玉兔便成爲月亮的代名詞。唐楊發《宿黄花館》詩："何處迷鴻離浦月，誰家愁婦搗霜衣。"

## 秋日過硚津渡（一）

蕭蕭羸馬過灘頭，風送潮洄水倒流。欲上寒山【一】覓羽伴，夕陽紅樹湊成秋。

◎ 余注

（一）硚津渡：在今貴州省大方縣境内。

◎ 注釋

【一】寒山：冷落寂静的山，寒天的山。南朝宋謝靈運《入華子崗是麻源第三谷》詩："南州實炎德，桂樹凌寒山。"

## 得子懋（一）遣懷詩就韻和之

似水流年肓[一]漫過，時乎未至奈將何？暗中琴曲知音少，眼底雲烟變態多。序齒同君稱阿大，論文偏我是幺麼【一】。分明心事風塵外，蜀水黔山且嘯歌。

英雄多半晚來成，高卧烟霞夢不驚。案有琴書方脱俗，人遊天地敢偷生。難憑最是身前事，可惜無如没後名。練就奇才爲世用。莫徒紙上好談兵。

當場若要建奇功，食士【二】原來宜盡忠。藉口韜光非故我，聞言解難有仙翁。而今徒説鵶軍【三】健，自古惟傳蜀相雄。生就丹心爲保障，陣雲【四】高處跨青驄[二]【五】。

男兒如此自封候，得月先從近水樓。何事黄粱[三]空有夢，盡教破帽不離頭。請纓問路君門遠，殺賊無人戰壘愁。鷄唱五更頻起舞，一般幽願憾難酬。

◎ 校勘記

[一]肓：其意不詳。民族社本作"多"，於文義欠妥貼，今據原本改。

[二]驄：民族社本作"騘"誤，今據原本改。

[三]粱：原本作“梁”，誤，今據民族社本改。

## ◎ 余注

（一）子懋，名余昭，作者族弟，有《大山詩草》傳世。

## ◎ 注釋

【一】幺麽：亦作“么麽”，微小的，微不足道的，卑微的。唐劉恂《嶺表録異》卷上：“（周遇）又經琉球國，其國人么麽，一概服麻布而有禮。”

【二】食土：享受封邑的租税。漢班固《十八侯銘·將軍棘津侯陳武》：“功成食土，德被遐邇。”晉陸機《五等諸侯論》：“諸侯饗食土之實，萬國受世及之祚矣。”

【三】鴉軍：亦作鴉兒軍，指由驍勇善戰的少年組成的軍隊。黄節《宴集桃李花下》詩：“豈無鴉兒軍，不可收指臂。”

【四】陣雲：濃重厚積形似戰陣的雲，古人以爲戰爭之兆。《史記·天官書》：“陣雲如立垣。”

【五】青驄：毛色青白相雜的駿馬。《玉臺新詠·古詩爲焦仲卿妻作》：“躑躅青驄馬，流蘇金鏤鞍。”

# 飲　酒

事業誰千載，文章總誤身。操心而慮患，孽子【一】與孤臣【二】。盛治空皇古【三】，清談渺晋人。不如惟飲酒，麴[一]國共長春【四】。【五】

## ◎ 校勘記

[一]麴：民族社本作“粬”，今據原本改。

## ◎ 注釋

【一】孽子：庶子，非正妻所生之子。《墨子·節葬下》：“然後伯父、叔父、兄弟、孽子其。”孫詒讓《墨子閒詁》：“孽，庶子也。”清孔尚任《桃花扇·截磯》：“孽子含冤天慘澹，孤臣舉義日光明。”

【二】孤臣：孤立無助或不受重用的遠臣。南朝梁江淹《恨賦》："或有孤臣危涕，孽子墜心，遷客海上，流戍隴陰。"

【三】皇古：上古，遥遠的古代。清王韜《原道》："蓋皇古之帝王，皆聖人而在天子之位，貴有常尊，天下習而安之。"

【四】長春：仙酒名。元關漢卿《單刀會》第四折："酒非洞裏之長春，樂乃塵中之菲藝。"

【五】"麴國"句：猶言去酒鄉喝美酒。麴國，酒鄉。麴，同"麯"，把麥子或白米蒸過，使它發酵後再曬乾，稱爲"麴"，可用來釀酒。此處代指酒。

## 自用筆

守君廿餘年，如友得良朋。心手日相習，憐愛一何誠。蓋謂君功奪造化，光贊天人，以故彌用而彌珍。胡爲乎！討流寇，誅庸臣，不能脱穎將我成。胡爲乎！遊五岳，泛五湖，朝帝京，不能潤毫助我行。若獨題詩述事，塗景寫生，君何苦困我於黔山之中與蜀水之濱。從來丈夫不虛生，世間豈可死守毛錐【一】以終身。嗚呼！管城子【二】，中書君【三】，今而後吾深憾汝，吾將焚汝，而不信汝力可以橫掃千人軍。

### ◎ 注釋

【一】毛錐：見《感懷偶作》注釋【一】。

【二】管城子：泛稱筆。唐韓愈《毛穎傳》稱筆爲管城子，後因以"管城子"爲筆的别稱。宋黄庭堅《戲呈孔毅父》詩："管城子無食肉相，孔方兄有絶交書。"

【三】中書君：泛稱筆。唐韓愈《毛穎傳》稱毛筆爲毛穎，言穎居中山爲蒙恬所獲，獻於秦皇，秦皇封之於管城，號管城子，"累拜中書令，與上益狎，上嘗呼爲中書君"。後因以"中書君"爲毛筆的别稱。宋蘇軾《自笑》詩："多謝中書君，伴我此幽棲。"

## 畫蘭贈康炳堂并題（一）

春風石背泊輕寒，小吐紅芽玉一竿。爲愛生成無俗韻，素心【一】寫得寄君看。

◎ **余注**

（一）康炳堂：漢族，家住今貴州省畢節縣林口鎮，當時著名文士。

◎ **注釋**

【一】素心：素心蘭花。清惲敬《與廖永亭書》："仁弟不耻下問，故一一詳之，附上素心兩器，惜無磁斗，然已伏盆，不必易也。"

## 譚荷生畫梅見惠并繫以詩

我有故人攖雲子，素未覿面【一】神交耳。遺我一幅古梅花，瘦硬通神【二】神乎技。畫梅分明畫相思，一往深情出十指。想見先生下筆時，冰雪漫山春正始。飲一斗酒畫一枝，枝枝迸現相思旨。畫成題云寫君照，而我幾生修到此。我素愛梅如愛友，迢遞【三】搜尋日無已。得來一枝春贈君，豈知春在君握裏。人生快意是知音，梅花作合更添喜。告訴梅花所以然，緣根結就非偶爾。庾嶺【四】春深日遲遲，縞袂應來同卧起。

◎ **注釋**

【一】覿面（dímiàn）：見面。清紀昀《閲微草堂筆記・灤陽消夏録四》："群鬼啾啾，漸逼近，比及覿面，皆悚然辟易。"

【二】瘦硬通神：字體瘦細而勁健，更具有神韻。唐杜甫《李潮八分小篆歌》："苦縣光和尚骨立，書貴瘦硬方通神。"通神，本指通於神靈，此處形容有神韻，感染力極大。

【三】迢遞：時間久長貌。唐韋應物《春宵燕萬年吉少府南館》詩："河漢上縱横，春城夜迢遞。”

【四】庾嶺：山名。嶺上多植梅樹，故又名梅嶺。《紅樓夢》第五十回：“《賦得紅梅花》詩：‘魂飛庾嶺春難辨，霞隔羅浮夢未通。’”

## 初夏

陰晴不定麥秋【一】天，檢點詩囊懶欲眠。細雨碎飛雲乍斂，半灣新月掛樓巔。

◎ **注釋**

【一】麥秋：麥熟的季節，通常指農曆四五月。《禮記・月令》：“靡草死，麥秋至。”陳澔《禮記集説》：“秋者，百穀成熟之期。此於時雖夏，於麥則秋，故云麥秋。”

## 一泓秋水半房山山房酌友

雲如鋪絮雨如絲，正是山家麥上時。花氣穿窗疏欲斷，嵐光入户翠長垂。座中佳客延三益【一】，世外閒情話一巵【二】。何處歸來雙燕子？湘簾影底漾差池【三】。

◎ **注釋**

【一】三益：借指良友。語出《論語・季氏》，孔子曰：“益者三友。友直，友諒，友多聞，益矣。”

【二】巵（zhī）：古代酒器。

【三】差池：猶參差不齊貌。《詩・邶風・燕燕》：“燕燕於飛，差池其羽。”

## 園中諸菊玉玲瓏高與簷齊（一）

幾經晴雨費栽培，玉立亭亭覆緑苔。知是不甘籬下寄，要和紅杏日邊開。

◎ 余注

（一）指作者住宅内時園諸菊盛開。時園在今貴州省畢節縣大屯彝族土司莊園内，現列爲全國重點文物保護單位。

## 賞　菊

紫白紅黄一徑深，賞花人獨繞籬吟。珊珊【一】骨貌經秋減，也似群英瘦到心。

◎ 注釋

【一】珊珊：高潔飄逸貌。清張詡《摸魚兒・吴門喜晤夢華》詞："堪喜處，是仙骨珊珊，久脱風塵苦。"

## 月下賞梅

滿地霜華月欲闌【一】，碧天如水思漫漫。廿年剩有冰心【二】在，拼共梅花一夜寒。

◎ 注釋

【一】闌（lán）：殘，將盡。宋陸游《十一月四日風雨大作》："夜闌卧聽風吹雨。"

【二】冰心：純净高潔的心。《宋書・良吏傳・陸徽》："年暨知命，廉尚愈高。冰心與貪流争激，霜情與晚節彌茂。"

## 讀《桃花扇》傳奇

選舞徵歌【一】繼後陳，燈花紅亂慶元春【二】。到頭兒女風雲散，天子無緣配美人。

◎ **注釋**

【一】選舞徵歌：歌舞升平。清張問陶《讀〈桃花扇傳奇〉偶題》："布衣天子哭荒陵，選舞徵歌好中興。"

【二】元春：元旦。《樂府詩集·燕射歌辭二·隋元會大饗歌》："展禮肆樂，協此元春。"

## 德胯屯（一）

混沌誰開鑿，荒寒不計年。斷峰堆落日，隤壁倚長天。入峽雙流急，盤空一徑懸，單騎飛鳥外，俯仰【一】勝登仙。

◎ **余注**

（一）德胯屯：在畢節縣原安頂鄉境內赤水河畔，危巖突兀、羊腸小徑，上居人家。

◎ **注釋**

【一】俯仰：低頭和抬頭。唐韓愈《岳陽樓別竇司直》詩："星河盡涵泳，俯仰迷下上。"

## 題友人嶺上新居

此君妙想有誰如，雲海光中自結廬。再得元龍樓百尺【一】，高居天上讀天書。

◎ **注釋**

【一】元龍樓百尺：《三國志·魏志·陳登傳》："（劉備）曰：'而君（許汜）求田問舍，言無可采，是元龍所諱也，何緣當與君語？如小人，欲卧百尺樓上，卧君於地，何但上下牀之間邪？'"後借指抒發壯懷的登臨處。

## 寄陳乃亭

談笑忘人我，狂奴[一]最率真。言來憑逆耳，命薄且安貧。鳥獸非吾侶，漁樵亦帝臣。功名求不得，得恐負君親。

◎ **注釋**

【一】狂奴：自嘲之辭。清袁枚《隨園詩話》卷一："李尚書雍熙學道，散遣歌姬，王西樵責以詩云：'誰爲公畫此策者，狂奴恨不鞭其背！'"

## 月　下

明月清如水，遊人樂似魚。魚水兩相得，此樂果何如？

## 眉峰沁緑亭[一]獨坐

尋芳誰解惜芳菲，竟日山亭坐不歸。野鳥一聲春去了，長堤空見落花飛。

◎ **余注**

（一）沁緑亭：在今貴州省畢節縣大屯彝族鄉，已毀。

## ‖ 多山樓(一)對月獨酌 ‖

廿載斯樓上，今宵第幾回。斷雲【一】拖雨過，明月帶秋來。辛苦餘雙管，功名付一杯。高吟忘久坐，四壁曙光催。

◎ 余注

（一）多山樓：作者故居組成部分，今畢節縣大屯土司莊園内。

◎ 注釋

【一】斷雲：片雲。南朝梁簡文帝《薄晚逐涼北樓回望》詩："斷雲留去日，長山減半天。"

## ‖ 對月憶荷生 ‖

孑立明月下，俯首獨吟呻。問予何所思，爲憶攫雲君。攫雲自言别，見月幾回圓。月缺易團圞[一]【一】，人别一聚難。對月訴離愁，默然月不膺。乘月遠相訪，何處賦宵征【二】。佳節又中秋，此情更殷殷。我聞古詩人，明月幻前身，安得赴廣寒，共證三生因【三】。

◎ 校勘記

[一]圞：民族社本作"栾"（欒），今從原本。

◎ 注釋

【一】團圞：圓貌。唐任華《雜言寄杜拾遺》詩："積翠扈遊花匼匝，披香寓值月團圞。"

【二】宵征：夜行。《詩・召南・小星》："肅肅宵征，夙夜在公。"

【三】三生因：三生因緣。佛教謂人有三生：前生、今生、來生。唐牟融《送僧》詩："三生塵夢醒，一錫衲衣輕。"

## ‖ 送友人杜雨三汝霖歸秦 ‖

天外整歸鞍【一】，揮杯淚不乾。親朋無遠近，聚散一悲歡。落日餘殘照，西風起暮寒。茫茫黔蜀路，何處達長安。

◎ 注釋

【一】歸鞍：回家所乘的馬。唐張説《東都酺宴》詩之三："洛橋將舉燭，醉舞拂歸鞍。"

## 翠蛾眉

巧效何人畫翠眉，新螺淡掃一枝枝。西風妒殺張郎筆【一】，魂斷朝暾【二】欲上時。

◎ 注釋

【一】張郎筆：《漢書·張敞傳》記載，京兆尹張敞和妻子情深，妻子化妝時，他爲其畫眉，被長安人笑爲"張京兆眉憮"。"有司以奏敞。上問之，對曰：'臣聞閨房之内，夫婦之私，有過於畫眉者。'"

【二】朝暾（tūn）：初升的太陽，亦指早晨的陽光。《隋書·音樂志下》："扶木上朝暾，嵫山沉暮景。"

## 小河口（一）

一線河流急，川黔比屋居。登天如有路，臨水却無魚。怪石蹲沙岸，危崖塞市閭【一】。嚧嚧聲互答，懶婦晚呼猪。

◎ 余注

（一）小河口：在今貴州省畢節縣普尼鄉境内的赤水河畔。

◎ 注釋

【一】市閭：市邑，城市。晉潘岳《西征賦》："感市閭之蕻井，嘆尸韓之舊處。"

## 與乃亭作

同是弃物莫我要，别後相逢色然[一]笑。快談[二]人所不屑談，出我口入君心竅。見者紛紛罵狂奴，君我依然談自如。如醉如癡如耳聾，以牛以馬任人呼。無用天生一種人，自家而外皆不倫。逢場戲作戲中戲，此時焉知世上情。高枕海棠陪春睡，梅花枝上紀姓字。消受林泉無限福，花王國中稱花吏。君不見爲利之徒鋌走險，求名多把聲名玷。何如弃人此快談，坐言起行[三]尚完善。

### ◎ 注釋

【一】色然：變色貌。《公羊傳·哀公六年》："諸大夫見之，皆色然而駭。"

【二】快談：痛快鋒利的言談。明沈德符《野獲編·釋道·二大教主》："温陵李卓吾，聰明蓋代，議論間有過奇，然快談雄辯益人意智不少。"

【三】坐言起行：坐能言，起能行。原指言論必須切實可行，後比喻説了就做。《荀子·性惡》："故坐而言之，起而可設，張而可施行。"

## 夜中即景

香裊金猊[一]火尚温，半床羅縠[二]不生紋。起看一片西溪月，只剩如圭影二分。

### ◎ 注釋

【一】金猊（ní）：香爐的一種。爐蓋作狻猊形，空腹。焚香時，烟從口出。前蜀花蕊夫人《宫詞》之五二："夜色樓臺月數層，金猊烟穗繞觚稜。"

【二】羅縠（hú）：一種疏細的絲織品。漢趙曄《吴越春秋·勾踐陰謀外傳》："飾以羅縠，教以容步。"

## 太　真（一）

直爲唐家死，伊誰與表彰。一時無粉黛【一】，千古有霓裳【二】。宴樂終歸盡，恩情不忍忘。况當西幸【三】日，何以報君王。

### ◎ 余注

（一）太真：即唐明皇貴妃楊玉環。

### ◎ 注釋

【一】粉黛：本爲婦女化妝品，後借喻美女。唐白居易《長恨歌》："回眸一笑百媚生，六宫粉黛無顔色。"

【二】霓裳：霓裳羽衣舞。唐裴鉶《傳奇・薛昭》："妃（楊貴妃）甚愛惜，常令獨舞《霓裳》於繡嶺宫。"

【三】西幸：公元 755 年冬，節度使安禄山起兵叛亂，攻占洛陽，次年稱帝，入長安，并遣部將史思明占河北廣大地區。肅宗在靈武（今屬寧夏）即帝位，沉迷於酒色歌舞之中的唐玄宗倉皇逃離長安，西幸於馬嵬驛、草凉樓驛。玄宗西幸之地，一般認爲在陝西鳳縣草凉樓驛一帶。《清史稿》卷五十六載："草凉樓驛，在縣東北六十里。唐玄宗西幸，嘗駐蹕於此。"《太平寰宇記》卷廿七"關西道興平縣"云："馬嵬故城，一名馬嵬坡，有於此築城以避難……唐天寶末，玄宗西幸，次馬嵬驛，爲禁軍不發，殺楊貴妃於此"。清顧祖禹《讀史方輿紀要》卷五十六"鳳縣"條云："草凉樓驛，在縣東北六十里。唐玄宗西幸嘗駐蹕於此。"

## 倩荷生刻一私印，用流將春夢過杭州之句，以慕彼風景，作此懸想〔一〕

雪泥鴻爪【一】可仍留，積想成因不自由。花乳【二】一方新篆石，願他活化作杭州。

◎ **校勘記**

[一]懸想：民族社本作“想悬”（想懸），今據原本改。

◎ **注釋**

【一】雪泥鴻爪：鴻雁在雪地上走過時留下的脚印。語本宋蘇軾《和子由澠池懷舊》：“人生到處知何似？應似飛鴻踏雪泥。泥上偶然留指爪，鴻飛那復計東西？”後用“雪泥鴻爪”比喻事情過後遺留下的痕跡。

【二】花乳：花乳石，浙江天台山的一種印章石。明代郎瑛《七修類稿·時文石刻圖書起》：“圖書，古人皆銅鑄。至元末，會稽王冕以花乳石刻之。”

## 奉懷李少青夫子（一）

精神想必倍從前，絳帳【一】春風何處邊。世路逢人多白眼，文章知我有青天。居常議論懷千古，獨自艱辛歷卌年。口授一經昭繼述，箕裘【二】事業慶蟬聯[一]【三】。

◎ **校勘記**

[一]聯：民族社本誤爲“眹”，今據原本改。

◎ **余注**

（一）李少青：係當時四川省叙永縣孝廉，與余珍之父余白菴相交甚厚。

◎ **注釋**

【一】絳帳：《後漢書·馬融傳》：“融才高博洽，爲世通儒，教養諸生，常有千數。……居宇器服，多存侈飾。常坐高堂，施絳紗帳，前授生徒，後列女樂，弟子以次相傳，鮮有入其室者”。後因以“絳帳”爲師門、講席之敬稱。

【二】箕裘：子弟由於耳濡目染，往往繼承父兄之業，比喻祖上的事業。《晋書·陳壽司馬彪等傳論》：“咸能綜緝遺文，垂諸不朽，豈必克傳門業，方擅箕裘者哉！”

【三】蟬聯：綿延不斷，連續相承。《史記·陳杞世家》唐司馬貞述贊：“蟬聯血食，豈其苗裔？”

# 春　閨

春愁惹動思蒙茸[一]【一】，侍女如雲花影重。强學踏青行不得，東風低掠鬢雲【二】鬆。

◎ **校勘記**

[一]茸：民族社本誤作“葺”，今據原本改。

◎ **注釋**

【一】蒙茸：迷茫。唐黃滔《大唐福州報恩定光多寶塔碑記》：“氣色蒙茸，風雲蓬勃。”

【二】鬢雲：形容婦女鬢髮美如烏雲。唐温庭筠《菩薩蠻》詞：“小山重叠金明滅，鬢雲欲度香腮雪。”

# 雪山關見羽遞有感（一）

萬峰如削破，一騎忽飛來。羽檄【一】東西遞，關門日夜開。泥淋深鳥道【二】，烟雨走龍媒【三】。何時烽火息，紅旗報捷回。

◎ **余注**

（一）雪山關：在今四川省叙永縣南境，臨赤水河，山勢雄峙。

◎ **注釋**

【一】羽檄：古代軍事文書，插鳥羽以示緊急，必須迅速傳遞。晉左思《詠史》之一：“邊城苦鳴鏑，羽檄飛京都。”

【二】鳥道：險峻狹窄的山路。南朝梁沈約《滑塗賦》：“依雲邊以知國，極鳥道以瞻家。”

【三】龍媒：《漢書・禮樂志》：“天馬徠，龍之媒。”顔師古注引應劭曰：“言天馬者乃神龍之類，今天馬已來，此龍必至之效也。”後因稱駿馬爲“龍媒”。

## 發戛岔河（一）滇黔蜀三省交界

一步經三省，依稀萬里遊。山深蠻鳥噪，風急暮猿愁。落日横人面，奔雲撞馬頭。客心孤回處，搔首看江流。

◎ 余注

（一）發戛：彝語“巖上”，在今貴州省畢節縣林口區赤水河畔。岔河，即赤水河上游川滇交界處，兩河相匯，名曰岔河。

## 亂後再遊靈峰寺（一）

廟貌仍如舊，重來又隔年。僧貧幾賣佛，賊過屢逃禪【一】。塔影雲間落，鐘聲樹杪懸。松杉迎我嘯，偃蹇【二】伺途邊。

◎ 余注

（一）靈峰寺：在今貴州省畢節縣城西郊山上。

◎ 注釋

【一】逃禪：遁世而參禪，亦指不守法戒，一方面長齋，一方面又貪杯。唐杜甫《八仙歌》詩：“蘇晋長齋繡佛前，醉中往往愛逃禪。”

【二】偃蹇：高聳貌。《楚辭·離騷》：“望瑶臺之偃蹇兮，見有娀之佚女。”

## 春日得句續成

滿院寒如此，春深二月中。烟攢楊柳緑，雨嗽海棠紅。繞屋層巒峙，當門一水通。幾番眠不穩，飛夢入花叢。

## 依韻藉懷荷生

無多時別易星霜【一】，最是相思引憾長。讀畫便如親見面，携樽總不滌愁腸。幾人月下同情思①，獨我風前更感傷。一紙音書先寄到，殷勤愧煞懶嵇康【二】。

### ◎ 原注

①“幾人”句：謂子懋及炳堂。

### ◎ 注釋

【一】星霜：星辰一年一周轉，霜每年遇寒而降，因以星霜指年歲。唐白居易《歲晚旅望》詩：“朝來暮去星霜换，陰慘陽舒氣序牽。”

【二】嵇康：字叔夜，生於魏文帝黄初五年（224），譙郡銍（今安徽濉溪縣）人，因曾任中散大夫，後人稱其爲嵇中散。嵇康爲“竹林七賢”之一，頭面常一月半月不洗，成年接受老莊思想之後，“重增其放，使榮進之心日頹”，在懶散與自由裏孕育着狂放和曠達。

## 止園賞菊瑶亭（一）主人索題菊影

月明墮地散飛鴉，燈影頻移上碧紗。相對一枝秋可掬，憐渠瘦損勝於花。

### ◎ 余注

（一）瑶亭：人名，隴姓，雲南省鎮雄縣人，爲芒部土知府後裔，彝族。

## 指路碑

南來北往欲如何，名利關頭錯路多。指破迷途歸去好，人間無地不風波。

## 多山樓醉題

豪氣元龍[一]未可除，高樓醉擁一城書。干戈[二]滿地渾閒事，俯仰無慙便自如。五七言成隨處寫，百千金用不須儲。原無芥啻横胸次，磊落光明卅載餘。

### ◎ 注釋

【一】元龍：道教語，猶元陽，道教對“得道”的别稱。《西遊記》第一回：“有分有緣休俗願，無憂無慮會元龍。”

【二】干戈：戰争。《史記・儒林列傳序》：“然尚有干戈，平定四海，亦未暇遑庠序之事也。”

## 題畫蘭贈邸春圃

此心何處著纖塵，一點靈犀[一]見性真。藉取幽蘭爲寫照，三生石[二]畔證前因。

### ◎ 注釋

【一】靈犀：舊説犀角中有白紋如綫直通兩頭，感應靈敏。因用以比喻兩心相通。唐李商隱《無題》詩之一：“身無彩鳳雙飛翼，心有靈犀一點通。”

【二】三生石：傳説唐李源與僧圓觀友善，同游三峽，見婦人引汲，觀曰："其中孕婦姓王者，是某托身之所。"更約十二年後中秋月夜，相會於杭州天竺寺外。是夕觀果歿，而孕婦產。及期，源赴約，聞牧童歌《竹枝詞》："三生石上舊精魂，賞月吟風不要論。慚愧情人遠相訪，此身雖异性長存。"源因知牧童即圓觀之後身。見唐袁郊《甘澤謡·圓觀》及宋《太平廣記》卷 387《誤前生·圓觀》。後人附會謂杭州天竺寺後山的三生石，即李源和圓觀相會之處。詩文中常用爲因緣前定的典實。

## 春日偶步

夾岸森森短竹枝，小橋流水又横池。十年花柳春前路，猶記清明放學時。

## 題畫

此翁中酒如枯木，亙古春風吹不醒。酩然睡足三千年，夢中喚酒一延頸【一】。

### ◎ 注釋

【一】延頸：伸長頭頸。《列子·湯問》："延頸承刃，披胸受矢。"《三國志·吴志·諸葛恪傳》："恪每出入，百姓延頸，思見其狀。"

## 偶成

含情默默坐斜暉，静院無人燕了飛。底事閒愁消不得，惱春來又憾春歸。

## 洗心書屋(一)題壁

塵懷【一】萬斛洗難清，老大依然守故林。赤手屠龍【二】都是假，著書辜負一生心。

◎ 余注

（一）洗心書屋：作者故居書室，今貴州省畢節縣大屯彝族土司莊園内。

◎ 注釋

【一】塵懷：世俗的意念。元張養浩《趵突泉》詩："每過塵懷爲瀟灑，斜陽欲没未能回。"

【二】屠龍：《莊子・列禦寇》："朱泙漫學屠龍於支離益，單千金之家，三年技成，而無所用其巧。"後因以指高超的技藝或高超而無用的技藝。

## 水西道中

數家臨水畫難如，短竹編籬草結廬。恰好我來間點綴，淡雲微雨自騎驢。

## 雨　後

盈盈草色緑初匀，小步花陰净不塵。喜極明朝登眺好，滿天晴絮起魚鱗。

# 閒適詠

明月一樽酒，清風一卷詩。酒或有不飲，詩吟無已時。然係任自然，非有一定規。有如讀既竟，再讀神已疲。此時惟飲酒，得與思相宜。又或飲既醉，可已則已而。時復强中之，不將日昏迷。所以取詩來，一一又品題【一】。

◎ 注釋

【一】品題：對詩文書畫等的評論，亦指詩文書畫的題跋或評語。明胡應麟《少室山房筆叢·經籍會通一》："儻更因當時所有，創及亡篇，咸著品題，稍存故實，則庶幾盡善矣。"

# 浪淘沙【一】詞

一波未盡一波連，何處君行此泊船。妾有一言君記取，灘聲都不似當年。

船頭一別思沉沉，到底江湖尚未深。借取東來千尺浪，淘空海底試儂心。

◎ 注釋

【一】浪淘沙：唐教坊曲名，後用爲詞牌，又名《浪淘沙令》《賣花聲》《過龍門》等，創自唐劉禹錫、白居易。原爲小曲，單調 28 字，4 句，三平韻，相當於七言絶句。南唐李煜始作《浪淘沙令》，雙調 54 字，平韻。 宋人有於前段或後段起句減一字者，也有變音節而用仄韻者。另有《浪淘沙慢》，133 字，入聲韻。

# 寄攖雲君①

白雲時在天，好風吹之去。我心逐雲飛，飄落君居處。

## ◎ 原注

① 擭云君：即荷生。

# 禽言詩[一]六首

提葫蘆，提葫蘆，終日昏昏一事無。算來只有睡功夫，人間何處賣糊塗，提葫蘆。

春去了，春去了，近日梳妝太草草。萬斛愁塵盈不掃，落紅如雨催人老，春去了。

泥滑滑，泥滑滑，郎馬欲向何處發。昨宵小雨潤如酥，門外曉風寒澈骨，泥滑滑。

行不得也哥哥，行不得也哥哥，問君此去欲如何。漫説條條都是路，行到中途錯路多，行不得也哥哥。

不如歸去，不如歸去，天涯路斷愁無處。血痕染透花稍露，耿耿[二]星河天欲曙，不如歸去。

得過且過，得過且過，茅菴竹榻日高卧。蔬菜飲水又則個[三]，從今知足便罷罷，得過且過。

## ◎ 注釋

【一】禽言詩：一種詩歌體式。禽言體詩在南北朝梁時已具雛形，北宋爲最盛。宋代興盛的禽言詩是一種特殊的詩歌形式，象聲取義，寓意抒情，雖涉游戲筆墨，却具有鮮明的現實批判精神。其雅俗相生、議論風發的特點，一定程度上體現了宋詩特色。

【二】耿耿：明亮貌。《文選・謝朓〈暫使下都夜發新林至京邑贈西府同僚〉詩》："秋河曙耿耿，寒渚夜蒼蒼。"李善注："耿耿，光也。"

【三】則個：語氣助詞，用法略表示委婉或商量、解釋的語氣。《朱子語類》卷三十八："若衆人到末梢便撒了，聖人則始乎敬，終乎敬，故到末梢又整頓則個。"《京本通俗小説・碾玉觀音》："你與我叫住那排軍，我相問則個。"

## 楊柳枝[一]詞二首

不折楊枝折柳枝，柔條裊裊繫相思。但是行人都寄與，教他綰住未行時。

春風二月緑垂荑，十里丁簾[二]盡捲齊。一自絮飛花落後，更無人到畫樓西。

◎ **注釋**

【一】楊柳枝：樂府近代曲名。本爲漢樂府橫吹曲辭《折楊柳》，至唐易名《楊柳枝》，開元時已入教坊曲。至白居易依舊曲作辭，翻爲新聲。其《楊柳枝詞》之一云："古歌舊曲君休聽，聽取新翻《楊柳枝》。"當時詩人相繼唱和，均用此曲詠柳抒懷。七言四句，與《竹枝詞》相類。

【二】丁簾：丁字形的捲簾。清錢謙益《留題秦淮丁家水閣》詩："夕陽凝望春如水，丁字簾前是六朝。"

## 康炳堂爲余題扇和此轉寄

滿腔愁思憾難銷[一]，縮地無方道路遥。依舊當頭惟夜月，不堪回首是花朝。傾來婪尾[一]曾惆悵，開盡荼蘼[二]正寂蘼。謂是離魂能入夢，驚眠雨又滴芭蕉。

◎ **校勘記**

[一]民族社本作"消"，今據原本改。

◎ **注釋**

【一】婪尾：芍藥花。清李斗《揚州畫舫録・虹橋録上》："（沈初）有《揚州篠園看芍藥》詩云：'篠園北達蜀岡偏，婪尾今看奪衆妍。'"

【二】荼蘼（túmí）：一種薔薇科的草本植物，盛夏開花，因此人們常常認爲荼蘼花開是一年花季的終結。蘇軾《杜沂遊武昌以荼蘼花菩薩泉見餉》："荼蘼不争春，寂寞開最晚。"

## 藉懷炳堂、荷生兼寄子懋

滇之東偏黔西方，中有詩人譚與康。益來邱君（松樵）鼎足三，得家子懋而交彰。爲耕爲讀爲漁樵，四美具【一】成聚一鄉。嘆我僻處在一隅，遥遥徒勞引嶺望。幸喜高軒曾過我，慰我寂寞情殊長。爲歡[一]十日奈離何，别來今四易星霜【二】。望雁渺渺魚沉沉，依然山水空蒼蒼。欲卜爲鄰作不孤，縮地終無費長房。

◎ 校勘記

[一]歡：民族社本作“嘆”，今據原本改。

◎ 注釋

【一】四美具：四様美好的東西俱全，指美好的音、味、文、言或良辰、美景、賞心、樂事。南朝宋謝靈運《擬魏太子鄴中集詩序》：“天下良辰、美景、賞心、樂事，四美難并。

【二】星霜：見《依韻藉懷荷生》注釋【一】。

## 登玉皇閣（一）吹笛

海外神仙不可求，白雲漭漭[一]古今愁。天風吹落梅花笛【一】，引起秋聲盡上樓。

◎ 校勘記

[一]漭漭：民族社本作“莽莽”，今據原本改。

◎ 余注

（一）玉皇閣：今貴州省大方縣城内，已毁。

◎ 注釋

【一】梅花笛：笛子。因笛曲有《梅花落》，故名。清宋琬《蝶戀花・旅月懷人》詞：“萬里故人關塞隔，南樓誰弄梅花笛？”

## 爲龔邑侯幕府葛晋三畫扇并題

春風吹動百花妍，緑醉紅酣二月天。知否踏青曾約伴，遊人都在翠微【一】巔。

### ◎ 注釋

【一】翠微：泛指青山。唐高適《赴彭州山行之作》詩："峭壁連崆峒，攢峰叠翠微。"

## 虚廊竚月①

爲看明月盡徘徊，隔著深山望不開。底事【一】嬋娥羞澀慣，背人纔肯出林來？

### ◎ 原注

①時園八景之一。

### ◎ 注釋

【一】底事：何事，爲何。唐劉肅《大唐新語・酷忍》："天子富有四海，立皇后有何不可，關汝諸人底事，而生异議！"

## 客　中

獨坐難爲意，飄如不繫身。雲蒸千嶂雪，花孕一枝春。開閤風相逼，圍爐火最親。何時方破臘【一】，暖到我貧民。

◎ 注釋

【一】破臘：殘臘，歲末。宋梅堯臣《臘筍》詩："破臘初挑�札，誇新欲比瓊。"

## 園中燒燭

寶焰【一】如雲接綺寮【二】，争將春色鑄今宵。遊人出入驚迷眼，説是蓬山雪未消。

◎ 注釋

【一】寶焰：亦作"寶燄"，珍寶射出的光輝。唐李商隱《七月二十八日夜夢作》詩："初夢龍宫寶燄然，瑞霞明麗滿晴天。"

【二】綺寮：雕刻或繪飾得很精美的窗户。唐李商隱《碧瓦》詩："碧瓦銜珠樹，紅輪結綺寮。"

## 園中小鳥

閑噪花英晚弄晴，枝頭硌磔【一】自飛鳴。渾如解愛詩情好，也共吟哦不住[一]聲。

◎ 校勘記

[一]住：原本與民族社本均作"注"，今據文義改。

◎ 注釋

【一】硌磔（gézhé）：鳥叫聲。唐李群玉《九子坡聞鷓鴣》詩："正穿詰曲崎嶇路，更聽鉤輈硌磔聲。"

## 信口吟成

歸來初月上，獨坐一杯斟。得句無心湊，懷人放夢尋。雲陰青嶂【一】

合，水落碧潭深。問是何如夜，遥遥自古今。

◎ **注釋**

【一】青嶂：如屏障的青山。唐杜甫《月》詩之一："若無青嶂月，愁殺白頭人。"

## 偶　吟

萬古生人世，千秋此一過。河清[一]終有待，人壽詎幾何？珪璧[二]原無價，文章不可磨。譬如行路客，中道勿蹉跎。

◎ **注釋**

【一】河清：河水變清，多指黄河水清。《後漢書·襄楷傳》："案春秋以來及古帝王，未有河清及學門自壞者也。"

【二】珪璧：比喻佳作。明錢子正《復贈張柏庭》詩："篋中珪璧幾千載，舌底風雷半九州。"

## 同子懋登奎文樓

欲挽年光何處留，茫茫萬感到心頭。穿窗積翠[一]山千叠，入畫分明月一鈎。叢菊盡成霜裏艷，斜陽猶是古時秋。携將樽酒同歸去，珍重人生幾上樓。

◎ **注釋**

【一】積翠：翠色重叠，形容草木繁茂。唐杜甫《玉臺觀》詩之一："中天積翠玉臺遥，上帝高居絳節朝。"

# ‖ 除　夕 ‖

長年碌碌到今宵，雖未勞身心總勞。看取梅花聊索笑，吟將詩句又拈毫。空厨飯剩顔簞食[一]，敝體衣成仲緼袍[二]。怪底清貧仍故我，生來不解重錢刀[三]。

◎ 注釋

【一】顔簞（dān）食：指春秋時期孔子的學生顔回安貧樂道，作者以此自勵。《論語・庸也》："子曰：'賢哉回也，一簞食，一瓢飲，在陋巷，人不堪其憂，回也不改其樂。賢哉回也。'"簞食，裝在簞笥裏的飯食。《左傳・宣公二年》："而爲之簞食與肉，寘諸橐以與之。"

【二】仲緼（yùn）袍：春秋時期孔子的學生子路安貧樂道，作者以此自勵。《論語・子罕》"子曰：'衣敝緼袍，與衣狐貉者立，而不耻者，其由也與。不忮不求，何用不臧？'子路終身誦之。"緼袍，以亂麻、亂棉絮製成的袍子，古代指貧者之衣。朱熹集注："緼，枲著也；袍，衣有著者也。蓋衣之賤者。"

【三】錢刀：錢幣，金錢。刀，古代一種刀形錢幣。《樂府詩集・相和歌辭十六・白頭吟二》："男兒重意氣，何用錢刀爲！"

# ‖ 閑　吟 ‖

更從何處望京華，廊廟山林[一]總一家。博得冠裳[二]無所用，朝來著上拜梅花。

◎ 注釋

【一】廊廟山林：代指朝廷官員和江湖隱士。廊廟，古代帝王和大臣議政之處，後稱朝廷。《孫子・九地》："厲於朝廷之上，以誅其事。"山林，謂隱居。宋蘇軾《王安石贈太傳制》："方需功業之成，遽起山林之興。"

【一】冠裳：借指官職。宋范成大《胡宗偉罷官改秩作詩送之》："萬境何如一丘壑，幾時定解冠裳縛。”

## 小河安瀾閣

是誰當日頌安瀾[一]，五月江深閣亦寒。畫取此間圖一幅，教儂常把釣魚竿。

◎ 注釋

【一】安瀾：水波平靜。比喻太平。《文選•王褒〈四子講德論〉》：“天下安瀾，比屋可封。”

## 宿三官寨（一）

到來天已晚，茅屋兩三家。聲響舂蕎殼，香騰炒豆花。鷄棲門左右，蟲語樹丫杈。獨坐愁無事，携燈看煮茶。

◎ 余注

（一）三官寨：今畢節縣大屯彝族鄉境内，彝族聚居村寨。

## 閒適吟二首

研朱[一]自校新成句，拈飯重黎[二]舊讀書。十二時中無一事，看花纔畢又觀魚。

銀床靜對小窗幽，四壁雲山足夢遊。團繞膝前教認字，一兒高過一兒頭。

◎ 注釋

【一】研朱：用朱筆評校書籍。明葉憲祖《鸞鎞記・品詩》：“滴露研朱非草草，從容鑒定庶無尤。”

【二】重（zhòng）黎：傳説中的兩位古史人物，爲羲、和二氏之祖先。《尚書·吕刑》："乃命重黎，絶地天通，罔有降格。"孔傳："重即羲，黎即和。堯命羲、和世掌天地四時之官，使人神不擾，各得其序。"孔穎達疏："羲是重之子孫，和是黎之子孫，能不忘祖之舊業，故以重黎言之。"

## 春　柳

枝枝生就擅風流，盡惹閨人日上樓。舞罷纖腰如更瘦，舒來倦眼半含愁。誰家白板【一】溪橋外，幾處青旗【二】水閣頭。只爲愛將離别贈，春歸容易遽成秋。

### ◎ 注釋

【一】白板：此處指不施油漆的木門。清曹寅《過陳次山寓居讀迦陵稿有感》詩："草深白板鳴蛙處，水長西橋浴馬時。"

【二】青旗：酒旗。唐元稹《和樂天重題别東樓》："唤客潛揮遠紅袖，賣爐高掛小青旗。"

## 覽秦中輿圖【一】

三輔【二】風雲一紙收，霸圖王氣望中留。到來函谷【三】心應壯，走出長城思不侔【四】。鐃却祖龍【五】横萬古，知他鳴鳳【六】足千秋。豈真華嶽高難及，尚有青天在上頭。

### ◎ 注釋

【一】秦中輿圖：秦中，古地區名，指今陝西中部平原地區，因春秋、戰國時地屬秦國而得名，也稱關中。輿圖，地圖。清馬廷槐《荆卿故里》詩："一卷輿圖計已麤，單車竟入虎狼都。"

【二】三輔：泛稱京城附近地區。明何景明《送張元德侍御巡畿内》詩："三輔自來多寇盜，五陵今日更豪雄。"

【三】函谷：函谷關。三國魏曹植《又贈丁儀王粲》詩："從軍度函谷，驅馬過西京。"

【四】侔（móu）：相等，等同。《後漢書·荀彧傳》："海内未喻其狀，所受不侔其功。"

【五】祖龍：秦始皇。《史記·秦始皇本紀》："（三十六年）秋，使者從關東夜過華陰平舒道，有人持璧遮使者曰：'爲吾遺滈池君。'因言曰：'今年祖龍死。'"裴駰集解引蘇林曰："祖，始也；龍，人君像。謂始皇也。"唐胡曾《詠史詩·東海》："自是祖龍先下世，不關無路到蓬萊。"

【六】鳴鳳：泛指杰出者。南朝梁劉勰《文心雕龍·風骨》："惟藻耀而高翔，固文章之鳴鳳也。"

## ‖ 閑　吟 ‖

蹉跎歲月幾經年，拋去黄金可問天。怪底人仍稱富有，鴨池水滿盡荷錢[一]。

### ◎ 注釋

【一】荷錢：初生的小荷葉。因其形如錢，故名。宋趙長卿《朝中措·首夏》詞："荷錢浮翠點前溪，梅雨日長時。"

## ‖ 大方城懷古 ‖

高登北郭望茫茫，十里城闉萬瓦霜。丞相曾聞招濟火[一]，生民猶是説奢香[二]。西南半壁天常漏，井鬼[三]分星夜有芒。把取酒杯憑吊啥，一林斜月映昏黄。

◎ 注釋

【一】濟火：蜀漢建興三年（225）諸葛亮南征時，水西彝族酋長濟火（彝名“妥阿哲”）曾於黔西北和滇東北部分地區親迎蜀軍，在今貴州西北積糧通道，協助平孟獲有功，受封爲“羅甸王”，世長水西地區。《大定府志》中有記載。

【二】奢香：彝族名舍茲（1358—1396），又名朴婁奢恒。元末明初人，出生於四川永寧（今敘永、古藺），係四川永寧宣撫司彝族恒部扯勒君亨奢氏之女，彝族土司、貴州宣慰使隴贊·藹翠之妻，婚後常輔佐丈夫處理政事。明洪武十四年（1381），藹翠病逝，因兒子年幼，年僅23歲的奢香攝理貴州宣慰使一職。奢香攝理貴州宣慰使職後，築道路，設驛站，溝通了内地與西南邊陲的交通，鞏固了邊疆政權，促進了水西及貴州社會、經濟、文化的發展。明洪武二十九年（1396），奢香夫人病逝，年38歲。朱元璋特遣專使吊祭奢香，同時敕建陵園、祠堂於今貴州大方縣洗馬塘畔，誥封謚號“大明順德夫人”。

【三】井鬼：二十八宿中的井星和鬼星。貴州大方城屬井、鬼二星分野。

## 詠　懷

儒素【一】家風不諱貧，山間林下自棲身。詩書味好無逾古，花木情多别有春。何事聲名留宇宙，漫因富貴走風塵【二】。謀生我本原來拙，輸與當門織屨[一]人。

◎ 校勘記

[一]屨：民族社本作“履”，今據原本改。

◎ 注釋

【一】儒素：讀書人家。宋陳亮《祭葉正則外母高恭人翁氏文》：“惟恭人生長儒素，嬪於勳門。”

【二】風塵：塵世，紛擾的現實生活世界。晉郭璞《遊仙詩》：“高蹈風塵外，長揖謝夷齊。”

## 層臺驛(一)

白雲溪上野人家，流水橋通石徑斜。客路【一】正嫌秋冷落，小園瞥見一枝花。

◎ **余注**

（一）層臺驛：在今貴州省畢節縣境内。明初所設驛站之一。

◎ **注釋**

【一】客路：旅途。唐戴叔倫《江干》詩：“予生何濩落，客路轉辛勤。楊柳牽愁思，和春上翠裙。”

## 送別荷生

天色初開霽，山光恰送青。馬嘶西北路，人上短長亭【一】。淚灑難爲別，歌成不忍聽。分襟【二】從此去，落日暮雲停。

◎ **注釋**

【一】短長亭：短亭和長亭的并稱。舊時城外大道旁，五里設短亭，十里設長亭，爲行人休憩或送行餞別之所。宋蘇軾《送運判朱朝奉入蜀》詩：“夢尋西南路，默數短長亭。”

【二】分襟：猶離别，分袂。唐王勃《春夜桑泉別王少府序》：“他鄉握手，自傷關塞之春；异縣分襟，竟切悽愴之路。”

### 試帖【一】三首

## 賦得因過竹院逢僧話，得“過”字

舊識禪關好，偷閒得得過。山曾登欲遍，語共證如何。院竹千竿引，僧顔一派和。上人【二】真佛子【三】，我友古詩魔。境静春無恙，心虚話不訛。敲門凡客【四】少，問主此君多。可是重謀面，居然勝寤歌。渾忘同入定【五】，明月滿庭柯。

### ◎ 注釋

【一】試帖：又作試帖詩，詩體名。源於唐代，受“帖經”“試帖”影響而産生，爲科舉考試所採用。其詩大都爲五言六韻或八韻的排律，以古人詩句或成語爲題，冠以“賦得”二字，并限韻脚。

【二】上人：佛教稱德行高尚的人。《釋氏要覽・稱謂》引古師云：“内有德智，外有勝行，在人之上，名上人。”

【三】佛子：菩薩的通稱。《十住毗婆沙論・入初地品》：“諸佛子者，諸佛真實子諸菩薩是，是故菩薩名爲佛子。”

【四】凡客：凡俗之人，俗客。唐白居易《青龍寺早夏》詩：“日西寺門外，景氣含清和。閑有老僧立，静無凡客過。”

【五】入定：佛教語，謂安心一處而不昏沉，了了分明而無雜念。唐玄奘《大唐西域記・曲女城》：“時仙人居殑伽河側，棲神入定，經數萬歲，形如枯木。”

## 賦得聞道新齋與竹齋，得“新”字

不道高齋【一】竹，齋新竹亦新。齋籠千嶂靄，竹孕一腔春。構造談何易，傳揚信總真。倩誰爲比較，量得此均勻。正好迎佳士，無妨問主人。松雲巢鶴子，溪月結詩鄰。佛地原來静，仙源【二】自出塵【三】。敲[一]門僧在否？玉版【四】證前因。

### ◎ 校勘記

[一]敲：民族社本作“鼓”，誤，今據原本改。

### ◎ 注釋

【一】高齋：高雅的書齋。唐孟浩然《宴張別駕新齋》詩：“高齋徵學問，虚薄濫先登。”

【二】仙源：道教稱神仙所居之處。《雲笈七籤》卷二十七：“福地第四曰東仙源，福地第五曰西仙源，均在台州黄岩縣屬地。”

【三】出塵：超出世俗。南朝齊孔稚珪《北山移文》：“夫以耿介拔俗之標，蕭灑出塵之想，度白雪以方絜，干青雲而直上，吾方知之矣。”

【四】玉版：古代用以刻字的玉片，亦泛指珍貴的典籍。《韓非子·喻老》：“周有玉版，紂令膠鬲索之，文王不予；費仲來求，因予之。”

## 賦得登山臨水送將歸，得“歸”字

送君君去矣，勞我獨歔欷【一】。不意三生聚，行將萬里歸。登山心耿耿，臨水思依依。楚尾攀難及，吴頭望莫違。【二】半帆江浪闊，雙屐岫雲飛。別緒縈樵徑【三】，離懷冷釣磯【四】。此時頻近酒，何日又牽衣【五】？長詠騷經句，征途掛夕暉。

### ◎ 注釋

【一】歔欷（xūxī）：悲泣，抽噎，嘆息。《楚辭·離騷》：“曾歔欷余鬱邑兮，哀朕時之不當。”

【二】“楚尾”句：即“楚尾吴頭”，見《題畫》注釋【一】。

【三】樵徑：打柴人走的小道。唐李華《仙遊寺》詩：“捨事入樵逕，雲木深谷口。”

【四】釣磯：位於桐廬市富春江之北岸的富春山上。相傳爲東漢高士嚴光（字子陵）隱居垂釣之地。清人戴啓文詩云：“磐石成釣磯，亭名署鳴玉。小憩俯清流，鬚眉映寒緑。”

【五】牽衣：同“牽裾”，牽拉著衣襟。南朝梁元帝《看摘薔薇》詩：“橫枝斜綰袖，嫩葉下牽裾。”

# 参考文獻


[1]（漢）司馬遷. 史記[M]. 北京：中華書局，2000.

[2]（漢）班固. 漢書[M]. 北京：中華書局，2000.

[3]（劉宋）范曄. 後漢書[M]. 北京：中華書局，2000.

[4]（晋）陳壽. 三國志[M]. 北京：中華書局，2000.

[5]（晋）常璩. 華陽國志[M]. 濟南：齊魯書社，2010.

[6]（唐）房玄齡，等. 晋書[M]. 北京：中華書局，2000.

[7]（梁）沈約. 宋書[M]. 北京：中華書局，2000.

[8]（梁）蕭子顯. 南齊書[M]. 北京：中華書局，2000.

[9]（唐）姚思廉. 梁書[M]. 北京：中華書局，2000.

[10]（唐）姚思廉. 陳書[M]. 北京：中華書局，2000.

[11]（北齊）魏收. 魏書[M]. 北京：中華書局，2000.

[12]（唐）李百藥. 北齊書[M]. 北京：中華書局，2000.

[13]（唐）令狐德棻，等. 周書[M]. 北京：中華書局，2000.

[14]（唐）魏徵，等. 隋書[M]. 北京：中華書局，2000.

[15]（唐）李延壽. 南史[M]. 北京：中華書局，2000.

[16]（唐）李延壽. 北史[M]. 北京：中華書局，2000.

[17]（晋）劉昫. 舊唐書[M]. 北京：中華書局，2000.

[18]（宋）歐陽修，宋祁. 新唐書[M]. 北京：中華書局，2000.

[19]（宋）薛居正，等. 舊五代史[M]. 北京：中華書局，2000.

[20]（宋）歐陽修. 新五代史[M]. 北京：中華書局，2000.

[21]（宋）司馬光. 資治通鑒[M]. 北京：中華書局，2011.

[22]（宋）李燾. 續資治通鑒長編[M]. 北京：中華書局 2004.

[23]（元）脱脱，等. 宋史[M]. 北京：中華書局，2000.

[24]（清）張廷玉，等. 明史[M]. 北京：中華書局，2000.

[25]（清）趙爾巽，等. 清史稿[M]. 北京：中華書局，1977.

[26]（清）黄宅中. 大定府志[M]. 北京：中華書局，2000.

[27]（清）余珍. 四餘詩草[M]. 光緒辛亦國刻本.

[28]（清）余昭，余珍. 時園詩草　四餘詩草（合集）[M]. 貴陽：貴州民族出版社，1993.

[29] 康健，王治新，何積全. 彝族古代文藝理論叢書[Z]. 貴陽：貴州人民出版社，1990.

[30] 黄永堂. 貴州通志[M]. 貴陽：貴州人民出版社，1989.

[31] 方國瑜. 彝族史稿[M]. 成都：四川民族出版社，1983.

[32] 王鍾翰. 中國民族史（增訂本）[M]. 北京：中國社會科學出版社，1994.

[33] 畢節地區彝文翻譯組. 西南彝志[M]. 貴陽：貴州民族出版社，1988.

[34] 畢節地區彝文翻譯組. 彝族源流[M]. 貴陽：貴州民族出版社，1989.

[35] 王天璽，張鑫昌. 中國彝族通史[M]. 昆明：雲南人民出版社，2012.

[36] 彭定求. 全唐詩[Z]. 北京：中華書局，1960.

[37] 唐圭璋. 全宋詞[Z]. 北京：中華書局，1965.

[38] 逯欽立. 先秦漢魏南北朝詩[Z]. 北京：中華書局，1983.

[39] 趙敏俐，吳思敬. 中國詩歌史[M]. 北京：人民文學出版社，2012.

[40] 余家駒，余昭，余若瑔，余宏模. 通雍余氏宗譜[Z]. 東京：日本學習院大學東洋文化研究所，1999.

[41] 辭源（修訂本）[Z]. 北京：商務印書館，2011.

[42] 辭海（縮印本）[Z]. 上海：上海辭書出版社，1980.

# 附　　録

## 前　　言[1]

《四餘詩草》的作者余珍，字子儒，號寶齋，又號坡生，係今貴州省畢節縣大屯彝族鄉人，彝族，夷名龍灼。生於清道光乙酉年（1825）十二月十八日丑時，歿於同治甲子年（1864）八月二十九日亥時，享年四十歲。

其父余家駒，字白菴，隱居林泉，於學無所不窺，遺有《時園詩草》傳世。余珍及其族弟余昭，自幼隨侍其父白菴公左右，聆誨課讀，家學遞傳。據稱“其精敏也書法楷同顔柳，草類懷素，尤工擘窠字，具龍跳之勢。畫擬雲林，蕭疏淡遠，旁及花卉、蟲鳥、人物，皆極超妙。秦蜀滇黔求書畫者，日踵其門。著有《四餘詩草》傳世。”“其豪華也座客常滿，締交千里。酷嗜花木古玩，蓄有名印三百餘顆，古硯五十餘方。其他金石碑版、名人字畫，搜羅甚富。”

余珍祖源係永寧宣撫使後裔，出身封建領主世裔家庭。改土歸流後，他所生活的時代，又正是我國近代史上以太平天国革命運動爲首的第一次反帝反封建的革命高潮時期。在太平天国革命運動的影響下，貴州高原上也席捲涌現各族農民反帝反封建的革命風暴。當時的黔西北地方爆發了猪拱箐各族農民起義，太平軍和號軍的隊伍，也曾進入這一地區流動作戰，沉重地打擊了清王朝在貴州的地方統治勢力。

在此歷史背景下，余珍的階級立場和社會地位使其將個人和家庭的命運與清王朝的統治密切相依。他原有志於“以科名顯”，由科舉以致仕途。“既遇時艱，謂大丈夫當投筆封侯，遂改授都司，以堅壁清野，卓有成效”，“堵剿籌餉，屢有勞績，爲當世所倚重”。受雲貴總督張亮機、貴州巡撫韓超保奏，誥授武翼都尉，賞戴藍翎，襲大屯土千總職。正當他所謂“文經武緯，蒸蒸日上”，時值中年，竟溘病逝。所遺《四餘詩草》一卷，在其生前已“自題其稿曰四餘”，咸豐年間李懷蓮曾撰文作序。至於編輯鐫刻付梓，刊印傳世，則是歿後由其族弟余昭所主持，當時即已流傳，一些詩詞，以後又散見於地方志書。現在整理的這本詩草，是根據光緒辛巳歲

① 此文爲貴州民族出版社 1993 年版（民族社本）《四餘詩草》前言。

(1881)新鐫板刻刊本輯注的。

《四餘詩草》全集不足百首，内容反映面亦較窄，但其中有不少詩反映了黔山蜀水的自然風情和民俗古跡；加之作者除擅長詩詞外，又精於書畫，有的詩詞如同書畫，讀之往往能喚起人們對書畫美感的聯想，作者將詩、書、畫不同的藝術表現形式有機地聯繫融會，具有中國藝術立體感的特色。

鑒於《四餘詩草》流傳不廣，存本難覓，自改土歸流後，近代彝族文學史上又多空缺，資料匱乏，亟待收集整理，故此不揣冒昧，將其輯注付印，以供方家研究品評。

余宏模

# 序

余子子儒，自題其稿曰《四餘》。予詢其義曰：讀書用三餘，古有是語，今子獨曰四餘，何説？答曰：居家處事之餘，讀書作畫之餘，栽花養魚之餘，縱談遊覽之餘。予聞而擊節曰：居家處事，人所同也。讀書作畫，軼乎俗矣，然文人猶有同此嗜者。栽花養魚，非有清福而兼逸興者不能，然日爲三者碌碌，終不免身爲物役。縱談遊覽，其情又何暢也？是則焉，問其餘又何暇刻意於詩？然居家處事，可以悉作詩之理；讀書作畫，可以博作詩之趣；栽花養魚，可以活作詩之興；縱談遊覽，可以暢作詩之致。情以景生，景隨時寓，活潑潑地獨見性靈，其視雕蟲刻篆之功相去遠矣。則即謂詩爲四者之餘也可，即謂四者即詩，而此外無餘也亦可。韓文公詩云："餘事作詩人"，餘字以論語，餘力學文得來。惜未有問文公以當日所事事者。惟吾子之言，若是是真名士也，是真創解也，是誠可與言詩也，因其義而爲之述云。

咸豐二年歲在壬子百花生日友人李懷蓮少青氏撰

## 悼海山兄即題其稿

少年常聚長常離，此後因無再晤期。四十年來纔一瞬，燈窗風雨憶兄時。
病不知時歿不臨，奔來三日已承衾。彌留屢念儂來否？定有千般欲訴心。
未到邛山華屋殘，病居土窟護調難。生前揮灑千金易，死後還賒七尺棺。
㵮旌移過萬山巔，沿路驚呼賊到邊。死有英靈能擁護，刀光圍葬息烽烟。
池涸亭荒草不春，壁間詩夢亦成塵。半林山吐蛾眉月，猶自虛廊解照人。
園蕪無主葉成堆，心上梅花慘不開。欲向花前尋一晤，吟魂清夜定歸來。
米家書畫玉溪詩，意氣阿瑛性牧之。屬在古人猶愛惜，況當手足那勝悲！
朋儕吊語勉英雄，廬墓遥看陷賊中。討逆勳名何處繼？如儂敢望紫髯翁。
雙丁二陸忝齊名，坐嘯籌邊弟與兄。起舞鷄鳴誰唱和？懶談詩興罷談兵。
才藝無雙奪化工，長埋豈肯鬱幽宮。夜深寶氣應騰起，不墮烟霏淪石中。

弟 大山余昭題

## 《四餘詩草》題詞

但説江花艷，評量尚未工。譚兵徵抱負，跨劍想英雄。跌宕吟詩興，恢臺殺賊功。多才書與畫，生日是坡翁。

炳堂弟　康兆寅

# 跋

家海山兄性豪華，具巧思。余少孤，伯父白菴公絜往時園讀書，昕夕與兄同窗同研，意相得也。嘗謂余曰："大丈夫當跨海出塞，以立功名，如漢之張博望、班定遠，方不虛生，何肯埋頭故紙以求生活耶！"長而覯遇時艱，一試不中遂弃文就武，以功保至藍翎遊擊。交友名下士，座客常滿，興至揮毫立就，字勢龍跳，求書者踵門絡繹，遠至秦蜀。又復風流自賞，每於春秋佳日，鳥語花香，蟲鳴葉落，輒高歌低唱，欷歔悲慨，若不容已，追古之傷心人歟！以其餘技，旁及山水、人物、翎毛、花卉，寫生雕鏤，無不神妙。尤嗜古今金石碑版，名人字畫，搜羅甚富。嘗購古硯百方，自號"百硯齋主人"，以此致累，宴如也。年方强仕，竟爾溘逝，士林惜之。所遺《四餘詩草》，糅雜僅存。象儀、振儀二侄，余爲撫養婚娶，又復英年短折。今不付梓，則我兄之心血手澤，後將誰知？此余之所以悲慟涕零而不能言，又不能不以一言述其梗概也。

弟　昭謹跋